The REDSWAN saga

レッドスワンの星冠

赤羽高校サッカー部

SYUN AYASAKI

Illustration / KAORI WAKAMATSU

登場人物

★赤羽高校

舞原　世怜奈　（まいばら・せれな）　26歳。監督。

高槻　優雅　（たかつき・ゆうが）　二年生、アシスタントコーチ。主人公。
桐原　伊織　（きりはら・いおり）　二年生、ＣＢ。優雅の幼馴染。
九条　圭士朗　（くじょう・けいしろう）　二年生、ＭＦ。理系首席。
榊原　楓　（さかきばら・かえで）　二年生、ＧＫ。三馬鹿トリオ。

時任　穂高　（ときとう・ほだか）　二年生、ＭＦ。三馬鹿トリオ。
リオ・ハーバート　二年生、ＭＦ。三馬鹿トリオ。ニュージーランド人。
備前　常陸　（びぜん・ひたち）　二年生、ＦＷ。バスケットボール経験者。
鬼武　慎之介　（おにたけ・しんのすけ）　三年生。ＳＢ。
城咲　葉月　（しろさき・はづき）　三年生。ＳＢ。レフティ。
森越　将也　（もりこし・まさや）　三年生。ＣＢ。
神室　天馬　（かむろ・てんま）　一年生。ＦＷ。レフティ。
相葉　央二朗　（あいば・おうじろう）　一年生。ＧＫ。

楠井　華代　（くすい・かよ）　二年生、マネージャー。
藤咲　真扶由　（ふじさき・まふゆ）　二年生、クラス委員長。
芦沢　平蔵　（あしざわ・へいぞう）　前監督。

★偕成学園

加賀屋　晃　（かがや・あきら）　二年生、ＦＷ。優雅の知人。
堂上　光一郎　（どうじょう・こういちろう）　三年生、ＦＷ。佐渡の重戦車。
二階堂　和彦　（にかいどう・かずひこ）　三年生、ＧＫ。

★美波高校

手塚　劉生　（てづか・りゅうせい）　監督。32歳。
望月　弓束　（もちづき・ゆづか）　二年生、ＦＷ。年代別日本代表。

★その他の登場人物

櫻沢　七海　（さくらざわ・ななみ）　新潟市出身の女優。
榊原　梓　（さかきばら・あずさ）　楓の妹。
舞原　吐季　（まいばら・とき）　世怜奈のいとこ。
舞原　陽凪乃　（まいばら・ひなの）　世怜奈のいとこ。
舞原　陽愛　（まいばら・はるあ）　陽凪乃の妹。

ＦＷ：フォワード
ＭＦ：ミッドフィルダー
ＳＢ：サイドバック
ＣＢ：センターバック
ＧＫ：ゴールキーパー

THE BEST THERE IS,

THE BEST THERE WAS,

AND THE BEST THERE EVER WILL BE.

プロローグ

イルザの濡《ぬ》れた瞳《ひとみ》に恋をする。

静謐《せいひつ》な夜のしじまに、無色透明な未来が滲《にじ》んでいた。


ベンチ前に集まる仲間たちの中心に、キャプテンマークを巻いた背番号5、桐原伊織《きりはらいおり》が立っている。

ゴール前のグラウンド状態を確認していたら、僕を呼ぶ声が聞こえた。

「優雅《ゆうが》！　戻って来い！　円陣《えんじん》を組むぞ！」

夏休み前の身長測定で、伊織は百九十二センチを計測していた。チーム最高身長ではあるものの、レッドスワンには長身選手が多いため、伊織ですら高さでは目立たない。

監督、マネージャー、そして、アシスタントコーチである僕、高槻優雅《たかつきゆうが》を含めた二十四人全員で肩を組んでいく。

「もう一度、胸に刻《きざ》むぞ。高校選手権に出場出来なければレッドスワンは廃部になる」

円陣を組んだチームメイトに、伊織が檄《げき》を飛ばす。

「これからの三ヵ月でレッドスワンの未来が決まる。練習試合とはいえ、今日の敵はインターハイで美波《みなみ》高校が倒したチームだ。俺たちにとっても倒さなきゃならないレベルの相手で間違いない。勝利を重ね、レッドスワンの誇りを取り戻す。行くぞ！」

全員の発声が重なり、先発メンバーがフィールドに散っていく。

監督である舞原世怜奈《まいばらせれな》の指示を受け、初戦は僕がテクニカルエリアに立ってチームに細かな指示を送ることになっていた。

「優雅、コーチングは頼んだからな！」

「ああ。任せろ」

僕と拳《こぶし》を突き合わせてから、最後に伊織がフィールドに入っていった。

私立赤羽《あかばね》高等学校サッカー部、通称『レッドスワン』の存続を賭《か》けて戦った、春のインターハイ予選。

今でも夢に見る、あの痛恨《つうこん》の敗北から、既に二ヵ月という時が過ぎていた。

『新潟県の高校サッカーを二強が支配する時代は、今大会で終わりです。美波高校も、偕成学《かいせい》園も、私が指揮《しき》するチームの敵じゃない。選手権予選でまた会いましょう』

偕成学園に敗戦した直後の監督インタビューで、世怜奈先生が身内でも引くほどの大言壮語《たいげんそうご》を吐《は》き、SNSを介《かい》してその動画が拡散されて以来、レッドスワンに集まる注目は全国規模のものになった。

結果的に世怜奈先生のはったりが功《こう》を奏《そう》して、部を存続させるためのチャンスがもう一度だけ与えられたわけだが、突き付けられた危機的状況に変わりはない。

一月を中心に開催《かいさい》される、冬の全国高校サッカー選手権大会。高校サッカー界最大の祭典に出場出来なければ、レッドスワンは廃部となる。

七月上旬、選手権予選の組み合わせが発表になり、第一シードに組み込まれたレッドスワンは、八月末の一回戦と二回戦を飛ばして、十月末の三回戦から登場することが決まった。

チームに多くの経験を積ませたがっていた世怜奈先生は、シード枠《わく》に入ったことを残念がっていたけれど、組み合わせ抽選の結果が出た以上、あとはチーム力を上げていくしかない。

チーム強化の一環として、先生は八月二十日から、避暑地の軽井沢《かるいざわ》で三校による合同合宿を組んでいた。残りの参加校はインターハイに出場した長野県と山梨県の代表校である。

八月上旬に激闘を終えたばかりの強豪校が合宿に応じてくれたのも、ひとえに一連の騒動でレッドスワンが有名になっていたからだ。

今年のインターハイで、新潟県の絶対王者、美波高校はベスト4という好成績を収めている。その美波高校を倒さない限り、サッカー部の存続は叶《かな》わない。

長野代表、山梨代表と言えど、僕らは打ち倒さねばならなかった。

世怜奈先生や僕に全国規模の注目が集まっているからだろう。

たかだか高校生の練習試合であるにも関わらず、三泊四日の合同合宿は、観戦者が発生する事態となっていた。

「おい、ゴミ！　ちゃんとコースを切れよ！　愚民《ぐみん》どもが俺の負担を増やすな！」

長野県代表、深和《しんわ》高校のシュートを横っ跳びでキャッチングしたＧＫ《ゴールキーパー》、榊原楓《さかきばらかえで》が叫ぶ。

指の骨折を完治させ、楓が正ＧＫの座に復帰したのは六月末のことだ。それから二ヵ月弱、身長を百八十九センチまで伸ばした楓は……。

「手がつけられなくなってきましたね。集中している時は、本当に失点する気がしない」

「上達したのは技術だけじゃないけどね。口も態度も目に余る」

感情に任せて怒鳴り散らす楓を見つめながら、世怜奈先生は困ったように呟《つぶや》いた。

現在のレッドスワンはトーナメントで勝利するために、攻撃ではなく守備に重きを置いて作られたチームである。ノックアウト方式のトーナメントでは、失点しない限り絶対に負けることはない。ＰＫ戦でもＧＫがゴールを守り切れば、必ず勝利することが出来る。

初日におこなわれた深和高校戦は、〇対〇の引き分けに終わったものの、チームが目標とする無失点のクリーンシートを実現出来ていた。

二日目の午後に実施された山梨県代表、河口黎明《かわぐちれいめい》高校との練習試合は、後半頭に伊織がセットプレーからゴールを叩《たた》き込《こ》み、一対〇で先行する展開となっていた。

合宿で対戦する両校は、インターハイ予選で苦渋《くじゅう》を舐《な》めさせられた偕成学園に、勝るとも劣らない攻撃力を誇っている。しかも、敵の戦力をまったく分析出来ていない状態での戦いだ。敵のキープレイヤーに自慢のＤ Ｆ《ディフェンス》陣が突破され、何度か決定機を作られていたが、ことごとく守護神《しゅごしん》の楓が最後の壁として立ちはだかっていた。

「てめえら眠ってんのか！　まぬけ面《づら》で突破されてんじゃねえよ！　両目を潰《つぶ》すぞ！」

レッドスワンの四枚のＤＦは、三人の三年生と二年生ながらキャプテンを務める伊織である。度重なる罵詈雑言《ばりぞうごん》に、伊織と副キャプテンの鬼武《おにたけ》先輩は切れる寸前だったけれど、最後の最後で楓が守り切ってしまうせいで言い返せない。

チームメイトとの連携はともかく、楓は守護神として完全に覚醒《かくせい》の時を迎えていた。

そのままチームは河口黎明に対し、一対〇で勝利する。

合宿に参加してくれた両校は、共にインターハイでベスト16の成績を収めている。そんな二校に一勝一分けというのは、間違いなく自信を持って良い結果だろう。最大の立役者《たてやくしゃ》は、誰がどう見てもＧＫの楓で間違いなかった。

とはいえ、敵はどちらも県代表にまで昇りつめた強豪である。

軽井沢合宿では三日目に再び、両校との練習試合が午前と午後に組まれていた。そこで、レッドスワンは厳しい現実を突き付けられることになる。

二度目の対戦は、互いの長所と短所を把握した状態でおこなわれる。そして、今回の対戦では、それらの要素が二試合とも僕らに不利に働いてしまった。

レッドスワンは最終ラインのDFに、選手を四人並べる4《フォー》バックを採用している。その上で、守備力を強化するため、攻撃の主軸だった鬼武先輩と葉月《はづき》先輩を左右のＳＢ《サイドバック》に、ＦＷ《フォワード》志望だった伊織を中央のＣＢ《センターバック》にコンバートしている。

伊織、鬼武先輩、葉月先輩の三人は、県代表レベルのチームと対峙《たいじ》しても引けを取らない。

しかし、問題は伊織のパートナーだった。

現在、伊織と共にCBを務めるのは、三年生の森越将也《もりこしまさや》先輩である。

約一年前、監督交代時に多くの生徒が部を去ったため、チームには三人しか三年生が在籍していない。

鬼武先輩と葉月先輩は五十人以上が入部した学年のナンバーワンとナンバーツーであり、一年次からレギュラーの座を摑《つか》んでいた選手である。一方、森越先輩は世怜奈先生が監督に就任するまで、ベンチ入りすら果たせていなかった選手だった。

受験生としての夏を捨てて部に残ったせいで成績を落としてしまったものの、森越先輩は三年生の頭まで文系首席だった秀才だ。抜群の戦術理解度を拠《よ》り所《どころ》にレギュラーに指名されたわけだが、このレベルが相手になると知性だけでは防ぎ切れない破壊力に晒《さら》されることになる。

合宿三日目におこなわれた二戦目、深和高校、河口黎明高校は、共に徹底して森越先輩が守るスペースへと攻撃を仕掛けてきた。露骨《ろこつ》なまでに森越先輩が狙われ続けてしまったのだ。

深和との二戦目は一対一という結果に終わったし、河口黎明との二戦目は、一対二というスコアでリベンジを果たされてしまう。

「ちゃんと走れよ！　そんなスピードでよく俺の前に立とうと思ったな！」

「ふざけんな！　足をもぎとるぞ！　たまには突破を止めろよ！」

「おい！　このCBを代《か》えてくれ！　何回セーブしても意味ねえよ！」

森越先輩が敵の突破を許す度に、楓は激怒して怒鳴り散らす。

実力者からの罵倒《ばとう》は心に突き刺さる。

陥《おちい》った悪循環《あくじゅんかん》で森越先輩にはミスが増え、楓の暴言は激しさを増す。

「いい加減にしろ！　自分だけが特別だと思ってんじゃねえよ！」

あまりと言えばあまりの発言を連発する楓に対し、とうとうキャプテンの伊織がぶち切れ、そのゲームでは本来存在しないタイムアウトが取られることになってしまった。

「やってられるか！　もっと、まともなCBを用意しろよ！」

指を骨折していた楓は、五月の県総体に出場していない。

GKとして楓が敗戦を喫《きっ》したのは、二月以来のことだった。離脱していた時期もあるとはいえ、実に半年間、負けていなかったのだ。

「先生。選手権予選でもあいつをCBに使うつもりなのか？」

久しぶりに経験した敗戦に、楓はタイムアップの後も激怒していた。

「あいつじゃないでしょ。先輩には敬意を払いなさい」

「フィールドに先輩も後輩もあるかよ。優勝出来なきゃ廃部なんだろ？　どうせ、ほかのチームも同じことをやってくるぞ。どう見たって、あいつがうちの穴だからな！」

感情を隠さずにまくしたてる楓の話を、森越先輩は真っ青な顔で聞いていた。このレベルの敵を相手に、自分が通用しなかったことは、先輩自身が一番理解しているはずだ。

時にスポーツは残酷である。

森越先輩は三年生だ。受験勉強を犠牲にして、誰よりも熱心に居残り練習もおこなっている。一方、同じ三年生でも、葉月先輩は居残り練習なんて一切やらないし、普段の練習でも、いかに手を抜いて楽をするかばかり考えている。しかし、試合になれば最初から最後まで攻撃でも守備でも輝きを放ち続ける。

どうしても悪い意味で森越先輩ばかりが目立ってしまうのだ。

「三年だろうが何だろうが関係ねえ。俺は二度と負けたくねえんだ。いつまでも同情で下手《へた》くそをレギュラーに使ってんじゃねえよ！」

努力と成果は等号で結ばれない。楓の言葉は酷《ひど》いけれど、僕らは本当に考えなければならないのかもしれなかった。森越先輩がどんなに努力を積み重ねていようと、守り切れるチームを作って勝つというのであれば、伊織のパートナーには別の誰かを……。

インターハイでは終了後に優秀選手が発表される。県予選で戦うライバルの美波高校からは三名が選出されており、その三名全員が超攻撃的と言われる自慢のFW陣だった。

美波高校の攻撃力が、合宿で戦った二校を上回ることは間違いない。

三泊四日の夏合宿は、否応《いやおう》なく新たな課題をレッドスワンに突きつけていた。

2

軽井沢合宿に用意された練習メニューは三日目までである。

四日目、最終日は夕方まで自由時間となっており、観光地で個別に余暇を過ごすことが許されていた。

練習試合が一分一敗に終わった三日目の夜。

一人、合宿施設内の温泉で汗を流すことにする。

考えたいことは山ほどあった。

チームを作るために下すべき決断は無数にある。そして、すべての決断の正解と不正解は、結果という蓋《ふた》を開けてみるまで分からない。解答が保証されていない問題集を前に、あがけばあがくほど深みにはまってしまうような気がしていた。

「優雅《ゆうが》。ちょっと良いか」

考えもまとまらないまま湯船《ゆぶね》から上がり、更衣室《こういしつ》を出たところで呼び止められる。

振り返った先にいたのは、決め顔で鏡を見つめる葉月《はづき》先輩だった。

ホストのような容姿の葉月先輩は重度のナルシストであり、部内でも一、二を争う変わり者である。楓《かえで》とは異なり、基本的には無害なため、部員たちは一貫してその奇行を無視しているが、よくよく考えてみれば、本当に頭のおかしな先輩だ。

「何でしょうか？」

「お前、やっぱりフィールドに復帰するのは難しそうなのか？」

「はい。ドクターストップがかかってますから」

「先生も三年になるまで、ボールを蹴らせないって言ってたもんな」

何故《なぜ》、この人は鏡で自分を見つめたまま、会話を続けるのだろう……。

「今日も将也《まさや》が楓に色々と言われていただろ。仲間が責められるのを見るのは気分が悪い。お前が復帰して、もっと点が取れるようになりゃ、解決するかなって思ったんだけどな」

葉月先輩は自分にしか興味がない人間なのだと思っていたが、チームを心配することも時にはあるらしい。意外な一面を見たような気がした。

「そういやさ、お前ら二年って毎晩、映画を観《み》てるんだろ？」

「はい。皆で集まって、伊織《いおり》が持ってきた映画を観るのが恒例行事《こうれいぎょうじ》になってますね」

「今日は『カサブランカ』を観るって聞いたんだけど、俺も行って良いか？」

「もちろん大丈夫です。先輩も映画が好きなんですか？」

「いや、普段は観ないよ。でも、その映画は前から気になってたんだ。ほら、有名な台詞《せりふ》があっただろ。『君の瞳に映った俺に乾杯《かんぱい》』って奴《やつ》。あの台詞が使われている映画だよな。凄《すご》く共感出来るぜって昔から思ってたんだよ」

台詞の理解に重大な齟齬《そご》を感じるが、僕も初見の映画なので確信を持って訂正出来ない。

恋人の瞳に映った自分に乾杯してどうしようというのだろうか……。


三日目の映画鑑賞会には葉月先輩が現れ、代わりに三馬鹿トリオが姿を見せなかった。

夕食時にも楓は怒りを引きずっていた。映画を観るようなテンションではない楓に、穂高《ほだか》とリオも付き合ったのだろう。あの三人は意味不明なくらいに仲が良く、いつも一緒に行動している。

成長に逆行するように、三馬鹿トリオの問題行動には拍車《はくしゃ》がかかる一方だ。

合宿期間中は珍しく大人しくしていたけれど、明日は自由行動である。あの三人の生態は、檻《おり》に入っていない野生の猿と相違ない。油断大敵だ。

『カサブランカ』は第二次世界大戦中のモロッコを舞台にした恋愛映画である。

映画の中で何度か繰り返された『君の瞳に乾杯』という、かの有名な台詞を聞く度に、葉月先輩は納得がいかないというように首を捻《ひね》っていたが、理解出来ないのは、むしろこっちの方だった。

夏の終わりは、夜風の匂いで分かる。

映画を観終わった後、余韻《よいん》を噛《か》み締《し》めるため、伊織と圭士朗《けいしろう》さんと共に、月光が差す中庭に散歩に出た。

「何であんな結末になっちまったんだろうな」

ラストシーンでヒロインのイルザが流した涙に心を打たれた伊織は、深夜のテンションで無駄に気持ちを昂《たかぶ》らせていた。

「嫌いじゃないけどな。僕はあの結末」

「俺だって嫌いじゃねえよ。でもさ、好きな女にあんな顔をさせちまった時点で、やっぱり過程の何処《どこ》かが間違ってたってことなんだろうな」

中庭のベンチに腰掛け、伊織は夜空を見上げて深い溜息《ためいき》をつく。

「……だとすると、俺がやってることも間違いだったりすんのかな」

「何の話だ？」

ポケットに手を突っ込んだまま圭士朗さんが問う。

背番号7、中盤の底でボランチを務める九条圭士朗《くじょうけいしろう》は、チームの司令塔である。眼鏡の下には今日も知性的な双眸《そうぼう》が覗《のぞ》いていた。

「華代《かよ》に渡したラブレターの話。選手権予選が終わった後で返事を聞かせてくれって伝えてあるけど、もしかしたら華代が寂《さび》しいのは今かもしれないいんだよな」

伊織は現在、マネージャーの楠井華代《くすいかよ》に片想《かたおも》い中である。

ラブレターによって伝えた想いへの回答は、当初、インターハイ予選の準決勝後に聞く予定となっていた。しかし、痛恨の敗戦を経《へ》て、選手権予選の後へと持ち越されている。

以前、華代は告白を断るつもりだと言っていたが、当の伊織は自分が振られる可能性など微《み》塵《じん》も考えていない。残りの三ヵ月で華代に心変わりが生じることは有り得るだろうか。

「よし、決めた。俺は明日、華代をデートに誘う」

「今から誘うのか？　さすがに明日の予定は、もう決まってる気がするけど」

「どうせ華代は世怜奈《せれな》先生と一緒だろ。幾ら仲が良くても、教師と四日間もずっと一緒にいたんじゃ息もつまる。俺たちで解放してやろう」

「……お前、断りもなく俺と優雅を巻き込もうとしていることに気付いているか？」

「やっぱりデートで歩くなら旧市街かな。それとも普通にアウトレットの方が……」

映画を観るまで楓の傍若無人《ぼうじゃくぶじん》な言動に憤《いきどお》っていたくせに、伊織の頭の中は、すっかり明日のデートへと切り替わっていた。

サッカー部には女子が華代と世怜奈先生しかいない。二人は宿舎の部屋も一緒である。
果たして明日、伊織は華代を先生から引き離せるのだろうか。
移ろいやすい季節の狭間《はざま》に、心は揺れる。
多分、大抵の十七歳にとって、恋は勝利と同じだけ大切だった。

【用語解説1】

アーリークロス　相手の守備陣形が整う前に、早目に前線にボールを上げること。
アウトサイドキック　足の甲の外側でボールを蹴ること。
インサイドキックとは軌道が逆になる。
アシスト　得点を入れた選手へのラストパス。
アタッキングサード　フィールドを三分割した際に生まれる、最も相手ゴール側のエリア。
アディショナルタイム　プレーが中断した分だけ追加される延長時間。ロスタイムと同義。
イエローカード　危険なプレーや審判への異議に対して出される警告。
一試合に二枚受けると退場。
インサイドキック　足の内側、土踏まずの少し上辺りでボールを蹴ること。
インターハイ　「全国高等学校総合体育大会」の通称。毎年八月を中心に開催される。
ウイング　フォワードの中で、両サイドでプレーする選手のこと。
エンド　陣地。ハーフウェイライン（センターライン）を境に、
味方エンドと相手エンドが存在。
オフサイド　相手ゴール前で「待ち伏せ」をしてパスを受ける反則行為。
パスが出た瞬間、自分の前に二人以上の敵（ＧＫ含む）がいなければ
オフサイドとなる。
オフ・ザ・ボール　プレイヤーがボールを持っていない、
もしくはボールに密接に関与していない状態。
キックオフ　試合開始、及び、得点が生まれた後でプレーを再開すること。
クリーンシート　無失点で試合を終えること。
グラウンダー　ボールが浮かずに地面を転がること。
クロス　フィールドの左右からゴール前にロングパスを送ること。センタリングと同義。
クロスバー　ゴールの枠の上の部分。
ゴールセレブレーション　ゴールパフォーマンスと同義。
ユニフォームを脱ぐと警告を受ける。
ゴールポスト　ゴールの枠の横の部分。右ポストと左ポストが存在。
ゴールマウス　ゴールの枠のこと。クロスバーとポストで構成される。
コイントス　試合前にエンドとキックオフを行うチームを決める方法。
高校選手権　冬に開催される高校サッカー部の頂点を決める大会。ク
ラブチーム所属の高校生は出場しない。

第一話　天泣の恋心

The REDSWAN saga

1

僕にはサッカー部に二人の親友がいる。

一人は同じ団地に住む幼馴染《おさななじみ》の桐原伊織《きりはらいおり》であり、もう一人は一年生の時にクラスメイトだった九条圭士朗《くじょうけいしろう》だ。二年に進級する際、理系に進んだ二人とは別のクラスとなったけれど、代わりに二人がそれぞれに片想いをする相手が同級生となった。

伊織の想い人は、サッカー部でマネージャーを務める楠井華代《くすいかよ》だ。小柄《こがら》で華奢《きゃしゃ》な少女であり、よく膝小僧《ひざこぞう》に傷を作っている。寡黙《かもく》ながらも勤勉な彼女の姿に、いつしか伊織は惹《ひ》かれていった。

一年生の夏に家庭の事情で新潟市に引っ越してきた華代は、編入生だったこともあり、去年はクラスでも孤立《こりつ》していたらしい。しかし、二年生になるとクラスに友人が出来た。その相手こそ、圭士朗さんが小学生の頃から想いを寄せている藤咲真扶由《ふじさきまふゆ》である。

吹奏楽部に所属する真扶由さんは、地に足のついた佇《たたず》まいを見せるクラスの委員長だ。聡明《そうめい》な彼女は理知的な圭士朗さんが焦《こ》がれるに相応《ふさわ》しい少女であると感じるし、幼馴染に近い関係性を踏《ふ》まえても、お似合いの二人だと思う。

二人の親友がそれぞれに想いを寄せる少女と同じ教室で、僕は四ヵ月を過ごしてきた。

夏合宿の地として選ばれた軽井沢は、江戸時代に五街道の一つ、中山道《なかせんどう》が通っていた街である。新潟市から車で三時間ほどの距離にあり、豊かな地理風土は多くの文化人に愛されてきたと聞く。

観光スポットは多岐《たき》にわたるが、若者を引き付ける中心は、駅の南側に作られた巨大なアウトレットモールだろう。スポーツショップも点在するため、部員の大多数は四日目をそこで過ごすことに決めていた。

昨晩『カサブランカ』を観た影響で、伊織は華代をデートに誘うと息巻《いきま》いている。しかし、三泊四日の合宿中、華代は自由時間になると必ず世怜奈《せれな》先生と行動を共にしていた。本日も例外であるとは思えない。まずは華代を世怜奈先生から引き離すこと。それが最初のミッションになると考えていたのだけれど、事態は意外な角度から進展を見せることになった。

合宿最終日、午前八時半。

宿泊施設のレストランでそれは発覚する。

その日の朝、ビュッフェ形式の朝食に、榊原楓《さかきばらかえで》、時任穂高《ときとうほだか》、リオ・ハーバート、問題児の三馬鹿トリオが現れなかった。そして、想像を絶する真相が判明する。近隣のレンタサイクルの店で自転車を借り、三人は海を目指し始めていたのだ。

夏休みには連日、練習が詰まっていた。

久々に与えられた丸一日の休みを使い、彼らは海に遊びに行くという計画を立てていたらしい。昨晩、映画鑑賞会に来なかったのも、早朝から動き出すために早々に眠りについていたからだったのだろう。

用意周到《ようい しゅうとう》と言えば用意周到だが、残念ながら彼らの知性には致命的《ちめいてき》な欠陥《けっかん》がある。軽井沢は内陸県の長野に位置しており、海など存在しないのだ。

北を目指せばいつかは海に到着する。しかし、山を越えなければならないし、集合時間を考えれば、往復など出来るはずもない。

日本海で泳いでくるとの書き置きと、レンタサイクルの貸出履歴から、彼らの行動が明らかになり、唯一の引率教諭である世怜奈先生は頰《ほお》を引きつらせていた。

三馬鹿トリオは決行を止められないよう、全員が携帯電話の電源を落としている。世怜奈先生は彼らを捕まえるため、舞原《まいばら》家お抱えの運転手、一本槍《いっぽんやり》さんと共に、朝食もそこそこに宿泊施設を飛び出すはめになっていた。

不逞《ふてい》の輩《やから》が奇行に及んだ結果、図らずも華代が世怜奈先生から引き離され、事は実にスムーズに進むことになる。真扶由さんへの想いを伝える覚悟を固めていた圭士朗さんが、伊織のために一肌《ひとはだ》脱いでくれたのだ。

『俺は伝えるべき時には自分の口で伝えるよ』

春先に彼はそんな風に言っていたけれど、ついにその時がやってきたのだろう。

圭士朗さんは合宿のお土産《みやげ》として購入したプレゼントを真扶由さんに渡し、それから、告白するつもりであるという。事前に下調べもおこなっており、本日の自由行動では、アウトレットのある軽井沢駅周辺ではなく、プレゼントを探すために、北上した場所にある旧軽井沢を散策する予定らしい。

華代にとって真扶由さんは数少ない友人の一人である。少なくとも僕らよりは、彼女の好みを把握しているに違いない。

圭士朗さんは入学時より首席の座に君臨し続ける俊才《しゅんさい》だが、さすがの彼でも女子へのプレゼントには当意即妙《とういそくみょう》な回答を弾《はじ》き出《だ》せない。より適切なプレゼントを用意するため、自らの恋心を明かし、圭士朗さんは華代に散策の同行を求める。

そんな風にして、その日、僕たちは四人で旧軽井沢へと出掛けることになった。

2

軽井沢駅から徒歩で三十分ほど北上すると、旧軽井沢のメインストリートに到着する。

旧軽井沢は明治時代にカナダ人の宣教師が別荘《べっそう》を開設して以来、別荘族御用達《ごようたし》の商店街として発展してきた観光地だ。五百メートルほどの区間に様々な商店が立ち並び、避暑地の繁忙期《はんぼうき》らしく、多くの客で賑《にぎ》わっていた。

真扶由《まふゆ》さんへのプレゼントを買うために、彼女と仲の良い華代《かよ》にアドバイスをもらう。それがこの散策の表向きの目的であるものの、大人しい華代に能動的《のうどうてき》な働きは期待出来ない。圭士《けいし》朗《ろう》さんと僕が先を歩き、華代は伊織《いおり》と並んで、のんびりとした足取りで後をついてきていた。

周囲にきょろきょろと目を向けているあたり、それなりに楽しんではいるのだろうか。

女の子にプレゼントを購入した経験なんて僕にはない。伊織だって同様だろう。真扶由さんの好みも分からないし、こうやって付き合うくらいしか出来ることはない。

ぼんやりとしながら圭士朗さんの隣を歩いていたら、

「優雅《ゆうが》、朝から元気がないな。何か悩みでもあるのか?」

テニスコート通りなる路地にさしかかったところで、圭士朗さんが立ち止まる。

後方では伊織と華代が、桃のジェラートを販売する店先に並ぼうとしていた。歩き始めた頃は、ほとんど会話のなかった二人だが、何だかんだで今は楽しそうにしている。知らない人が見れば、きっと立派なカップルだろう。

「悩みってほどじゃないんだけどさ。森越《もりこし》先輩のことが、ずっと引っかかってる」

きっかけは昨日の楓《かえで》の罵詈雑言だった。

ＧＫ《ゴールキーパー》が守備陣の不甲斐《ふがい》無《な》さに憤るのは無理のないことである。実際、楓はＤＦ《ディフェンス》陣に文句を吐いてしかるべきレベルで、何度も危機を防いでいる。だが、ことはそんなに単純ではない。楓は四人のＤＦ陣に対してではなく、実力が劣る森越先輩に対してのみ激怒しているからだ。ゲームの後半には、監督にＣＢ《センターバック》の交代さえ要求していた。

後輩にあれだけの不満をぶちまけられたのだ。先輩自身のメンタルも心配だし、何より性質《たち》が悪いのは、今回の件が単に楓の性格の悪さだけに起因するものではないことだろう。

楓が述べた不満は、チームに巣食う問題の核心を突いている。春に戦ったインターハイ予選でも兆候《ちょうこう》はあった。同格以下の相手であれば、戦術理解に長《た》ける森越先輩はその力を十分に発揮出来る。ところが偕成《かいせい》学園のように高いレベルの敵を相手にすると、途端に脆《もろ》さが露呈《ろてい》してしまう。知性だけではどうにもならない身体能力や技術の差が、如実《にょじつ》に現れてしまうからだ。チームが潜在的に抱えていた懸念《けねん》は、長野と山梨の県代表との戦いで顕在化《けんざいか》してしまった。

「確かに一日で忘れられる話ではないな」

「先輩の気持ちを考えたら憂鬱《ゆううつ》にもなるよ」

「河口黎明《かわぐちれいめい》は一試合目で負けたことが、よっぽど悔しかったんだろうな。九十分間、徹底的に森越先輩しか狙ってこなかった。強豪が練習試合で取るべき戦術じゃない。ただ、俺たちにとっては貴重な示唆《しさ》でもある。本番が始まれば、同じ狙いを持ったチームは必ず出てくる。前回の成績もあるし、監督の言動のせいで、うちはもう研究される側のチームだ」

世怜奈《せれな》先生はテレビ中継のインタビューで、県内ではもう二度と負けないと宣言している。あれだけ目立ってしまった以上、敵に対策を立てられないと期待するのは愚かだろう。

「世怜奈先生が何を考えているか分からないが、対策方法は三つだろうな。森越先輩を信じ続ける。別の選手と入れ替える。最終ラインを3《スリー》バックに変更する。単純に考えれば、その三つしかない。心情的にも三年生をレギュラーから外すのは難しいが……」

「現状維持《いじ》は賭《か》けだよね」

「選手を入れ替えても、伊織との実力差が浮き彫りになって、集中的に狙われてしまうなら意味がない。誰かをコンバートでもしない限り、抜本的《ばっぽんてき》な解決にはならないさ」

しかし、適任者がいるなら、とっくに世怜奈先生が実行に移しているはずだ。

「残る案は3バックへのシステム変更か」

現在、チームが採用しているのは、守備の選手を四人並べる4《フォー》バックである。3バックになればDFの人数が減るが、それがすなわち守備力の低下に繋《つな》がるというわけではない。

4バックにおける両翼の選手は、大抵、攻撃にも積極的に参加するSB《サイドバック》である。中央に位置し、常に守備に集中するCBは二人しかいない。一方、3バックでは最終ラインにCBの選手を三人並べる場合が多いため、実際にはより守備的なフォーメーションと言えるのだ。

「鬼武《おにたけ》先輩と葉月《はづき》先輩ならCBだってこなせるだろうけど……」

「問題は二人の攻撃力を生かせなくなることだろうな」

「まあ、そうなるよね」

　鬼武先輩と葉月先輩の攻め上がりは、レッドスワンの大きな武器である。だが、システムを3バックに変更した場合、バランスの問題によって前線への攻め上がりが格段に難しくなる。

「先輩たちが参加しなくなれば、確実にサイドからの攻撃力は半減する。3バックに移行するなら、そこをどう補塡《ほてん》するかも考えなきゃならないはずだ」

「お待たせ。圭士朗さんは3バックを試したいのか？」

　コーンに乗った桃のジェラートを手に、伊織と華代がやって来る。

「お前がもうちょっと平凡な選手だったなら、今のフォーメーションで問題ないんだがな」

「何の話だ？」

「世怜奈先生の選定眼《せんていがん》は正しかった。伊織、お前はもう県でナンバーワンのCBだよ。だからこそパートナーの粗《あら》が目立ってしまう」

　圧倒的な高さとパワーを誇るだけでなく、俊足《しゅんそく》でスピード勝負にも負けない。伊織は楓と同様、その才能を完全に開花させ始めている。

「俺のことを褒《ほ》めてたのか？　そういうことは聞こえるようにやってくれよ」

「そんな単純な話でもないんだけどな。アイス、溶けているぞ」

　圭士朗さんの忠告を受け、伊織は慌《あわ》ててジェラートを口に運び始めた。

裏路地を進んだところに、小さなジュエリーショップがあった。

立ち入るだけで勇気が必要な空間だったけれど、女子の華代がいてくれれば、気圧《けお》されずに足を踏み入れることが出来る。

「繊細《せんさい》で綺麗《きれい》な物が好き」

それが、真扶由さんの好みを聞かれた時に、華代が述べた答えだった。大和撫子《やまとなでしこ》的な真扶由さんの印象とも相違ない。

店内に並ぶイヤリングやネックレスは、どれも繊細な物ばかりで、ごてごてとした迫力は感じない。真扶由さんが好きな色は、圭士朗さんが把握している。最終的に選ばれたプレゼントは、美しい小細工が施《ほどこ》されたスワロフスキーのブレスレットだった。

吹奏楽部が演奏時にアクセサリーを身に着けて良いのかは分からない。真扶由さんがそういった物を身に着けることに対して、どう考えているのかも分からない。それでも、プレゼントとしては背伸びをし過ぎているわけでもなく、適切な頃合いの品だという気がした。

本日は夕方四時に、宿泊施設のロビーへ集合することになっている。

集合時刻の一時間ほど前に戻ると、丁度《ちょうど》、世怜奈先生から県境近辺で三馬鹿トリオを捕獲《ほかく》したとの連絡が入ったところだった。海に辿《たど》り着《つ》けず、貯水池《ちょすいち》で暴れていたところを捕まったらしい。

借りていた自転車を返すため、三人は軽井沢まで戻って来なければならない。マイクロバスで三人を探しに出掛けるという先生の選択は正しかったようだ。

世怜奈先生たちの帰還を待つため、結局、新潟への出発は一時間遅れることになった。

市営住宅に一人きりで暮らす僕には、お土産を渡す相手がいない。

旧軽井沢に出向いた散策でも、自分の物は何も購入していなかった。

皆より簡素な三泊四日分の荷物をまとめてロビーに出向くと、先に華代が待っていた。マネージャーとしての責任感がそうさせるのか、華代はこういう場面で、大抵、誰よりも早く行動する。

「今日は付き合ってくれてありがとう」

「別に。私もやることなんてなかったもの」

それは、実に華代らしい返答だったけれど。

「プレゼント選びを手伝ってくれたこと、感謝してる。これ、今日のお礼」

立ち寄った店で購入していた紙袋を彼女に手渡す。

「開けてみて」

怪訝《けげん》な眼差《まなざ》しで紙袋を受け取った華代に促《うなが》す。

「よく転んで膝を擦《す》り剝《む》いているでしょ。それ、林檎《りんご》の香りがするらしいよ」

　僕が買ったのは匂いつきの絆創膏《ばんそうこう》だった。付き合ってくれた華代にお礼がしたくて、色々と考えながら一日を過ごし、ようやく見つけたプレゼントだった。

「良かったら、使ってみて」

「……ありがと」

　僕にお礼を渡されるなんて思ってもみなかったのだろう。戸惑いの表情を隠せないまま、華代は取り出した絆創膏の箱を見つめていた。

「本当は使用機会なんてない方が良いんだけどね」

　僕の声が聞こえているのか、いないのか。華代は曖昧《あいまい》に頷《うなず》くだけだった。

　ロビーへの集合時間には、まだ間がある。ソファーに腰を下ろすと華代も対面に座った。

「……ねえ、優雅。圭士朗さん、本気で真扶由に告白するつもりなのかな」

「そうじゃなかったらアクセサリーなんてプレゼントに選ばないと思うよ。ジャムでも、お菓子でも、お土産になりそうな物は幾らでもあったじゃないか」

　圭士朗さんの想いを知っているのは僕らだけだ。ロビーにはまだ誰の姿もなかったが、他人に聞こえては困る。小声で答えた。

「……そっか。それは、そうだよね」

　含みを持たせた彼女の言葉に首を傾《かし》げる。

「何か問題でもあるの？　もしかして真扶由さんには恋人がいるとか？」

「そんな話は聞いたことがないけど」

じゃあ、何だというのだろう。

「華代、今日、楽しそうだったよね。伊織と打ち解けてきたんじゃない？」

本日、僕は親友の想いを慮《おもんぱか》って、極力、圭士朗さんの隣にいるようにしていた。結果的に伊織と華代は多くの時間を並んで過ごしている。それなりに会話も弾《はず》んでいたようだし、何だかんだで華代も楽しそうに過ごしていたように思う。

「別に。前からこんなものだよ」

相変わらず華代は表情も抑揚《よくよう》も乏《とぼ》しく、その心の内は分からなかった。

一体、彼女は何を言いたかったんだろう。

他の部員たちがやって来たため、結局、曖昧なまま会話は終わってしまったのだけれど、その日の華代の言葉の意味を、僕はすぐに知ることになった。

3

八月二十七日、木曜日。

夏休み明けの授業が再開してから、早いものでもう四日が経《た》っていた。

放課後、掃除を終えて教室を出たところで、真扶由《まふゆ》さんに呼び止められた。

「優雅《ゆうが》君、これから部活だよね？　急いでる？」

時計に目をやると、ウォームアップ開始の時刻が迫っていた。とはいえ膝《ひざ》に異常を抱える僕はどんな練習にも参加しない。世怜奈《せれな》先生とのミーティングも本日は練習終了後だ。

「急いでるってことはないかな。何か用事があった？」

「じゃあ、少しだけ時間をもらえないかな。話したいことがあるの。出来れば人がいないところに行きたいんだけど……」

一体何だろう。

圭士朗《けいしろう》さんについて相談したいことでもあるのだろうか。

夏休みが終わったら告白すると聞いていたが、Xデーまでは知らされていない。昨日までの圭士朗さんに普段と変わった様子は見られなかったし、まだ告白はしていないような気もするのだけれど……。

真扶由さんに先導されて屋上に出ると、蒸《む》した熱風に晒《さら》され、背中に一筋の汗が伝った。

貯水タンクが作る日陰を見つけ、彼女と共にそこへ移動する。

「話っていうのは？」

いつの間にか、真扶由さんの顔から困ったような微笑が消えていた。こんな風に半ば引きつった表情の彼女は見たことがない。言いにくい話なのだろうか。

「どんな言葉を使っても正確には伝えられない気がするから、正直に話すね」

彼女の張りつめたような眼差しが、さらに歪《ゆが》む。

真扶由さんは一度、小さく息を飲み込み、それから……。

「優雅君のことが好きです。出会った頃から大好きでした。私と付き合って欲しいです」

彼女の唇から零《こぼ》れたのは、そんな言葉だった。

あまりにも虚《きょ》を突かれてしまったせいで、告げられた言葉を、ありのままの事実として捉《とら》えることにさえ、随分な時間を要してしまった。

「……どうして？　それ、本当に？」

表情もろくに作れないまま、そんな風に聞き返すことしか出来なかった。

真摯《しんし》な想いを伝えられて、それを問い返すというのは、もしかしたらとても失礼なことなのかもしれない。しかし、そうすることしか出来なかった。

十七年の人生で、何度か女の子に告白されてきた。

だけど、真扶由さんは過去に相対してきた、どんな女の子とも違う関係性の相手であるように思う。

去年、僕は大会で授業を欠席する度に、ノートを見せてもらっていた。もちろん、彼女が最初にノートを貸したのは、小学校からの友人である圭士朗さんだったが、おまけで僕も助けてもらうようになり、そんな習慣は圭士朗さんが別のクラスになった今年も続いていた。中学生までなら、そんな風に女子に頼るなんて考えられないことだったはずである。

真扶由さんと喋《しゃべ》るのは、用事がある時に限った話ではない。

曇り空を見つめていて「雨の日と晴れの日、どっちが好き?」なんて聞かれてみたり、代表戦の前に「明日の先発FW《フォワード》って誰だと思う?」なんて尋ねられてみたり、そういう雑談みたいな会話を交わす機会だって頻繁《ひんぱん》にあった。

多分、真扶由さんは僕にとって初めて出来た異性の友達だった。何より親友の圭士朗さんが焦がれる少女でもある。告白されると同時に、反射的に断り文句を考え始めてしまうような、何度も経験してきた一風景と同じだなんて思えるはずがなかった。

「こんなことで嘘《うそ》はつかないよ。こんなことじゃなくても嘘はつきたくないけど」

「ごめん。疑っているわけじゃないんだけど、圭士朗さんが……」

唇を動かしてから、口を滑《すべ》らせてしまったことに気付いた。それは僕が告げて良い話じゃない。他人が告げることを許されるような軽い想いじゃないのだ。

失言に気付き、取《と》り繕《つくろ》う術《すべ》もないまま動揺を見せると、真扶由さんの顔に微笑が戻った。

「大丈夫。知ってるよ。もう、全部、知ってるの」

「……どういう意味？」

「三日前に告白されたから。プレゼントを渡されて、その時に聞いたの。長野で優雅君たちと一緒に選んだんだって。だから優雅君が私にそういう感情を抱いていないことは分かってる」

困ったように告げた真扶由さんの両目に、涙が浮かび上がっていた。

彼女の腕を確認する。長袖《ながそで》の下にブレスレットは……。

「プレゼントは受け取らなかったよ。受け取るわけにはいかないって思ったから」

僕の視線に気付き、真扶由さんはそう言った。

「ごめんね。叶わないって知っているのに、こんなことを言うなんて自己満足でしかないって思ったんだけど。三日間考えて、考えて、考えて、やっぱり伝えなきゃって思ったの。優雅君に伝えない限り、スタートラインにさえ立たせてもらえないって分かったから」

真扶由さんの聡明《そうめい》な瞳から、一筋の雫《しずく》が零れ落ちる。

「私は入学してすぐに優雅君に惹かれてしまった。君の儚《はかな》い声がたまらなく好きだったの。もう隠し事をしたくないから正直に話すね。サッカー部だった優雅君と圭士朗さんが仲良くなったことを、私は打算的に喜んでいた。圭士朗さんとは小学生の頃から友達だったから、二人が一緒にいる時なら話しかけることが出来た。優雅君の声を聞くことが出来た。でも、その裏でこんなことになっているなんて夢にも思っていなかった」

真扶由さんは圭士朗さんの想いに気付いていなかったのか……。

僕らが当たり前のようにベクトルを感じ取っていたのは、圭士朗さんから直接、話を聞いていたからなのだろう。

よくよく考えてみれば、感情の起伏を見せない彼の淡い想いを悟《さと》るなんて、他人に出来るはずがない。それは想いの矛先《ほこさき》である真扶由さんも例外ではなかったのだ。

「プレゼント選びを手伝っていた優雅君が、私に好意を抱いているはずがない。そう理解していたけど、だからって簡単には諦められなかった。私だって軽い気持ちで優雅君のことを一年以上、好きだったわけじゃないから。ごめんね。優雅君はとても優しい人だから、こんなことを言われても困ってしまうって分かってる。でもさ……」

真扶由さんの両の瞳から涙が溢《あふ》れ出《だ》した。

「せめてスタートラインに立たせてもらえないかな。私は卒業するまで君のことを想い続けると思うから。だから、少しだけで良いから考えてもらえないかな。私のことを恋人に出来ないか考えて欲しいの」

『圭士朗さん、本気で真扶由に告白するつもりなのかな』

今更ながら、合宿最終日に華代《かよ》が言っていた言葉の意味を理解する。

「華代はこのこと、知ってたんだよね」

真扶由さんは小さく頷いた。

「うん。優雅君のことを相談出来るのは華代だけだったから」

男子が男子の完結した世界の中でそうしていたように、少女たちもまた、一つの恋を前に、空想や推測を繰り広げていたのだろう。

「……ごめん。ちょっと混乱してて。今は何も言えそうにない」

「うん。分かる気がする。三日前に圭士朗さんに話を聞いた時は、私も同じだったから」

圭士朗さんは真扶由さんに想いを伝えたが、その恋は叶うことがなかった。

「一つ聞いても良いかな。僕のことを好きだって、それは圭士朗さんにも？」

「やっぱり優雅君は友達想いだよね。そういう優しいところが、私はとても好きだよ」

照れたように告げてから、

「ごめんなさい。どうして良いか分からなくて、それも素直に話してしまったの。だから、圭士朗さんも理解してる」

だとすれば、圭士朗さんは一体どんな気持ちで昨日までの練習に臨んでいたんだろう。どんな感情を噛み殺しながら、平生《へいぜい》の表情を見せようと努めていたんだろう。

圭士朗さんの気持ちを思っても、真扶由さんの気持ちを思っても、息が苦しくなる。

ままならない世界に、胸が張り裂けんばかりに痛んでいた。

恐らくこれが俗《ぞく》に三角関係と呼ばれるものなのだろう。

練習後のミーティングで、ようやくそんな当たり前のことに気付く。

僕はレッドスワンでアシスタントコーチを務めているが、今日が監督とのミーティングがある木曜日で良かった。伊織《いおり》には先に帰ってくれと伝えてある。平静を保てる自信もないし、一緒に帰っていたら、絶対に何かあったと勘付《かんづ》かれてしまうだろう。

まだ何を話せば良いかも分からない。とにかく今は一人で頭の中を整理したかった。

4

校舎を出ると、既に日が暮れていた。

八月も終わりに近付き、撫《な》ぜていく風は心とは裏腹に少しだけ穏やかになった。

「顔が死んでるぞ」

正門を出たところで不意に話しかけられ、同時に頬《ほお》に冷たい何かが当てられた。

反射的にのけぞると、圭士朗《けいしろう》さんの顔が目に入った。

「悪い。驚かせてしまったか？」

正門脇の壁から背中を剝《は》がし、圭士朗さんは清涼飲料水のボトルを差し出す。

「やるよ。驚かせた詫《わ》びだ」

「……ありがと。でも、どうして……」

「優雅《ゆうが》が出て来るのを待ってたんだよ。まだバスの時間は大丈夫だよな。少し話さないか？」

促《うなが》されるまま近所の公園まで移動し、並んでブランコに腰掛けた。

僕や伊織が暮らす団地の敷地《しきち》内には、幾つもの公園が設置されており、子どもの頃、僕らにとってブランコはフリーキックの良い練習道具だった。椅子を落下点に設定したり、カーブをかけて鎖《くさり》の間を通したりと、様々な練習の的《まと》にしていた。

時代が変わり、今は『球技禁止』の看板を掲げている公園も多い。

「優雅、今日、真扶由《まふゆ》さんに告白されただろ」

ブランコに腰掛けると、枕詞《まくらことば》もなしに圭士朗さんは口を開いた。

「……どうして分かるの？」

「お前が優しい奴だからさ」

圭士朗さんは棘《とげ》のない眼差しで、真《ま》っ直《す》ぐに前を見据えている。

「俺を見る目が昨日までと違ったからな。何があったかくらい推測がつく。俺のことを心配してたんだろ？　気落ちしてるんじゃないか。練習に集中出来ないんじゃないか。本当は……自分に怒りを抱いているんじゃないか。色んな考えが頭の中を巡《めぐ》っていた。違うか？」

圭士朗さんが告げた言葉は、どれもまったくその通りだった。

「お前の目から見て、俺には何か変化があったか？」

「……いや、なかったよ。僕は今日まで、そんなことがあったなんて夢にも思っていなかった。それを聞いた後でも、圭士朗さんは普段とまったく変わらないように見えた」

「これでも結構、動揺していたんだけどな。ここ何日かは凡《ぼん》ミスも多かった」

「分からなかったよ。全然」

「それなら多少は自信を持って良いのかもしれないな。お前の目を欺《あざむ》けるなら、全国レベルの敵が相手でも問題なさそうだ」

眼鏡の下に覗く利発《りはつ》な彼の目は、時に厳しく見えることもある。けれど、その本質が本当はとても穏やかなものであることを僕は既に知っている。

「優雅は真扶由さんの告白に何て答えたんだ？」

「答えるも何も混乱でそれどころじゃなかったよ」

圭士朗さんの気持ちを考えても、真扶由さんの気持ちを考えても、戸惑いでどうにかなってしまいそうだった。

比較構文や仮定法も良いけれど、もっと、こういう心の根幹に関わるような問題の定理を、授業で教えて欲しかった。そう思っていた。

「少しで良いから考えて欲しいって言われて、答えも何もないまま話は終わった」

「そうか。二人らしいな」

圭士朗さんはブランコから立ち上がる。

「優雅、俺はお前の決定に異《い》を挟《はさ》まない。そんな資格もないし、こんなことをお前に頼めた立場じゃないのも理解はしてる。ただ、一つだけ我儘《わがまま》を言わせてくれ」

「そういう風に前置きされると、何だか怖いね」

「俺が自意識過剰な推測をしているだけなら、何の問題もないんだけどな。お前、俺のことばかり心配してるだろ？　振られた俺の気持ちを考えて、それで、どうして良いか分からなくなってる。でも、恋愛ってそういうことじゃないはずだ。他人のことは頭から外して考えるべきなんだよ。彼女に対しての答えに、俺を足したり引いたりしないでくれ」

自嘲《じちょう》と共に圭士朗さんは言葉を続ける。

「俺を傷つけたくなくて、そういう理由で彼女の想いが叶わないのだとしたら、俺にとってそれ以上の罰はない。彼女が傍《そば》にいたいと願う相手がお前で、お前がそれを受け入れるのだとしたら、それはそれで正解なんだよ。その相手が優雅なら反対する理由もない」

「でも、僕にはよく分からないけど、自分の好きな人が別の男と笑ってるなんて……」

「祝福するよ。祝福したいと思う。今はまだ何を言っても強がりにしかならないけどな。彼女が笑ってくれるなら、それで構わない」

陽《ひ》が落ちた後の公園で別れて。


圭士朗さんの推測がいかに的を射ていたのか、帰宅後、明晰《めいせき》に思い知る。

公園で彼の話を聞くまで、確かに僕の心は藤咲真扶由《ふじさきまふゆ》と向き合っていなかった。

バスルームでぬるま湯につかりながら、ようやく心は彼女に焦点《しょうてん》を合わせ始める。

これまでも度々、異性から告白される機会はあった。しかし、どんな風に真情《しんじょう》を披瀝《ひれき》されても、一度だって心が動いたことはない。

いつだってサッカーに夢中だったこともあるだろう。だが、最大の要因は、告白してきたその少女たちのことを、よく知らなかったからなのだと思う。そういう意味では、藤咲真扶由はこれまでに出会ってきたどんな少女たちとも違う立ち位置にいる。圭士朗さんを介してではあるものの、こんなにも親しくなった女子はいなかったからだ。

彼女は僕にとって、確実に他の少女たちとは異なる存在だった。


真扶由さんには大和撫子《やまとなでしこ》という言葉がよく似合う。肩の下まで伸びた漆黒《しっこく》の髪も、長い睫毛《まつげ》も、日焼けを知らない白皙《はくせき》も、実に彼女に似つかわしい。

僕の身長は春に測った時点で百七十七センチだったが、もう完全に止まってしまっている。

真扶由さんは百六十センチに届いたと言っていた。女子の背はいつまで伸びるものなんだろう。

二人が並んだ光景は、それなりにバランスの取れたものだろうか。

斜め下から微笑《ほほえ》む彼女を想像してみる。

真扶由さんは僕の声が好きだと言っていた。そんなことは初めて言われたけど、嫌な気分でもなかった。

いつだって彼女との会話は穏やかで温かなものだ。

僕らが纏《まと》う空気は、きっと、ある程度、近しい温度なのだろう。


心は自分だけのものなのに。

きっと、生まれた時から、自分の味方でいてくれたはずなのに。

どうして向かいたい方向さえ、容易《たやす》く教えてはくれないんだろう。

あるがままの心で大切な人と向き合いたい。

こんなにも、そう願っているのに。

たったそれだけのことが、欠陥人間の僕にはとても難しいことだった。

【用語解説2】

コーナーキック　守備側の選手が最後に触れてボールがゴールラインを割った後、ゲームを再開する方法。
フィールドの角にあるコーナーエリアにボールが置かれ、セットプレーとなる。

ゴールキーパー（GK）　自陣ペナルティエリア内で手を使えるゴールを守る役目の選手。
ユニフォームが異なる。

サイドハーフ（SH）　MFの中で、両サイドでプレーする選手のこと。

サイドバック（SB）　DFの中で、両サイドでプレーする選手のこと。

シミュレーション　あたかもファウルを受けたかのように振舞い、審判を欺く反則行為。
警告を受ける。

Jリーグ　日本のプロサッカーリーグ。三部リーグまで存在。

シザーズ　またぎフェイントのこと。ボールをまたぐことで敵に進行方向を誤認させ、抜き去るテクニック。

ジャイアントキリング　実力的に格下のチームが、格上のチームを負かすこと。
番狂わせ。

ショルダーチャージ　ボールを奪うために、相手選手に自分の肩をぶつけること。

スコアレスドロー　0対0の引き分けのこと。

スタッツ　プレー内容に関する統計数値のこと。
ボールポゼッション率、シュート数、ファウル数など。

ストライカー　シュートをする役目の選手。基本的にFWを指す場合が多い。

スライディング　身体を倒した状態で滑りながらタックルすること。

スルーパス　DFの間を通り抜けるパス。
味方が走り込む先へ出すため、決定機が生まれることが多い。

スローイン　タッチラインからボールが出た際に両手で投げ入れて再開すること。
投げる人はスローワー。

セカンドポスト　左右を問わず二列目の選手が行なうポストプレーのこと。

セットプレー　ボールを止めた状態からプレーを再開すること。
CK、FK、スローインなどが該当。

センターバック（CB）　DFの中で中央にポジショニングする選手のこと。

センターフォワード（CF）　FWの中で、中央でプレーする選手のこと。

ダイブ　わざと倒れることでファウルをもらおうとする行為。
シミュレーションに該当。

高円宮杯プレミアリーグ　高校年代の最高位のリーグ戦。
高校サッカー部もクラブユースも参加。

タッチライン　両サイドに伸びている線。出た場合はスローインで再開。

第二話　勿忘草の炎帝

The REDSWAN saga

1

冬の高校選手権は、高校サッカー界における最高峰の戦いである。

地上波で放送される本大会は、インターハイとは比べものにならない注目度を誇り、地方予選でさえ大きなスポットライトが当たる。

新潟県予選の開幕は八月末だ。僕らは過去の成績を考慮され、三回戦から登場するが、既に二回戦までが消化され、八十三の出場校は三十二校にまで絞《しぼ》られていた。

新潟県ではベスト32に勝ち残ったチームの紹介用VTRが作られ、動画配信とテレビ放送がおこなわれる。準々決勝以降はリアルタイム速報とハイライト動画の配信もあるらしい。

数ヵ月前、インターハイ予選で敗北した際、インタビューで舞原世怜奈《まいばらせれな》が発したコメントが要因となり、レッドスワンはネット上で炎上状態とも言える注目を浴びることになった。全国規模で集まることになった好奇の視線は、大会を勝ち残れば、さらに加速していくだろう。

選手権予選で敗北した瞬間に、レッドスワンは廃部となることが決まっている。置かれた状況は全部員が理解しているし、浸透する覚悟も十分なものである。とはいえ、三回戦が開催されるのは十月の後半であり、まだ二ヵ月ほどの猶予《ゆうよ》があった。

九月三日、木曜日。

練習後のミーティングを終え、部室から世怜奈先生と共に出る。

グラウンドでは何人かが個人練習を続けていたが、三馬鹿トリオや葉月《はづき》先輩の姿は既にない。練習嫌いな彼らは今日も速攻で帰ったのだろう。

居残り練習をおこなうメンバーの顔触れは、毎日似たようなものである。そして、いつだって先頭に立ってトレーニングしているのが、受験生の森越《もりこし》先輩だった。彼の努力が成果と等号で結びつかないことに歯がゆさを感じているのは、きっと僕だけじゃない。

グラウンドへと続く通路を歩き始めたところで、こちらを見据える男子生徒と目があった。ポケットに手を突っ込み、その少年は僕と先生に睨《にら》むような眼差しを向けている。

見覚えのある顔だった。確か彼は……。

本年度、一年生は三人しか入部しなかったけれど、新学期が始まった当初は、十人を超える生徒が体験入部に訪れている。彼はその中で一際《ひときわ》、異彩《いさい》を放っていた生徒だ。中学時代に対戦した記憶もある。当時は『万代《ばんだい》の神童《しんどう》』だったか、そんなニュアンスのニックネームをつけられていた。

四月に集まった一年生は、インターハイ予選で決勝に残らなければ廃部になるという、サッカー部に課せられた条件を知り、ほとんどが入部を留《とど》まっている。彼もその一人だった。

睨むような眼差しを向けてくる少年に気付いているのか、いないのか。

世怜奈先生は気にも留《と》めずに彼の横を通り過ぎていく。その後に続くと、

「ちょっと待てよ」

癖のないブラウンの髪の下、切れ長の瞳で、彼は僕らを見据えていた。

「インハイ予選の結果を見た。約束と違うじゃないか。どうして廃部になってないんだ？」

世怜奈先生はいつもの緊張感のない顔で小首を傾げる。

「何だか今更な話だね。そんなことを聞いてどうするの？　部外者には関係のない話だよね」

「関係ない？　ふざけるな。サッカー部が廃部になるって聞いたから、俺たちは入部しなかったんだ。これじゃ、話が違うじゃないか。あんたたちは準決勝で偕成《かいせい》に負けたのに！」

「私たちは自分たちの力で理不尽《りふじん》な決定を覆《くつがえ》した。それだけのことだよ。戦わなかった君に、戦った私たちが非難される謂《いわ》れはないんじゃないかな」

今にも殴りかからんばかりの眼差しを見せる彼と先生の間に、身体《からだ》を挟む。

「先に聞いても良いかな。君、名前は何だったっけ？」

「……俺のことを覚えてないのか？」

「中学の時に一度、対戦した記憶はあるんだけど……」

「一度じゃねえよ。公式戦だけで三回戦ってる」

「優雅《ゆうが》ってさ、時々、ナチュラルに相手を挑発するよね。それ、眼中に入ってなかったたって言

ってるのと同じだよ」

わざわざ噛《か》み砕《くだ》いて説明することで、挑発しているのは先生の方だと思うのだが……。

「彼は神室天馬《かむろてんま》。三乃松《さんのまつ》中学のエースだよ」

「それなら確かに何度か対戦してますね。強豪だ」

「優雅と同じレフティで、確かあだ名もあったよね。『万代の河童《かっぱ》』だったっけ？」

「誰が河童だ。馬鹿にしてんのか」

地味に『神童』と『河童』は一文字違いである。やはり、わざと火に油を注いでいるのだ。

「君の実力があれば推薦の話だってあったんじゃない？　受験前の入学説明会で、うちがもうサッカー部には力を入れない方針だって聞いたはずだよね。結局、入部も躊躇《ためら》ったわけだし、君は最初から高校ではサッカーを続けるつもりがなかったんじゃないの？」

本心を突《つ》かれたのか、天馬は一瞬、戸惑いの眼差しを見せた。

「……サッカーをやめるつもりなんてなかったさ。俺がこの高校に進学したのは、高槻優雅《たかつきゆうが》を倒すためだったんだからな」

憎々しげな眼差しが僕に突き刺さる。

「中学時代の屈辱は絶対に忘れない。あの頃は手も足も出なかったけどな。リベンジを果たすために、この高校に進学したんだ。あんたに勝って、ポジションを奪うつもりだった」

「何処かで聞いたような話だね」

何が面白いのか、楽しそうに世怜奈先生は横から囁《ささや》いてくる。

「過去の対戦で負けを認めるしかなかったのは、あんただけだ。高槻優雅以上の選手は高校サッカー界にいない。つまり、あんたさえ倒せば俺がナンバーワンってことになる」

「優雅に対抗意識を燃やす人って、こんな子ばかりだね」

「こんな子ばかりって、あとは楓《かえで》くらいですよ」

「偕成の同級生にも絡《から》まれていたでしょ？　伊織《いおり》に聞いたよ」

楓にしろ、加賀屋《かがや》にしろ、どうして僕に絡んでくる奴らは、こうも視野が狭い人間ばかりなんだろう。チーム競技に個人間の優劣を求めて、どうしようというのだろうか。

「すぐに勝てると思うほど、自惚《うぬぼ》れるつもりはない。だが、あんたが引退する前に、必ず超えるつもりだった。だから推薦の話を全部蹴って、ここに進学したんだ。それなのに、いざ入学してみれば、二ヵ月もしない内に廃部って話だ。ふざけやがって。それならそうと最初から言えよ。廃部になるって知ってたら、初めからこんな学校に進学なんかしなかったんだ」

「それなりに整合性はあるね。でも、今の話って本当に真実のすべてなのかな？」

「……何が言いたい？」

「君が入部しなかった理由は、本当にそれですべてなのかなって思っただけだよ」

「何で俺が嘘をつかなきゃならないんだ」

「さあ。ただ、君はプライドが高そうだから、私の推理はあながち外れていない気がするな」

挑発にも聞こえる指摘を受け、彼の顔により一層の憎しみが浮かぶ。

「まあ、良いや。君が入部しなかった理由なんて、掘り返しても意味のない事実だ。大切なのは今とこれからだもの。君、本当はサッカー部に入りたいんでしょ？　だから私たちに憤っている。だったら四の五の言わずにおいでよ。皆、歓迎してくれると思うよ。ね、優雅」

「反対する理由はないでしょうね」

あっけらかんとした世怜奈先生の勧誘を受け、天馬は両目を細める。

「……廃部になるって話はどうなったんだよ」

「執行猶予《しっこうゆうよ》期間ってところかな。条件が変わったの。高校選手権に出場出来なければ、今度こそ廃部になるわ。予選で負けたらデッドエンド。優勝すれば絶命の運命を覆せるってことね」

「優勝って……。美波《みなみ》高校も倒せってことかよ。無理に決まってるじゃないか。そんな条件を突きつけられて、よく本気で練習する気になるな。頭おかしいんじゃないのか？」

世怜奈先生の顔に憐《あわ》れみにも似た色が浮かぶ。

「君、まだ十五歳でしょ？　それ、言ってて恥ずかしくならないの？」

「どういう意味だよ」

「独りよがりに限界を決めて、そいつの手前で縮こまって、小さくまとまったって良いことないよ。君はうちのチームの大半の選手より身体能力に恵まれている。でも、メンタルはそうでもないみたいだね。戦う前から諦めるなんて、負け犬根性が染みついている証拠だ」

彼を挑発するために言っているわけではないだろう。世怜奈先生は本気で優勝出来ると考えている。彼女に感化され、今は全部員が同じ気持ちでいる。少なくとも途中で負けても良いなんて考えて練習している生徒は一人もいない。

「口先だけの虚勢を張っている方が、よっぽど格好悪いだろ」

「サッカーは格好つけるためにやるものじゃないよ。優雅に勝てるつもりでいた頃の君は、何処に行ってしまったの？　自分の足で動き出さなきゃ何も始まらない。こっちへおいでよ。苛《いら》立《だ》っているだけの毎日より、ずっと楽しいと思うな」

先生は腐ってしまった彼に、もう一度立ち上がるよう手を差し伸べていた。しかし……。

「やるわけないだろ。廃部が決まってるのに練習するなんて時間の無駄だ」

そんなに簡単に気持ちを翻《ひるがえ》せるなら、ここまで攻撃的な態度は初めから示さない。

「あんたたちが大馬鹿者だってことは理解出来た。せいぜい無駄な努力を積み重ねるが良いさ。俺はそれを見て笑わせてもらうだけだ」

そう吐き捨てて、彼はそのまま振り返ることなく校舎の方へと消えて行ってしまった。


「男の子って素直じゃないよね。まだ思春期なのかな」

天馬の姿が消えた後で、世怜奈先生はそんな風に呟いた。

「優雅は気付いていた？　あの子、前から時々、練習を覗《のぞ》きに来ていたんだよ」

「そうなんですか？」

「目立たないように遠くからね。意識していなければ気付けなかったかもだけど、私、天馬のことは四月から目をつけていたからさ」

グラウンドに向かって歩きながら、世怜奈先生は説明を続ける。

「インターハイ予選で偕成に負けた後に私が受けたインタビューって見た？」

「はい。ニュースで見ました」

「あの時、『レッドスワンは飛車角《ひしやかく》どころか金も銀も欠いた編成』だって言ったんだけど、あれって優雅と楓、負傷退場した圭士朗《けいしろう》さんにプラスして、天馬のことを念頭に入れてたの。あの子は絶対にサッカー部に戻って来る。妙な確信があったんだよね。でもさ、部活動なんて他人に強制されてやるものじゃないでしょ。本人にその気があるなら気長に待とうと思って、触らずにいた案件だったたってわけ」

世怜奈先生は大きく伸びをした後で僕の肩を叩《たた》いた。

「意地を張っていた時間が長いせいで、引っ込みがつかなくなってるんだろうね。私、選手権予選に向けて、優雅に頼みたいことが二つあったの。その一つ目が彼を勧誘することだったんだ。天馬はきっと、チームに必要なピースになる。だから、この案件を優雅に任せたい」

「頼みたいことが二つあるっていうのは……」

「もう一つは、この件が片付いてから話すよ。ものには順序がある。まずは彼を入部させて」

「……僕にそんなこと出来るでしょうか。正直、自信はないです」

「今の優雅に必要なのは、挑戦する経験を積むことじゃないかな。私は前に一度、へそを曲げた楓を説得して見せたじゃない。皆に相談しながらで良いから、今度は優雅がそのアイデアを私に見せる番だよ」

2

放課後のチーム練習は、毎日二時間以内と定められている。

大切なのは時間ではなく質と密度である。知性の伴う練習の重要性を、世怜奈《せれな》先生は就任当初より何度も説いていたが、未熟な高校生にとっては個人練習も必要不可欠なものだ。

トレーニング後の自主練習は各自の裁量《さいりょう》に任されている。居残り練習をおこなっていた伊織《いおり》、圭士朗《けいしろう》さんと合流し、華代《かよ》を加えた四人で、新たな命題《めいだい》と向き合うことになった。

今でこそレッドスワンは堕《お》ちた古豪《こごう》だけれど、二十年前は学校の顔だったチームだ。サッカー部には部室棟の中で最も大きく、設備の整った部屋が与えられている。

「……そんなわけで、彼をサッカー部に勧誘するよう、世怜奈先生に言われたんだ」

三乃松中学出身、レフティアタッカーの神室天馬《かむろてんま》。

体験入部時のアンケートによれば、彼は春の身体計測で百七十センチ、五十六キロという値を記録していた。この五ヵ月で多少背も伸びているだろうが、ごく平均的な体格の持ち主と言えるだろう。希望するポジションはＦＷ《フォワード》だ。

「中学の時の対戦を覚えてるよ。三乃松は強豪だしな。三回はやってると思うぜ。最後に戦ったのが二年以上前の話だから、順調に成長してりゃ確かに戦力になるかもな」

「伊織は覚えてるんだ。僕はあんまり印象に残ってないんだよね」

「あいつ、優雅《ゆうが》に対抗心剝《む》き出《だ》しだったから、ポジションを下げてマンマークについたこともあったと思うぜ。覚えてないのか？　あれだけつっかかってくる奴も珍しかったと思うけど」

「プレーまでは記憶に残ってないかな。マンマークはつかない試合の方が珍しかったし……」

「あの頃、お前をライバル視していた奴は多かったしな。まともに相手になっていたのなんて楓《かえで》と加賀屋《かがや》くらいだろ」

華代のタブレットに目を落としていた圭士朗さんが口を開く。

「それで優雅には何か案があるのか？　本人は入部しないって言い張ってるんだろ？」

九条《くじょう》圭士朗《けいしろう》には子どもの頃から片想いをしている少女がいた。そして、一週間前、僕はその件《くだん》の相手、藤咲真扶由《ふじさきまふゆ》から告白を受けた。

『少しで良いから考えて欲しい』との言葉を受け、現在、告白の返事は保留中である。

真扶由さんは華代の唯一の友人だ。この件に関して話したことはないが、きっと華代もある程度の事情を知っていることだろう。

僕たちの間には幾つもの複雑な感情が交差しているものの、この一週間、誰の態度にも変化は生じていない。感情と理性を切り離して付き合える。そういう大人な感覚を抱けているからか。触れたら壊れてしまうほどに均衡《きんこう》が保たれているせいで、誰もその話題に触れられないだけなのか。僕らは表面上、これまでと変わらない風景の放課後を過ごしていた。

「まったく思いつかないよ。先生は一度、お手本を見せたって言うけど、楓の説得なんて参考にならない。共通項なんてどちらもプライドが高いってことくらいだ」

「話を聞く限り、そいつは精神的にいじけてしまっているんだろ？　慰《なぐさ》められればプライドが傷つく。突き放されたら突き放されたで苛立《いらだ》ちが増す。子どもの駄々《だだ》にしか聞こえないな」

圭士朗さんは六人兄弟姉妹の長男である。

「弟や妹がへそを曲げてしまった時って、圭士朗さんはどうするの？」

「かまってこちらが気分を害するのも馬鹿らしい。普段は放置さ。だが、今回はそういうわけにもいかない。華代、マネージャー目線で何か案はないのか？」

華代はそっけなく首を横に振る。必要以上に他人への興味を抱かない華代に、機嫌を損ねた生徒の説得を期待するなんて、土台無理な話だろう。

いきなり話が暗礁《あんしょう》に乗り上げてしまったと思ったのだけれど……。

「俺に一つ、考えがあるぜ」

伊織がキャプテンらしく自信に満ちた表情を浮かべた。

「世怜奈先生が言っていた通りじゃないか。説得ってのは『納得させることじゃなくて、相手をその気にさせること』だ。優雅に対抗心を見せる奴なんて、大抵、自信家だからな。天馬って奴も自分の実力に絶対の自信を持ってるはずだ。そいつを利用して、その気にさせてしまえば良い」

3

九月七日、月曜日の放課後。

神室天馬《かむろてんま》、勧誘作戦を実行に移す瞬間は、想定以上に早くやってきた。

サッカー部になんて入らないと宣言をしてから四日後、再び彼がグラウンドから見える位置に姿を現したのだ。口ではあんな風に言っていたものの、やはり未練たっぷりなのだろう。

天馬の姿に最初に気付いたのは華代《かよ》だった。作戦の火蓋を切るのは、僕と華代の役目である。伊織《いおり》に合図を送ってから二人で近付いていく。僕らに気付いたら立ち去ってしまうのではという懸念《けねん》もあったが、一度こちらを睨んできただけで、天馬はグラウンドを見つめ続ける。

「君、四月に体験入部に来てくれた子だよね。見ているだけじゃ、つまらないでしょ。もう一度、練習に参加してみたら？」

他意のない口調で華代が先に話しかける。華代の口調は普段から抑揚に乏しいため、演技めいたわざとらしさを感じることもなかった。

「混ざりたいわけじゃない。無駄なことに汗をかいてる奴らのアホ面《づら》を眺めていただけだ」

「天馬。後から思い出したんだ。君さ、試合で僕のマークについたことが何度かあったよね。あの当時、背が伸びていたから気付かなかったけど、三乃松のレフティのことはよく覚えてる。僕が振り切れなかったのは君くらいだから」

正直に言えば、彼のプレーは記憶に残っていない。僕は伊織に指示された台詞《せりふ》を述べているだけである。お前の記憶に残っていると言われたら、大抵の選手は舞い上がる。嘘でも良いから、まずは褒めろと指示を受けていた。

「ふん。結局、一試合通してあんたを止めることは出来なかったけどな」

「味方のサポートがあったからだよ。うちのキャプテン、桐原《きりはら》伊織《いおり》っていうんだけど、FW《フォワード》だったあいつのサポートがなければ、どうなっていたか分からない。伊織のことは覚えてる？」

「あんなでかい奴、忘れられるわけないだろ」

「伊織は高校に入ってから、CB《センターバック》にコンバートされたんだ。レッドスワンは戦力が潤沢《じゅんたく》とは言《い》い難《がた》い。そのせいで守備的に戦うって選択を強《し》いられている。伊織以外にも能力の高い先輩がＤＦ《ディフェンス》にコンバートされててさ。前線は頭が痛いことに、あの有様《ありさま》だよ」

視線の先、フィールドから脱走した三馬鹿トリオがドッジボールを始めていた。

「一人狙いやめろ！　卑《ひ》怯《きょう》だぞ！　一人狙いはやめろ！」

叫ぶ穂《ほ》高《だか》をめがけて、リオと楓《かえで》がサッカーボールをぶつけまくっている。あいつら、本当に全員まとめて燃え尽きれば良いのに。

「今、うちには葉《は》月《づき》先輩っていうナルシスト一人しか左利きがいない。チームにアクセントをつけるって意味でも、君は喉《のど》から手が出るくらいに欲しい選手なんだ」

「……あんただってレフティだろ」

「僕は膝を痛めているから、選手権予選には出られない」

「あんた抜きで優勝を目指しているのか？　本当に現実が見えてないんだな」

「難しいのは分かってる。ただ、僕らは必ず成し遂げられると信じている。サッカーは個人競技じゃない。知性で戦力差は覆せるはずなんだ」

気付けば、天馬の表情から刺々《とげとげ》しさが消えていた。心が動き始めているのだろうか。

今はまだ立案された作戦の前段階だが……。

「廃部になるチームのために戦うなんて、時間の無駄だって思うのも分かる。でも、一度、練習だけで良いから出てみないか？　本当に無駄な努力をしているのか、確かめてみないか？」

あと一押しで天馬は入部を決めてくれるかもしれない。

手応えにも似た雰囲気を感じているのは僕だけではないだろう。

華代も固唾《かたず》を飲んで事態の推移を見守っている。

「頼むよ。君の力を貸して欲しい。強豪相手に点が取れる。そういう選手が必要なんだ」

「いらねえよ。そんな奴」

不意に、低い声が天馬の後ろから届いた。

彼が振り返った先、校舎とグラウンドを繋ぐ通路に、怖い形相《ぎょうそう》で伊織が立っていた。自らの立場を知らしめるため、伊織はわざわざ黄色のキャプテンマークを左腕に巻いている。

打ち合わせの通りの登場だが、もう少しだけ待って欲しかったというのが正直なところだ。

まあ、愚痴《ぐち》を零《こぼ》しても仕方ない。こうなってしまった以上、作戦通りに進める以外にない。

「優雅《ゆうが》、レギュラーを決めるのはお前じゃないだろ。勝手に勧誘してんじゃねえよ」

「伊織は覚えてないのか？　彼には中学時代から光るものがあった。レフティのドリブラーは貴重なんだ。僕らには新しい力が必要なんだよ」

伊織は値踏みするような眼差しを天馬に送る。

真相を知っている人間からすると、三流役者の棒演技にしか見えないのだが、何かのスイッチが入ってしまったのか、伊織は居丈高《いたけだか》な態度で笑い飛ばした。

「所詮《しょせん》は中学レベルだ。体験入部の時に、こいつが見せたプレーは覚えてる。こんな奴、ベンチにも入れやしねえよ。背番号をやるだけ布の無駄だ」

「言ってくれるじゃないか」

「お前、どうせ強豪校には勝てないって思ってんだろ。ただの負け犬じゃねえか。実力もねえ。根性もねえ。こんな奴、必要ねえよ。十回戦っても俺なら一度も負けないね」

「じゃあ、試してみるか？　あんた、高校でCBにコンバートされたらしいじゃないか。俺が一番、軽蔑《けいべつ》しているディフェンダーを教えてやるよ。ファウルでしか敵を止められない木偶《でく》の坊《ぼう》だ。あんたのようにな！」

「なめた口を利いてんじゃねえぞ。てめえみたいな根性無しに練習を覗かれてると気分が悪いんだ。来いよ。叩き潰してやる。負けたら二度とグラウンドに顔を出すな」

「上等だ。全部員の前で吠え面《ほえづら》をかかせてやる。キャプテンマークを渡す相手を決めておけ」

何故、レッドスワンの周囲には、こうも単純な人間が多いのだろう……。

彼のプライドをくすぐった後で挑発し、フィールドに引きずり出す。伊織が立案した作戦は、ここまで完璧に成功していた。

天馬はグラウンドに入ると制服の上着を地面に叩きつけ、一年生部員にスパイクを借りる。

突然の部外者の登場に、フィールドの戦術練習が一旦《いったん》止まることになった。

世怜奈《せれな》先生は勘《かん》の良い人だ。説明などされなくとも状況を把握したのだろう。

満面の笑みを浮かべてベンチに戻ると、膝を抱えて楽しそうに僕らを眺め始める。

「で、どうやって勝負するんだ？」

スパイクを履《は》き、フィールドに立った天馬が伊織に問う。

敵愾心《てきがいしん》を剝き出しにして向かい合う二人を、部員たちは遠巻きに見つめている。始まったイレギュラーなイベントに、三馬鹿トリオや葉月先輩までもが好奇の視線を向けていた。

「一対一で良いだろ。サッカーはゴールの入りにくいスポーツだ。一点でも俺から奪えたら、お前の勝ちで良い。もちろん、GK《ゴールキーパー》は置かせてもらうけどな。問題あるか？」

「ルールに問題はねえよ。ただ、そんな条件で俺に勝てると思ってるなんて、あんたはやっぱり馬鹿だな。たった一人で俺を止めようなんて甘過ぎるぜ」

「中学レベルがほざいてんじゃねえよ。約束は必ず守ってもらう。十回勝負だ。十回やって一度もゴールを奪えなければ、二度と俺たちの前に姿を見せるな。てめえみたいな負け犬は見ているだけで不愉快だ」

「十回勝負？　笑わせるな。そんな条件でこっちが負けるわけねえだろ」

「じゃあ、半分の五回にするか？　こっちもさっさと追い出せて好都合だ」

見下す視線に苛立ちが隠せないのだろう。周りに聞こえる声で天馬は挑発を続ける。

「俺が負けたら二度とグラウンドに近付かない。頼まれなくてもそのつもりだけどな。そっちはどうすんだよ。負けたらどう責任を取るつもりだ？」

「責任？　負けないことが分かってるのに、どうしてそんなものを設定する必要がある？」

「逃げるのか？　負けないって断言出来るなら、それに見合う条件をつけろよ」

頃合いだろう。僕にはもう一つ、最後の仕事が残っている。

収まる気配のない口論を続ける二人の間に身体を入れた。

「じゃあ、こうしてくれ。伊織が負けた場合は頭を下げて欲しい。天馬はレッドスワンに必要な戦力だ。僕はそう思ってる。だから、もしも負けた時にはキャプテンの伊織が頭を下げて、入部を頼んで欲しい」

「何で俺がそんなことしなきゃいけねえんだ。いらねえよ。こんな負け犬」

予定調和の口論を伊織と続けていく。

「冷静に考えてくれ。伊織の実力はチームの誰もが認めている。その伊織を凌駕《りようが》する攻撃力を持っている選手なら、加入に誰も文句はないだろ？　その実力は一目瞭然《いちもくりようぜん》だ」

「優雅の話はもっともだな」

近くで事態を眺めていた圭士朗《けいしろう》さんが、平生の口調で告げる。

チーム内で最も発言に説得力を持つ人間は、疑いようもなく二年次理系首席の圭士朗さんだ。利発な彼の言葉には、一言一言に確かな重みがある。

「そいつが伊織を倒せる実力を持っているなら、チームに歓迎しない方が愚かだ。むしろ、罪と呼んだ方が相応《ふさわ》しいとさえ言える。そんな奴がサッカー部にもユースチームにも所属せずに、その辺をうろついているとは思えないがな」

舌打ちをした後で、伊織が天馬に向き直った。

「仲間にここまで言われちゃ仕方ない。もしも俺が負けたら認めてやるよ。土下座して、てめえに頼んでやる。仲間になって下さいってな」

天馬が挑発に乗ったことで舞台は整った。これで後は二人が勝負するだけである。

CBとして覚醒した伊織の実力は、県内でも屈指のものだ。一対一で伊織をかわすのは相当に難しい。パワーとリーチは言わずもがな、伊織は上背からは想像出来ないレベルのスピードを誇る。単純なスピードやパワーで突破することは困難を極めるだろう。

とはいえファーストコンタクトで有利なのは攻める側だ。天馬がドリブルの得意な選手であることは容易に予想がつくものの、得意パターンまでは分からない。鬼武《おにたけ》先輩のような剛性《ごうせい》の選手なのか、葉月先輩のような柔性《じゅうせい》の選手なのか、その特徴によっても対処の仕方は異なってくる。ただ、五回もやれば、さすがに一度くらいはゴールを割られるに違いない。

この作戦を立案したのは伊織である。いじけてしまった下級生の心をほぐし、貴重な戦力を迎えられるなら、土下座の一つや二つ容易いことだ。伊織はそう笑いながら話していた。

「央二朗《おうじろう》。GKを任せて良いか?」

本年度に入部した三人の一年生の内の一人、GK志望の相葉《あいば》央二朗《おうじろう》は、楓が怪我《けが》をしてしまったこともあり、インターハイ予選の県総体で四試合のゴールマウスを守った選手だ。

セカンドキーパーの彼を伊織が指名したのは、天馬が勝つ確率を上げるためだろう。楓と央二朗ではその実力に大きな開きがある。今日の目的は天馬を倒すことではない。央二朗には悪いが、伊織は引き立て役の一員を担《にな》ってもらうことにしたのだ。

「待てよ。そいつは一年だろ。正GKは目つきの悪い、そっちの男じゃないのか？」

事態の推移に飽き始め、再び穂高にボールをぶつけていた楓を、天馬は顎《あご》で指し示す。

「そいつに守らせろよ。控えからゴールを奪っても何の自慢にもならない」

「おい、ガキ。口の利《き》き方に気をつけろ」

榊原楓《さかきばらかえで》は頭が悪い上に超好戦的な性格でもある。

天馬の前まで歩み寄ると、ありったけの侮蔑《ぶべつ》を込めて見下ろす。

「お前に一つだけ教えてやる。俺の名前は『そいつ』じゃねえ。『楓様』だ。しかも、てめえごときが俺からゴールを奪うのは不可能だ。何故なら俺は高校ナンバーワンGKだからな。分かったら大人しくガリガリ君を買って来い。俺が好きなのはコーラ味だ」

僕の鼓膜《こまく》が破れていなければ、今、三つくらい教えていたような気がする。

「脳に蠅《はえ》でもわいてんのか？　さっさとゴールマウスを守れよ」

「生意気なチビだ。その口を両面テープで塞《ふさ》ぎ、鼻呼吸しか出来ない身体にしてやろう」

肩をいからせて天馬に歩み寄ろうとした楓を、伊織が引き止める。

「すぐに終わる。お前の手は煩《わずら》わせないから、ゴールを守ってくれ。ガリガリ君は俺が買ってきてやる」

「良いのか？　先に言っておくが、当たりが出ても棒はやらねえぞ？」

好き放題にのたまった後で、楓はゴールマウスに向かっていった。キーパーグローブはベンチに置かれたままである。素手《すで》で止めるつもりなのだろうか。

「これで、あんたが言い訳するための余白もなくなったな」

天馬は挑発するように伊織を見据える。

中学時代の後半は受験勉強に時間を取られていただろうし、普通に考えれば一年近いブランクがあるはずである。しかし、天馬は自信に満ちた眼差しを見せていた。

「恥をかく準備は出来たか？　こっちはいつ始めても良いぜ」

ペナルティエリアの二十メートルほど先に立ち、左足でボールを踏みつけながら、天馬は不敵に吐き捨てる。その顔には自信が満ち溢れていた。

一方の伊織は、そこから十メートルほどの距離を置き、仁王立《におうだ》ちで天馬と対峙《たいじ》している。

「口だけは達者《たっしゃ》みたいだな。自分の首を絞《し》める前に、さっさとかかって来いよ」

GKがいる以上、ループシュートで伊織の上を通してもゴールは決まらない。一対一で伊織をかわした上で、楓の守るゴールにシュートを突き刺さなければならないわけだ。DFをかわすテクニックやスピードに加え、シュートのパワーと精度も求められるだろう。

ゴールを決めて当然と言えるほどに容易なシチュエーションではないが、実際に試合で発生したなら、ビッグチャンスと捉えられる状況だ。

ストライカーなら三回に一回は決めて欲しい。そんなチャンスと言える。

「一瞬で終わらせてやる！」

叫ぶと同時に天馬がボールを前に蹴り出し、戦いの火蓋《ひぶた》が切られる。

天馬のドリブルは左足のアウトサイドを主に使い、身体を開くようにしてボールを保持するスタイルだった。身体を開くことで視野を確保し、リーチの短さも補っている。数タッチ見ただけで分かった。彼は点で合わせるフィニッシャーではなく、典型的なドリブラーだ。

立て続けに二つのフェイントを繰り出してから、天馬は一気にギアを入れる。身体を前のめりにすると、利き足を切り返して、伊織を振り切るために加速した。

フェイントを使って伊織の身体を起こした後に仕掛けた攻撃だ。完全にぶっち切ったと思ったのだろうが甘過ぎる。あの程度のフェイクで伊織の体幹《たいかん》は崩れない。伊織はわずか数歩で追いつくと、次の瞬間には長い足を伸ばして、天馬が前に置いたボールを刈り取っていた。

呆気《あっけ》に取《と》られる天馬を嘲笑《あざわら》うように、伊織は見事にボールを奪っていた。ファウルを犯すことも、タッチラインに蹴り出すこともなく、自分のボールとしてしまったのだ。

「大したことねえガキだな。伊織ごときに止められてんじゃねえよ。仕事をさせろ！」

ゴールマウスのクロスバーで懸垂《けんすい》をしながら、楓が呆《あき》れたような声を出す。

「……今のは挨拶《あいさつ》みたいなもんだ。あんたのスピードを測《はか》ってみただけさ」

強がった天馬だが、その声は明らかに強張《こわば》っていた。

たった一度の対峙で彼も理解したのだ。伊織は高校生として、既にほとんど完成されたフィジカルを持っている。状況判断には向上の余地を残すが、単純な一対一の守備では、圭士朗さんが言うように、本当に県で一番の選手かもしれない。

「へらず口は良いから、さっさと続けろよ」

伊織は奪ったボールを、スタート地点へと投げる。

「チャンスを十回に戻してやろうか？」

「うるさいな。すぐに黙らせてやる！」

叫ぶと同時に、天馬は再びドリブルを開始した。

今度はインサイドでボールをコントロールすると、伊織を右から抜きにかかる。自分の身体を伊織とボールの間に置くことで、リーチの長い足が伸びてくるのを防ぐつもりなのだろう。

しかし、残念ながら伊織はそんなパターンとの対峙も飽きるほどに経験していた。

ＤＦの最重要タスクはボールを奪うことではない。満足な体勢でシュートを打たせないことだ。最終的にボールを止めるのは味方の誰でも良い。敵の攻撃を遅らせ、味方の前線からの帰還を待ち、リスクを冒さずに確実に仕留めていく。それが有能なＤＦの仕事だ。

一対一の戦いであっても本質は変わらない。最終的に攻撃側が手詰まりになれば、伊織の勝ちである。何度切り返しても伊織をかわせず、集中力が切れてボールのコントロールが大きくなったところを、天馬はあっさりと奪われてしまった。

三度目の勝負も同様だった。シザーズフェイントで伊織を揺さぶったものの、空回りに終わり、何も出来ないまま天馬はボールを失ってしまう。

スピードで振り切ることも、フェイクで体勢を崩すことも難しい。となれば最後に辿り着く作戦は一つだろう。股《また》の間にボールを通し、直線でかわすのだ。

瞬間的に反転することは難しい。股の間にボールを通された場合、ファウルで止める以外に出来ることはほぼなくなってしまう。視線のフェイクも入れながら天馬は股抜きを狙ったが、狙いは筒抜けだった。あっさりとブロックされ、四度目の挑戦も呆気《あっけ》なく終わってしまう。

「体力の限界だな。ブランクも長いんだろ？　休憩を入れてやろうか？」

「そんなもん、いらねえよ！」

両膝に手を置いて、天馬は肩で息をしていた。彼は一瞬の爆発力にかけて、何度もドリブルを仕掛けている。鈍っている身体にかかる負担は相当なものだろう。

「お前、まだシュートも打ててないんだぞ。本気で勝てると思ってるのか？　強がるなよ」

「ちくしょう！」

天馬は地面を蹴り飛ばす。

こんなはずじゃなかった。今、彼の脳裏に浮かぶのは、そんな言葉だろうか。

天馬の顔には、ありありとした屈辱の色が刻まれていた。

「終わりだな。伊織には勝てない」

落ち着いたいつもの声で、圭士朗さんが告げる。

「あれだけの実力差があったら結果は覆らない。さっさと手を抜いてやるべきだ」

この勝負の目的を考えれば、天馬を打ち負かすなど本末転倒だ。

「問題は伊織にそんな器用なことが出来るかだよね」

不安そうに華代が呟く。

「立案《りつあん》したのは伊織だ。やってもらわなきゃ困るさ。下手な芝居《しばい》でこんな場所に釣り出されて、このまま伊織が勝ってしまったら、あの一年がみじめ過ぎる」

心配はいらないはずだ。少なくとも、ここまでは計画通りである。伊織と天馬の実力は想定外の開きを見せていたが、修正出来ないほどのイレギュラーではない。

「本当に休まなくて良いのか？　これがラストチャンスだぞ」

「初めから勝負は一回で十分だったんだ。最後に本気を出せば良いだけだからな」

呆れるほどに彼は現実が見えていなかったけれど、レッドスワンは全国を目指すチームである。このくらいのメンタリティがなければ、途中合流で戦力に加わることは難しいだろう。

現時点の実力では伊織に歯が立たなかったものの、十分に光るものは見せてくれた。

独力で仕掛けられるレフティのドリブラーは貴重だ。ブランクを克服し、世怜奈先生に戦術を叩き込まれれば、大きな武器となるはずだ。

最後の勝負が始まる。

天馬が仕掛けた攻撃は、最初の対戦と同様のものだった。結局、これが一番得意なパターンなのだろう。左足のアウトサイドでボールをコントロールしながら、斜めに突っ込んでいく。

そして、それは不意に起こった。フェイントのために減速し、天馬がまたぎフェイントを一つ入れた次の瞬間、伊織が自らの足をもつれさせ、たたらを踏んで転倒したのだ。

「あいつは一生、主演男優賞にはノミネートされないな」

誰がどう見てもわざとらしい転び方だったが、ボールのコントロールに集中している天馬は気付かない。自らのフェイクで伊織を転倒させたと思ったのだろう。

唇を強く結び、インフロントでボールを蹴り出すと、敵の消え去ったフィールドを疾走《しっそう》していく。転倒した伊織が追いつけるはずないし、元より追いかけるつもりもないのだろう。満足そうな顔で立ち上がると、伊織はゴールに突進していく天馬の背中を見守った。

残るはGKとの一対一である。楓と天馬の間には、まだ距離がある。早めにシュートを打っても良いし、出て来たGKの頭上をループシュートで狙っても良い。角度をつけてかわすことも出来るだろう。このシチュエーションなら選択肢は山ほどある。PKを決めるより簡単だ。

「やっと来たか！　待ちくたびれたぜ！」

ゴールライン上でステップを踏んでから、楓が前方に走り出す。

楓は本気で止めるつもりだったが、FWなら絶対に決めなくてはならない場面である。

GKが前に出たのを見て取り、天馬はシュートモーションに入る。まだ楓とは距離がある。

フェイントをかけることも、コースを狙うことも出来たはずだが、相当なフラストレーションが溜《た》まっていたのか、天馬が選んだのはフルパワーでシュートを放つことだった。

ドリブルの勢いそのままに放たれたシュートが、ゴールの隅、最高のコースに飛んでいく。

いかにリーチのあるGKでも、手が届かない位置は存在する。それは、蹴った瞬間に誰もがゴールを確信するような見事なシュートだった。しかし……。

バックステップを踏んだ楓が、ほとんど反《そ》りかえるような体勢でジャンプし、後方に大きく手を伸ばす。そして、目を疑うような光景が実現してしまった。

天馬はコースを狙ったわけじゃない。怒りに任せて放ったシュートが、偶然にも最高のコースへと飛んだだけなのに、楓は凄《すさ》まじい反射神経でボールに反応し、指先で触れると、紙一重のところで枠外へと逸《そ》らしていた。

深い溜息と共にうつむき、圭士朗さんが右手で顔を覆う。

その隣で、華代も引きつったように口を半開きにしていた。

呆然《ぼうぜん》と立ち尽くす天馬に、楓は高笑いを浴びせる。

「見たか一年坊主《ぼうず》！　俺様からゴールを奪うなんて百年早えんだよ！　幼稚園から出直してこい！　この無能が！」

楓は駆け寄ってきた穂高、リオと共に、よく分からない勝利の舞いを踊り始める。

どうして、こいつらはいつも余計なことしかしないんだろう。

敗者を愚弄《ぐろう》するように踊り続ける楓の肩に、華代が全力でボールをぶつけた。

「いってえ！　何すんだよ、マネージャー！」

「早く練習に戻りなさい！　さっきドッジボールしてたでしょ！」

「残念だったな！　顔面はセーフだから、俺はまだアウトになってないぞ！」

「そんなの知らないわよ！　大体、当たったのは肩でしょ！　先生に言いつけて強制補習を増やすからね！」

「そういうことやめろよ、ブス！」

何だかんだ言いながらも、三馬鹿トリオは女子に弱い。

華代の激昂《げっこう》を受け、三人はすごすごと天馬の前から姿を消すことになった。

天馬はその場に崩れ落ちたままだ。

五度目の勝負でようやく伊織をかわし、ＧＫとの一対一を作ったのに、渾身《こんしん》のシュートはまさかのビッグセーブにあってしまった。

フィールドで苦渋《くじゅう》の眼差しを浮かべているのは、伊織も同様である。わざと転んで得点機を作ったのに、空気の読めない楓に最後の最後で計画を潰されてしまったのだ。

「こんな下らないことに、むきになりやがって。サッカーなんてただの球遊びじゃないか」

片膝をついて立ち上がると、天馬は伊織を睨みつける。

「その球遊びで手も足も出なかったのはお前だろ」

「最後はあんたをぶち抜いたよ。もう忘れたのか？」

「GKとの一対一を外しておいてよく言うぜ。大体、忘れてるのはてめえの方だろ」

天馬は膝の砂を払って立ち上がる。

「……忘れてなんかいないさ。約束通り、もうグラウンドには来ない。どうせ、サッカー部はすぐに廃部になるんだ。あんたたちの努力は全部、無駄だ」

「負け犬が吼《ほ》えるな。さっさと消えろ」

「言われなくても消えてやるよ。俺はもうサッカーはしない。ガキの遊びはうんざりだ」

売り言葉に買い言葉の言い争いを経て、天馬は一人、グラウンドから去って行った。

去り際に放たれた言葉が、彼の本心だとは思えない。伊織の突き放すような言動だって、すべては方便《ほうべん》である。しかし、こういう結果になってしまった以上、二人は共に引けなかった。

天馬を見送った後で、伊織は苦虫《にがむし》を噛《か》み潰《つぶ》したような顔で僕らの下に歩み寄る。

「キャプテン、どうやって責任を取るつもり？」

華代の感情のこもらない冷徹《れいてつ》な問いが突き刺さる。

「あの子、優雅の勧誘で心が動きかけていたから、あのまま入部したかもしれなかったのに。余計なことをしたせいで、もう絶対にサッカー部には近付かないと思う」

「分かってるよ。俺の失策だ。途中までは完璧だったんだけどな。楓の野郎……」

「楓のせいじゃないでしょ。本能で動く猿に何を期待しているの？　問題は過程だよ。あんなに完璧に仕留めることないじゃない。相手は一年生、長いブランクだってあったのに。自分の実力を考えて、ちょっとは手加減《てかげん》しなよ。可哀想《かわいそう》に。あの子、完全に自信を失ったと思う」

「中途半端な手加減は、全力を出すより難しいさ」

華代に責められるのは、さすがに憐れと思ったのだろう。圭士朗さんがフォローする。

「結果なんて誰にも分からなかったんだ。終わってしまったことをあれこれ言っても仕方ない。優雅、この後どうするつもりだ？　一人で煩悶《はんもん》を続けるのも辛《つら》いだろ？」

伊織との勝負に挑《いど》む直前、一度、天馬の心は動きかけていたように思う。しかし、だからこそ、ただの話し合いで翻意《ほんい》させることは、もう不可能な気がしてしまう。

監督から直々に命じられたミッションだ。

簡単に諦めるわけにはいかないとはいえ……。

「ほとぼりが冷めてから、もう一度、勧誘してみるよ。ただ、率直に言って自信はない」

「いずれにせよ、選手権予選には間に合いそうにないな。ファウルをもらってくれそうな選手は大歓迎だったんだが」

レッドスワンの攻撃は、かなりの部分をセットプレーに頼っている。起点となるファウルをもらえるドリブラーは、チームにとって大いなるプラス材料となっただろうけれど……。

4

神室天馬《かむろてんま》と桐原伊織《きりはらいおり》が勝負した、その日。

放課後の部活動が終わり、個人練習が始まった後で校舎へと向かった。

第一グラウンドに面する校舎にある音楽室、そこで吹奏楽部が活動をおこなっている。四階の窓から聴こえてくる演奏は、トレーニング中のＢＧＭとなっており、僕は一度ならず楽曲をリクエストしたこともある。

吹奏楽部の練習が終わるのは、大抵、サッカー部と同じ頃合いだ。階段を上りながら耳を澄ましてみたけれど、もう演奏は聴こえてこない。彼らの本日の活動も終わったのだろう。

音楽室へと続く廊下に立ち、帰宅していく吹奏楽部の中に、目的の人物を探していた。

十分ほど待っただろうか。藤咲真扶由《ふじさきまふゆ》が音楽室から現れ、廊下に佇む僕に目を留める。

「優雅《ゆうが》君。あれ、どうして……」

「この前の続きを話せないかなって思って」

「あ……。じゃあ、鞄《かばん》を取って来て良いかな。準備室に置いてあるの」

隣にいた友達に断りを入れてから、真扶由さんは小走りに音楽準備室へと入って行った。

真扶由さんに告白されたのは先月末のことだ。あれから、もう十日が過ぎている。

どういう結論に達するにせよ、僕は十日という数字を一つの基準にしようと考えていた。待たせられるだけの心は苦しい。長く膝の怪我に苦しめられている僕は、延期される期待の辛さを理解している。初めから必要以上の時間をかけるべきではないと思っていた。

屋上に出て海岸線に目を向けると、太陽が沈みかけていた。

第一グラウンドでは仲間たちが照明をつけて個人練習を続けている。灯《あか》りに照らされるチームメイトはここから視認出来るが、向こうがこちらを識別するのは難しいだろう。

「サッカー部、大会に向けての準備は順調？　世怜奈《せれな》先生に優雅君が大変なことを頼まれたって、華代《かよ》が言ってた」

同情でもするように、真扶由さんは苦笑いを浮かべて見せた。

「神室天馬って奴が一年生にいてさ。部に勧誘するよう言われたんだ。でも、難航してる。よく分からないへその曲げ方をしている奴で、どうアプローチして良いか分からない」

「先生、優雅君のことを頼りにしているんだね」

「どうだろう。サッカーのことならともかく、こんな問題を頼まないで欲しいっていうのが本音だよ。他人の気持ちなんてよく分からない。大体、本当はあいつだってサッカーが好きなはずなんだ。そうじゃなきゃ、あんなに上達出来るはずがない。それなのに、どうして……」

思い出したら、また憂鬱になってきた。世怜奈先生に直接頼まれた案件だし、彼の加入がチームにとってプラスになると考えられる以上、コーチとしても投げ出すわけにはいかない。しかし、これ以上、何をどうすれば良いのか見当もつかなかった。

「ごめん。愚痴になってしまった。今する話じゃないね」

「ううん。優雅君の話なら何でも聞けて嬉《うれ》しいよ。サッカーの話をしている時、いつも優雅君は真剣だもの。多分、私はそういう姿を見ていたかったんだと思う」

「優しいね。真扶由さんは」

素直に思ったことを口にしたのに、彼女は寂しそうに微笑んだだけだった。

「……私、覚悟は出来ているよ」

どう切り出せば良いか分からず、黙り込んでしまった僕を促すように彼女が呟く。

晩夏の風に撫ぜられて、表情を隠すようになびいた髪を、真扶由さんは耳にかけた。

「この前の続きを話したいってことは、告白の返事をもらえるんだよね?」

「うん。そのつもり」

「そっか。もう少しだけ、淡い期待を続けていたかったな」

今にも泣き出しそうな顔で、真扶由さんは笑って見せる。

「優雅君に告白した女の子たちの噂《うわさ》を、何度か聞いたことがあるの。中学でも高校でも優雅君は一度も交際の申し込みに頷いたことはないって」

女子の情報伝達網は、いつだって男子にとって深遠な謎だ。

何がどうなると、そんな話が出回るんだろう。振られてしまったなんて不名誉な話のはずだ。告白されたことを僕が誰かに話すことはない。つまり当事者である女の子の口から噂は始まるはずである。そんなことをしなければならない理由が、まったく理解出来ない。

「確かに何度か、こういうことはあったけどさ。真扶由さんは今までの人たちとは違うよ」

「違うって、どういうところが？」

「だって友達でしょ。僕は真扶由さんのことを友達だって思ってる。だから、簡単に答えなんて出せなかった。傷ついて欲しくないって思うから」

「友達か……。嬉しいような、寂しいような、複雑な言葉だね」

友達と恋人の境界線。

まだ子どもでしかない僕にとって、その境目《さかいめ》は目を凝《こ》らすだけでは見えもしない。

「この十日間、ずっと考えていた」

強張った眼差しで見つめる彼女に、僕はきちんと伝えなければならない。

「想いを伝えられた時、最初にわき上がった感情は戸惑いだった。圭士朗《けいしろう》さんの気持ちを知っていたから、ずっと真扶由さんのことは友達の想い人として見ていた。だから、いざ向き合おうと思っても、すぐには頭が切り替えられなかった」

僕は話すのが得意ではないから、回りくどくなってしまう。

しかし、たとえスマートではなくとも、彼女に対しては正直でありたかった。

「僕は真扶由さんの家族構成も、音楽以外に趣味があるのかも知らない。演奏曲目をリクエストしたことだってあるのに、吹奏楽部で担当している楽器さえ知らないんだ」

「私が吹いているのはアルトクラだよ」

苦笑いを浮かべるしかなかった。名前を聞いても楽器の形さえ想像出来ない。

「ごめん。初めて聞く楽器の名前だ」

「ううん。今のは私の言い方がずるいの。ちょっと意地悪しちゃった。正確に言えば、アルトクラリネット。クラリネットなら思い描ける？」

「聞いたことはあるけど、やっぱり形までは想像出来ないや」

今、僕らの間にある差異もまた、そういうことなのだろう。

そして、その差異を埋めることは、きっと、とても難しい。

「こんな時じゃないと言えそうにないから伝えるね。真扶由さんにはとても感謝している。大会の度にノートを見せてくれてありがとう。真扶由さんの字を見ていると、不思議と落ち着くんだ。きっと、君はとても誠実な人なんだろうなって、そういう心の奥みたいな場所まで、ノートの向こうに透けて見える気がするから」

この十日間に気付いたことを一つずつ告げていく。

「登校して、教室に入って、まだぼんやりとした頭に、真扶由さんの『おはよう』って声が届くと、一日のスイッチが入る気がするんだ。『明日は雨だよ』とか『もうすぐ夏だね』とか、真扶由さんの声を聞くことで季節を意識していたようにも思う」

「……お喋りな女だね」

「二年連続で同じクラスになって、半径数メートルの距離で過ごして、知れば知るほどに思い知るんだ。僕は白と黒しか入っていないクレパスみたいな人間で、真扶由さんは二十四色の彩《いろど》り豊《ゆた》かな人なんだって。同じ構造の水晶体《すいしょうたい》を持っているのに、違う世界を見ているんだって」

「……優雅君はモノクロなんかじゃないよ」

「そうだね。もしかしたらモノクロではないかもしれない。ただ、少なくとも二十四色ではない。僕の儚い声が好きだって、そう言ってくれたけどさ。やっぱり儚いことが良いことだなんて思えないんだよ。真扶由さんが音楽を愛しているのは、心に鍵盤《けんばん》みたいな弾力があるからで、季節の移ろいに気付けるのも、心に選べる色があるからでしょ」

圭士朗さんが真扶由さんを好きになった理由だって、今なら理解出来るような気がする。

自分の目には映らない世界を映してくれる人。真扶由さんはそういう人なのだ。

「君のような感覚を持てたら、きっと、世界はもう少し明るくなるんだろうね。僕はサッカー以外のことに関心を持てない、つまらない単色の人間だ。でも、真扶由さんは違う。君には僕の知らない側面が沢山あって、まだ見たことのないそれは、きっと素敵な形をしているんだと思う」

付き合うという行為の本質は何処にあるんだろう。結婚ならば理解は出来る。どちらかが死ぬまで共に生きましょうということだ。けれど、交際と結婚では大きく意味合いが異なる。

「付き合うってどういうことなんだろうって考えて、ようやく思い当たったんだよ。それは、すべてを知っているわけではない互いのことを、もう少しだけ理解してみませんかってことなのかなって。僕には恋愛感情というものが嚙み砕けていない。君のことも、ほかの女の子のことも、特別だって感じたことはない。……でもさ、もしかしたら、それは誰のことも理解しようとしていなかったからなのかもしれない」

これまで、周囲にいる女の子たちは二の次以下の存在だった。だから誰に告白されても悩むことすらなかった。しかし、彼女は違う。

「僕は感情の欠落した人間だから、真扶由さんのことを予期せぬ形で傷つけてしまうかもしれない。これから先のことだって、何も約束出来そうにない。だけど、それでも許されるのであれば、君のことをもう少し知ってみたいと思う」

上手《うま》く伝わっていないのか、真扶由さんの怪訝《けげん》の眼差しが突き刺さる。

「……それって、つまり、どういうこと？」

「付き合ってみたいって思ったってことだけど」

口を小さく開けて、真扶由さんは固まってしまう。

「ごめん。……もしかして僕は無茶苦茶なことを言ってるかな？」

十日間、悩みに悩んで、ようやく辿り着いた答えを正直に伝えたのだけれど……。

「ううん。そんなことない」

我に返ったように、真扶由さんは勢いよく首を横に振った。

「まさか付き合っても良いって言われるとは思ってなかったから」

上ずった声で告げる彼女は、今にも泣き出しそうな顔をしていた。

「絶対に振られるって思っていたの。告白しても迷惑をかけてしまうだけ、こんなのピリオドが欲しいだけの自己満足だって、そう思っていたから」

「別に迷惑だとは思わなかったよ」

「でも、だって……優雅君は圭士朗さんと友達でしょ？」

「圭士朗さんは自分の感情を理由に、誰かを嫌ったりするような人じゃないよ。それに言われたんだ。俺のことを理由にしないでくれって。自分の心で答えを出してくれって」

圭士朗さんのことだ。僕がこういう未来を選び取る可能性を予測出来ないはずがない。すべてを覚悟した上で、それでも彼女のことを想い、あんな風に言ったのだ。

だから僕はこの十日間、必死に自分と向き合って、この結論を出すに至った。

彼女の瞳から、透明な涙が零れ落ちる。

「ごめん。何があっても泣かないようにしようって決めていたのに……」

僕は他人の感情に疎《うと》い朴念仁《ぼくねんじん》だけれど、彼女の頬を伝った涙の理由くらいは分かる。

僕が交際を了承したからじゃない。そんなことで人間はこんな風に泣いたりはしない。

彼女は圭士朗さんの優しさを思い知ったのだろう。自分は想いに応えなかったのに、彼はそれで恨んだりはしなかった。足を引っ張ることを選んだりはしなかった。自らが報われる道ではないにも関わらず、純粋に自分の幸せを願ってくれた。そういう圭士朗さんの優しさが、彼女の胸をどうしようもなく揺らしたのだ。


日が落ちた後で真扶由さんと別れ、サッカー部の仲間たちが待つグラウンドへと戻った。

伊織、圭士朗さん、華代と並んで歩く、街灯の下の帰り道。

真扶由さんと付き合うと決めたことを、事実のまま三人に告げる。

伊織や華代は分かりやすいくらいに動揺していたけれど、圭士朗さんは穏やかな微笑を崩すことなく、分かっていたとでも言うように頷いてくれた。

「優雅に彼女が出来るとかマジかよ。信じらんねえ……。いつの間に……」

伊織は失礼なまでに何度も首を捻っていたが、その気持ちは理解出来ないこともない。僕自身、こんな日がくるなんて夢にも思っていなかったのだ。

電車通学の圭士朗さんはバス停へ向かわない。

大通りに出ると、別れ際、圭士朗さんは僕の肩に軽く手を置いた。

「優雅、お前がきちんと彼女のことを好きになれたら良い。俺はそう思ってるよ」

「僕は自分自身のことさえ信用出来ていない人間だけど、誠実でありたいとは思ってる。それだけは約束出来る」

「十分だよ。それに、俺はお前のことを信頼しているしな」

きっと圭士朗さんは、嘘をつくのもとても上手い。

彼の心の中にある本当の痛みは、彼自身にしか分からないだろう。

しかし、僕は彼が笑ってくれる限り、その真摯《しんし》な願いに対して真っ直ぐであろうと思う。

何だか本当に色々なことがあった一日だった。

帰宅後、夕食も風呂も忘れて、ベッドに倒れ込む。

僕の毎日は、これから大きく変わることになるのだろう。

だけど今日だけは、そんな未来に想いを馳《は》せる体力も気力も残っていなかった。

【用語解説3】

ディフェンス（DF）　相手の攻撃を阻止する守備中心の選手。ＣＢ、ＳＢなどを指す。
ディフレクション　直訳すれば「それること」。
相手にボールが当たって、軌道が変わる状態を意味する。
トップ下　ＦＷのすぐ後ろに位置するＭＦ。司令塔と呼ばれる選手が位置することも多い。
ドライブシュート　激しい縦回転がかかり、ゴール手前で鋭く落ちていくシュートのこと。
トラップ　転がってきたり飛んできたボールを止めてコントロールすること。
ドリブル　ボールを蹴りながら運ぶこと。
トレセン　トレーニングセンターの略称。
将来有望な若手を育成するために、様々な規模で運営される。
ドレッシングルーム　化粧室、楽屋、更衣室を指す言葉で、本作では控室を意味する。
ニアサイド　ボールがある位置から「近い」方のサイド。対義語はファーサイド。
ハーフウェイライン　ピッチの中央に引かれた線。センターラインと同義。
ハーフタイム　前半と後半の間に挟まれる休憩時間。
バイタルエリア　得点に繋がりやすい活動が起こる地帯。
ゴール正面、ＣＢとＭＦの間辺りの空間を指す。
ハットトリック　一人の選手が一試合に三点以上の得点をあげること。
パワープレイ　前線に残る選手にロングパスを送り、落としたボールや零れ球を狙う戦術。
ＰＫ戦　トーナメントで規定の時間を終えても決着がつかない場合に行う。
両チーム五人ずつ蹴る。
ファーサイド　ボールがある位置から「遠い」方のサイド。対義語はニアサイド。
ファンタジスタ　イタリア語。
芸術的なプレーで観客を魅了する選手に与えられる賞賛の称号。
フィールドプレイヤー　ＧＫ以外の全ポジションの選手。
フォワード（FW）　攻撃を目的とする選手。中央をセンターフォワード、
両サイドを翼に例えてウイングと呼ぶ。
フットボール　サッカーと同義。
日本ではAssociation Footballを短縮した造語のサッカーが一般的な呼称。
フリーキック（FK）　ファウルを受けた際に与えられる権利。
ボールを静止させた状態からスタート。
フリックオン　ほとんどコースを変えずに、ボールをダイレクトに後方へ送るプレー。
プレス　ボールを保持する敵との距離を縮め、
プレッシャーをかけたりパスコースを消すこと。

第三話　秋霖の切片

The REDSWAN saga

1

ガラスウォールの向こうで、長月《ながつき》の小雨《こさめ》が降り始めていた。

「雨の日のパリが、一番甘く香るって言ってたね」

映画館を出ると真扶由《まふゆ》さんは天を仰ぎ、ワルツでも踊るように、くるりと回って見せた。

「私、栗《くり》の木が甘く香るなんて知らなかった。優雅《ゆうが》君は知ってた？」

「いや、知らなかったよ。前にも観たことあったんだけどな」

「近くに栗の木林があったら良かったのにね。私、きっと今日なら雨を好きになれると思う」

本日、映画館でリバイバル上映されていたのは『麗《うるわ》しのサブリナ』だった。

サブリナ・フェアチャイルドをオードリー・ヘプバーンが演じた恋愛映画だが、観たことがなかったという真扶由さんは、最後までその展開にハラハラさせられたらしい。

富豪《ふごう》ララビー家に仕える運転手の娘が、御曹司《おんぞうし》に恋をする物語。今の僕らの関係性を暗示するような三角関係の物語でもあったのだけれど、彼女はそこまでの深読みはしなかったようで、素直にエンディングの展開に心を躍らせていた。

「前にも観たことがあったってことは、優雅君はオードリー・ヘプバーンが好きなの？」

パステルブルーの傘を差してから、真扶由さんは僕の顔を覗き込んでくる。

「そうだね。多分、彼女のことは、きっと誰だって好きなんじゃないかな」

「言われてみれば確かに……。私も昔から好きだった。『ローマの休日』しか観たことがなかったのに不思議」

自分の傘を広げ、真扶由さんの隣に立つ。彼女と僕は頭一つ分の身長差がある。

「次に向かうのはパン屋だったっけ？　あれ、『Little《リトル》 Pudding《プディング》』ってケーキ屋？」

「一応、パン屋さんかな。でも、スイーツも充実しているから、ケーキ屋さんって言っても問題無い気がする。楽しみだな。久しぶりなんだよね」

多くの女の子がそうであるように、真扶由さんも甘い物が大好きらしい。

付き合い始めた二人は、一体、何をすれば良いんだろう。

高槻優雅《たかつきゆうが》と藤咲真扶由《ふじさきまふゆ》の交際は、そんな問いを自分たちに投げかけるところから始まった。

恋愛経験がないのは彼女も同様である。真扶由さんも僕と等分の揺れ幅で、この新しい関係性に戸惑っていた。

曖昧な時間を過ごすことで、緊張が不安に、期待が失望に変わり、破綻《はたん》を迎えてしまう恋もあると聞く。

だが、僕らは毎日、共に遅くまで部活動に励んでいる。放課後に遊び歩くなんて考えられないことだった。

『今日も激しい練習をしていたね』とか『夕御飯のポトフが美味《おい》しかったの』なんて、些細《ささい》なメールが送られてくるようになったけれど、世の中に存在する多くのカップルと比べてみれば、熱量の低いやり取りしかしていないだろうことは明白だった。

この交際の目的は互いを知ることにある。能動的な努力も必要だろう。共に午前にしか練習がない日曜日、初めてのデートに出掛けてみようという話になったものの、すぐに何処へ出掛けるのかという次の難問が顔を現す。

僕にはサッカー以外に夢中になれるものがない。真扶由さんも似たようなもので、楽器を奏《かな》でている時が一番幸せだという。それぞれの趣味に触れてみるというのは、互いを知る上での有用な案に思えたが、僕が楽器を弾けない上に、今週末のJリーグはアウェイ開催だった。

恋愛というのは鏡のようなものなのかもしれない。サッカーの次に熱中しているものは何か。そんな問いを前に考察を始め、熟考の末に辿り着いたのは、古い映画を観ることだった。

結局のところ、僕は桐原伊織《きりはらいおり》の影響を何処までも強く受けているのだろう。伊織が好きになったもの、興味を惹かれたものに共に触れながら、今日まで生きてきたのだ。

十五分ほどバスに揺られ、真扶由さんのお気に入りだというお店に到着する。

今日は一日中、こんな天気なのだろうか。相変わらず温《ぬる》くて弱い小雨が降っていた。

Little Puddingなる名の煉瓦《れんが》造りのお店は、日曜日ということもあり、幅広い年齢層の客で賑《にぎ》わっていた。奥には喫茶のためのスペースも設けられている。

「プリンを丸ごと一つ入れて焼いたパンが大人気なの。一度、優雅君にも食べて欲しいな。お土産に買っていこうよ」

「お土産ってことは、今食べるのは……」

「迷ってたけど、私はスフレにしようと思う」

そんな風に告げて、真扶由さんは悪戯《いたずら》っぽく笑って見せた。

キャラメリゼされたクリームブリュレの表面を、スプーンの先で壊していたら、

「恋する女性はスフレを焦《こ》がす」

少し前にスクリーンでも聞いた台詞が鼓膜《こまく》を揺らした。

「あの映画、楽しんでもらえたみたいだね」

真扶由さんが注文したのはスフレチーズケーキだが、商品は別に焦げてなどいない。

「一生の想い出《おもいで》になると思う。多分、私は今日のことを生涯《しょうがい》忘れない」

「大袈裟《おおげさ》だよ」

「駅で合流するまで、ずっと緊張で頭がどうにかなりそうだったの。会話が途切れたらどうしよう。沈黙に動揺して、言わなくて良いことを口走っちゃったらどうしよう。色んな可能性を考えてしまって、昨日はろくに眠れなかったんだ」

「僕なんか緊張に値するような男じゃないのに」

真扶由さんは首を勢いよく横に振る。

「そんなことない。月に手を伸ばすなって、サブリナもお父さんに言われていたじゃない。私、耳が痛かった。失敗しちゃ駄目だ。上手くやらなきゃ駄目だ。緊張で足が地につかないような感覚でいたのに、不思議だよね。駅で優雅君と会った瞬間から、ずっと楽しく過ごせてる」

胸の辺りに手を置いて、想いを反芻《はんすう》するように彼女は頷いた。

「ざわついていた心が優雅君と会った途端、穏やかになって、それからは街の風景が明るく見えるの。映画で耳にする台詞の一つ一つが、胸の砂地に染み込むみたいだった」

「その感覚は理解出来るかも。緊張していたはずなのに、不思議と今は穏やかな気分だから」

「優雅君も楽しく過ごせている？」

不安と期待をない交ぜにした顔で問われ、肯定しようとしたまさにその時……。

「だから、いい加減に分かってよ！　もう、うんざりなんだってば！」

真後ろのテーブル席から、少女の悲鳴にも似た叫び声が上がった。

店内は喧噪《けんそう》で満ちている。ただならぬ雰囲気に気付いた客は半分もいなかったが、隣接する席で不意に始まった口論は、予期せぬ事態を運んでくることになった。

2

その喧嘩《けんか》は真後ろの席で始まった。

「良いから話を聞けよ。俺は……」

「もう散々、聞いたってば！　自分の気持ちばかり話そうとしないで！」

「じゃあ、何を話せって言うんだ。急に別れたいなんて言われて、納得出来るわけないだろ！」

「急じゃないでしょ。三度目じゃない」

「寂しくさせたんなら謝るって。俺の連絡が遅かったから機嫌が悪くなったんだろ？　ガキみたいなことで怒るなよ」

「本気でうざい。マジで無理」

すぐ後ろから痴話喧嘩《ちわげんか》が聞こえている状態で、会話なんて成り立たない。

対面に座す真扶由《まふゆ》さんは、激しい言い争いに心苦しそうに顔を歪《ゆが》めていた。

「ああ、分かった。お前、浮気《うわき》してるんだろ？」

「はあ？　何それ？　意味分かんないんだけど」

「ちゃんと話せば許してやるから、ちょっと落ち着けよ」

「マジでないわ。何でそういう思考回路になるのか意味不明」

「だから逆切れすんなって。浮気してないって言うなら、携帯電話を見せろよ」

「ちょっとやめて！　何、勝手に触ってるわけ！」

低俗《ていぞく》な言い争いが続き、次の瞬間、首筋に冷たい何かがかけられた。

反射的に席を立ち上がり、首元に手を当てて気付く。少女が氷の入ったコップの水を彼氏にかけたのだ。僕が受けたのは、その余波《よは》だろう。

「マジで最悪。もう私に近付かないで！」

呆然とする彼氏の手から携帯電話を奪い取ると、少女は早足で出口へと向かっていく。

「おい、待てよ！　頼むから話を聞けって！　癇《かん》に障《さわ》ったなら謝るから……」

「追いかけて来ないで！」

拒絶の絶叫と共に少女が店から出て行き、彼氏の方は肩を落として床を蹴り上げた。

何故、自分がこんな状態に陥《おちい》ったのか分からない。そんな仕草《しぐさ》だったが、どれだけ失礼な言葉を並べ立てていたのか自覚がないのだろうか。彼氏が席に戻るために振り返り、

「高槻優雅《たかつきゆうが》。どうして、ここに……」

「天馬《てんま》……」

そこに立っていたのは、一週間前、伊織《いおり》に完膚無《かんぷな》きまでに敗北した後輩、神室天馬《かむろてんま》だった。

ばつの悪そうな顔を見せた後で、僕の向かいに座る真扶由さんに気付く。

「俺がこんなことになってるってのに、あんたは楽しそうだな！」

店内中から注目を浴びていることに気付いていないのか、天馬は声を張り上げる。袖口《そでぐち》で濡

れた顔を強引に拭《ぬぐ》い、僕らを睨《にら》みつけてから自分の席に戻ろうとした天馬に対し、

「追わなきゃ駄目だよ」

凛《りん》とした声で真扶由さんが告げた。

「はあ？　あんた誰だよ。聞こえなかったのか？　追いかけて来るなって言ってただろ」

「あんな形で出て行って、追いかけてもらえなかったら、みじめ過ぎる。彼女の気持ちを理解してあげて。売り言葉に買い言葉であんな風に言ってしまったけど、きっと本心は違う」

「何で俺が折れなきゃならないわけ。勝手に切れて出て行ったのはあっちじゃないか」

「そうだね。でも、彼女が怒っていることと、君が追いかけることは話が別じゃないかな」

振り返ってみれば去年も、今年も、推薦を受けて真扶由さんはクラス委員長を務めていた。

彼女は正しくて温かい。そして、芯《しん》のある強い人だ。

「会計は私がしておくから。君は彼女を早く追いかけてあげて」

「そんなこと言われたって……」

「行かないで後悔することになるのは君だよ」

その毅然《きぜん》とした言葉が決定打となったのだろう。一つ、舌打ちをした後で、

「……何なんだよ。女ってのは面倒くせえな」

天馬は小雨の降る空の下に飛び出していった。

「彼、優雅君が気にしていた後輩でしょ？」

天馬の後ろ姿を見送った後で、真扶由さんは尋ねてくる。

一度、名前を出しただけなのに覚えていたらしい。

「彼をサッカー部に勧誘したいのに、どうアプローチして良いか分からないって言ってたよね。彼女を探すなら一人より二人の方が良いと思う。先輩が協力してくれたって知ったら、頑《かたく》なな心も少しは解けるんじゃないかな。私のことは気にしなくて良いから、彼を手伝ってあげて」

「え、でも、まだ……」

テーブルには運ばれてきたばかりのスイーツが並んでいる。

「サッカー部の問題の方が大切だよ。今ならまだ間に合う。お願い」

どうして彼女はこんな風に他人の事情ばかり慮れるのだろう。

真扶由さんに促され、傘も持たずに天馬の後を追うことになった。


今から十三ヵ月前、僕は左膝の前十字靭帯《ぜんじゅうじじんたい》を断裂している。スポーツ障害の中でも重症度の高い怪我だったが、ＡＣＬ再建手術に成功し、リハビリを経て現在は回復に向かっていた。

しかし、僕が抱える真の問題は、蓄積したダメージが暴発した右膝にある。原因が判然《はんぜん》としないせいで、時間による回復を待つことしか出来ていないのが現状だ。一年以上、体育の授業を欠席しているし、今も主治医にランニングすら禁止されている。

駅の方角へ向かった天馬の後を追うと、戻って来た彼と鉢合《はちあ》わせになった。

「何であんたまで店を出て来てんだよ」

「一人より二人の方が効率良く探せるだろ。彼女は見つかったか？」

「いや、駄目だ。何処に行きやがったのか分からない」

肩で息をしながら、天馬は苦々しげに天を仰ぐ。

「雨も降ってるし、バスを使うんじゃないか？　昭和《しょうわ》大橋《おおはし》から続く大通りに停留所がある。あっちの角を右に曲がれば見えてくるはずだ。僕は走れないから先に行ってくれ」

推測を告げると、意外にもあっさりと頷き、天馬は駆けていった。

緩慢な歩調で後を追い、角を曲がると、大通りの反対車線に停車中だったバスが、道路に戻るためのウインカーを出したところだった。

車の流れが途切れ、バスが通りに出ようとしたところで天馬が追いつく。乗客の中に彼女の姿を発見したのか、バスと身体を平行にしながら四、五歩進み、天馬が大きく両手を振った。

引き止めることに失敗したとはいえ、重要なのは雨の中を追いかけたという事実を見せることだろう。彼女が気付いていれば、少なくともその熱意は伝わったはずである。

追いかけたことには十分に意味があった。そう思った次の瞬間……。

「恭子《きょうこ》！　好きだ！」

視界の先で展開されたのは、目を疑うような光景だった。

時代遅れのトレンディドラマじゃあるまいし、あいつは真っ昼間から、大通りで何を叫んでいるのだろう……。

往来《おうらい》の激しい幹線《かんせん》道路である。行き交う車の音に紛れ、注目が集まることはなかったものの、公道であんなことを叫べる神経が信じられなかった。

駅へと向かい始めたバスが、僕の前を通過していく。

窓ガラスの向こう、両手で口元を覆い、目を潤《うる》ませる少女の姿が目に入った。

どれだけ恥ずかしいシーンでも、当事者にとっては特別な意味を持つこともあるらしい。

鼻の下を指でこすりながら、達成感に満ちた顔で天馬が戻って来る。

何でこいつは、やってやったみたいな顔で得意気に僕を見ているのだろうか。

「彼女の泣きそうな顔、あんたも見たか？　俺の気持ちが伝わったみたいだぜ。まあ、分かってくれたんなら許してやっても良い」

何故、こいつはいつも上から目線なんだろう。

「そういや、さっきあんたと一緒に店にいた櫻沢七海似《さくらざわななみ》の女、あれは誰？」

「櫻沢？　ああ、新潟出身とかっていう女優のこと？　似てるかな」

「清楚《せいそ》な感じが似てるだろ。まあ、そんなことはどうでも良いや。一応、礼を言っておこうと思っただけだ。アドバイスのお陰で助かったのも事実だしな。俺からの感謝を伝えといてくれて構わない。あの女、あんたの彼女なんだろ？」

「そういうことになるのかな」

「そういうことって何だよ」

「付き合い始めたばかりだからさ。あんまり実感がないんだ」

「ってことはつまり、あれか？　向こうから告白されたってことか？」

面白くなさそうに天馬は吐き捨てる。

「あんたは良いよな。怪我をしていたって、ちやほやされて、皆に認められて。おまけにあんな女に告白されてんのかよ。あんたを見てると、マジで努力ってものが馬鹿らしくなるな」

いつの間にか愚痴が始まっていた。

「恭子はうちの中学で一番人気があったんだ。入学してすぐに一目《ひとめ》惚《ぼ》れさ。最初に告白した時は、あっさり振られたけど、振り向かせるために出来ることは何でもやった。サッカーが好きだって聞いて、バスケ部から転部して、エースナンバーをもらうために死ぬほど練習もした。やっとの思いで10番をもらって、エースの証明を手に入れた後でもう一度、告白した」

もてるためにサッカーを始めた。そんな人間は都市伝説の中以外にも存在していたらしい。

「その時に言われたんだ。勉強の出来ない男とは付き合いたくない。別々の高校に進学したら、どうせ別れることになるってな。まったく幾つの壁が立ちはだかるんだと思ったよ。赤羽《あかばね》高校はサッカー推薦が突然無くなるし、マジで焦ったけど俺は諦めなかった」

聞いてもいないのに天馬の自分語りは続く。

「俺が赤羽高校に合格したことで、彼女もようやく気付いたのさ。俺がスポーツも勉強も万能に出来る男だってことにな。だけど、歯車はすぐに狂い始めた。彼女は俺がサッカー部に入らなかったことが許せなかったんだ。サッカー部はすぐに潰れる。そんな部に入っても無駄だって何度も説明して、やっと納得してもらったのに、サッカー部はいつまで待っても廃部にならなかった。デートの時間を沢山作れるようになったのに、会う度に愚痴られるようになった」

「それ、話が矛盾してない？」

「何がだよ」

「前に喋った時、僕を倒すために赤羽高校に入学したって言ってたよな。サッカー部が廃部になるって知っていたら、うちになんて進学しなかったって……」

「うるさいな。あんた、神経質？　そういう細かいことばかり言ってると嫌われるぜ？」

伝統的にサッカー部には優等生と問題児、両極端な生徒が多いと聞く。間違いないだろう。天馬は後者だ。どうしてこうも無駄に面倒臭い奴ばかりが集まってしまうのか。

「ちゃんと分かってんのか？　本《もと》を正せば、全部、サッカー部のせいなんだからな。廃部になるって言うから入部しなかったのに、その約束が変わったせいで、彼女と上手くいかなくなったんだ。俺の人生をかき乱した責任、どうやって取るつもり？　ちょっとは申し訳なさそうにしろよ」

理論が無茶苦茶過ぎて、何処から突っ込めば良いかも分からない。

「サッカーをやめてから上手くいかないことばっかりだ。それなのに、あんたはあんな清楚な恋人を連れてスイーツデートかよ。見せつけられる俺の気持ちにもなれってんだ」

僕の記憶が確かならば、彼も同じ店でデートをしていたと思うのだが……。

その時、ポケットの中の携帯電話が、メールの受信を告げた。

『彼女には会えた？　お店を出てバス停に向かうね。プリンパンもお土産に買ったよ』

どうやら真扶由さんがこちらに来てくれるらしい。

天馬はこの後、どうするつもりなのだろう。話しているだけで疲労感に襲われるというのが正直なところだが、勧誘が完了していない以上、対話を適当に切り上げるわけにもいかない。考える必要があった。もしも今、世怜奈《せれな》先生が僕の立場なら、どうするだろうか？


「……好き勝手に言ってくれるけどさ」

声のトーンを落として、天馬に告げる。

「羨《うらや》ましいのは僕の方だよ。代われるものなら代わって欲しい」

「はあ？　何でだよ。あんな彼女がいて、それだけ恵まれているのに……」

案《あん》の定《じょう》、食いついてきた天馬に言葉を続ける。

「今の僕にはサッカーをするための身体がない。だけど、天馬は違うじゃないか。サッカーをやっていないのは君自身の意志だろ。あてつけで苛立《いらだ》ちをぶつけるなよ」

　きっと、僕には神室天馬という人間を理解出来ない。多分、神室天馬にも高槻優雅を理解することは出来ない。だけど、互いに互いを理解出来ないという事実を共有することは出来る。その上で、告げるべき言葉も、差し伸べるべき手も、残っているような気がした。

「本当に僕は君より恵まれているのか？　すべては立ち位置の問題だ。君は頭が悪過ぎる」

「喧嘩売ってんのか？　俺の何処が……」

「良いから黙って聞けよ。インターハイ予選の準決勝、僕らは二対三で偕成《かいせい》学園に敗れている。その試合でゴールを守ったのは君と同じ一年生だった。うちの正ＧＫ《ゴールキーパー》の実力は分かるだろ？　あのＧＫ無しでも、僕らは偕成を追い詰めたんだ。しかも、試合の途中で司令塔も負傷離脱していた。それだけ戦力を落とした状態でも、レッドスワンは偕成と対等に戦えるチームだった。世怜奈先生や僕が君を勧誘しているのは何のためだと思う？」

「廃部を阻止するために力を貸して欲しいんだろ？」

　わざとらしく溜息をついて見せる。

「君はまったく分かっちゃいない。正ＧＫと司令塔が復帰すれば、県で優勝するくらい出来るに決まってるだろ。そんな小さな目標は追っていない。目指しているのは全国の頂点だ」

「……馬鹿げてやがる。頭が悪いのはあんたたちの方じゃないか」

「今の戦力じゃ県大会を制するのが関《せき》の山かもしれない。だけど、君が加われば全国でも勝てるチームになる。世怜奈先生はそう確信しているから勧誘したんだ。廃部を阻止するために力を貸せ？　笑わせるな。そんな小さな目標のためにスカウトなんてするものか」

いつの間に僕の唇はこんなに滑《なめ》らかに動くようになったんだろう。

世怜奈先生のサポート役を務めてきた影響なのか、説得のための方便にも似た言葉が、次から次へと出てくる。

「君は好きな人の後を追って、赤羽高校に入学したのかもしれない。だけど、僕を倒したかったって言葉も本当だろう？　僕は五歳の時にはサッカーを始めていた。でも、君は中学から始めてあれだけの選手になったんじゃないか。どちらが天才かなんて一目瞭然《いちもくりようぜん》だ」

「……それでも、周りが認めているのはあんたばかりだ」

「だったら実力で周りを黙らせろよ。何故、そうしないんだ？　僕は今年の予選には出場しない。だけど、来年は復帰を目指す。君と僕が揃《そろ》ったのに、全国優勝出来ないと思うのか？　今のままじゃ必ず後悔するぞ。あがいてみろよ。それだけの才能を独りよがりに捨てるなよ。今のメンバーなら、間違いなく廃部は阻止出来る。だけど、サッカーには常にジャイアントキリングの可能性がつきまとう。偕成や美波《みなみ》に返り討ちに遭う可能性だって否定出来ない。だから、頼む。力を貸してくれ。来年、僕にも戦わせてくれよ」

深く頭を下げた僕を、天馬はどんな顔で見つめているんだろう。

生温《なまぬる》い小雨を背中に感じていたら……。

「頭なんて下げるなよ。あんたの言ってることは分かったからさ」

顔を上げると、天馬は面白くなさそうな顔で頬を掻《か》いていた。

「確かに俺とあんたが共闘すれば、全国でも優勝出来るかもしれないな」

……いや、煽《あお》っておいて何だが、本気で信じたのか？

「確かに俺は自分のことを見誤《みあやま》っていた。それは認めてやっても良い。だが、あんたや監督が気付いていても、ほかの部員は違うだろ？　特にキャプテンの無駄にでかい男は、俺の才能になんて微塵も気付いていなかったぜ。あれだけ無様にぶち抜かれたのに」

やはり天馬はあの日の伊織の演技には気付いていないようだった。

「監督とアシスタントコーチが加入に賛成しているんだ。誰にも文句は言わせない。ただ、あれだけの啖呵《たんか》を切ったんだから気まずいのも分かる。皆には僕から説明するつもりだ」

気付けば、いつの間にか雨が上がり、空の向こうに虹がかかっていた。

「これでもまだ納得してもらえないなら、その時は仕方ない。もう二度と誘わないよ」

天馬に斜め後ろを向くよう促す。

虹のアーチに目を留め、天馬は意味深に顎《あご》に手をやった。

「もしも、もう一度、サッカーをする気になったなら、会いに来てくれ」

それを最後に告げて、バス停に向かって歩き出す。

数歩進んだところで、

「待ってくれ」

喉の奥から絞り出したような声が届いた。

「俺が入部するって言ったら、本当にあんたが上手いこと説明してくれるのか？」

振り返ると、天馬が請《こ》うような目で見つめていた。

「ああ。それがコーチの仕事だからな」

「でも、文句を言う奴がいたら……」

「そいつをレギュラーから外す。チームの決定に従えない奴は必要ない」

「……分かった。あんたが、そこまで言うなら、入部してやっても良い」

ようやく頑迷《がんめい》な心を動かすことに成功したようだった。

「助かるよ。先生には明日、紹介して良いか？」

「任せるさ。あんたは俺が認めた唯一の選手だ。あ、でも守備は嫌いだから、出来るだけ前線で使うように言っておいてくれ」

最後まで面倒臭い男だったが、天馬は世怜奈先生が一目置いた選手である。彼女が欲しいと言うくらいだ。戦力として計算出来るのだろう。

この数ヵ月、どうやら本当に遊び歩いていたようだし、勘やスタミナを取り戻すために、どれだけの時間がかかるかも分からないけれど……。

翌日、レッドスワンにはようやく、四人目の一年生が入部することになった。

3

九月十四日、月曜日。

神室天馬《かむろてんま》が入部したことで、レッドスワンの所属選手は僕を除いても二十二名になった。GK《ゴールキーパー》も二人いるため、怪我人《けがにん》がいなければフルメンバーの紅白戦を実施出来る計算になる。

監督に就任した当初、世怜奈《せれな》先生は４‐２‐３‐１のシステムを採用していた。しかし、インターハイ予選の途中から、守備的MF《ミッドフィルダー》を増やす４‐３‐２‐１のツリー型フォーメーションを多用している。

守備的な選手を増やしたことで、前線のレギュラー枠はわずかに三枚となった。天馬の加入によって、層が薄かった攻撃陣にも、ようやくポジション争いが始まることになった。

現在、ワントップのFW《フォワード》は、離島出身のバスケットボール経験者、備前常陸《びぜんひたち》が務めている。伊織《いおり》に続いて身長を百九十センチの大台に乗せた常陸は、圧倒的な空間把握能力を生かし、ポストプレーで抜群の存在感を見せている。しかし、はっきりとした弱点もあった。サッカー経験が浅いため、シュートやドリブルといった基本的なテクニックに難があり、独力で得点を生み出すことが出来ないのである。

常陸に得点が期待出来ない以上、二列目の二人には、常陸の分まで決定力が求められる。そういった事情を踏《ふ》まえるなら、ファーストチョイスは三馬鹿トリオの一人、ニュージーランド人のリオ・ハーバートで固いだろう。恵まれた身体能力に任せた雑なプレーが散見されるものの、抜群の決定力を誇り、二人に次いで、この夏に身長を百九十センチに届かせている。

どういった戦術を取るにせよ、セットプレーを最大の武器とするレッドスワンにおいて、高さのある常陸とリオがレギュラーから外れることはない。

残るレギュラーポジションは、あと一枠である。

これまでは三馬鹿トリオのもう一人、スピードスターの時任穂高《ときとうほだか》が入る場合が多かったが、天馬の入部により、穂高は絶対のレギュラーではなくなってしまった。

天馬は貴重なレフティである。ポジショニングするサイドによっては、左利きにしか出来ないプレーというのも存在するからだ。

九月十六日、水曜日の放課後。

天馬の加入から三日が経ったその日、改めてセットプレーの確認がおこなわれた。

セットプレーには様々な種類があるが、試合中、最も多く発生するのは、ファウルが犯された時に与えられるフリーキックだろう。敵を引っ張る。突き飛ばす。足を引っかける。ボールに手で触れる。一連の反則がゴール前のペナルティエリア内で犯された場合は『ＰＫ《ペナルティキック》』が与えられ、エリア外で起きた場合は、その場所からの『直接フリーキック』となる。

ＧＫと一対一の状態でおこなわれるＰＫは決まる確率が高いため、試合に与える影響があまりにも大きい。皆、それを理解しているから、エリア内ではファウルを犯さないよう細心の注意を払うし、軽度な反則であれば主審が意図的に笛を吹かないこともある。

逆にエリア外のファウルであれば、ＰＫを取られることは絶対にない。そのため、決定的なピンチが生まれそうな場面では、ペナルティエリアの手前で、カード覚悟で敵を止めに行くということも起こり得る。ＰＫと比べれば遥《はる》かに難易度が高いものの、ペナルティエリア付近でのセットプレーは、直接ゴールを狙えるビッグチャンスである。

現在、フィールドではそんな『直接フリーキック』の確認がおこなわれていた。

「先輩！　俺にも蹴らせてくれよ！　自信、あるんだって！」

不動のキッカーである圭士《けいし》朗《ろう》さんと葉《は》月《づき》先輩に、天馬がしつこく食い下がっていた。

「なあ、一回くらい良いだろ？　減るもんじゃないんだしさ」

「いい加減に諦めろ！　お前は左利きだろ。葉月先輩が引退したら考えてやるから下がれ！」

伊織に一喝《いっかつ》され、天馬はすごすごとボールから離れていく。無駄に自信家の天馬だが、同じレフティの葉月先輩に敵《かな》わないことは、この三日間で理解していたようだ。

直接フリーキックでは、ボールを味方に合わせても良いし、キッカーがそのままゴールを狙っても良い。直接狙う場合は利き足が重要になる。インサイドで蹴ったボールは、回転によって蹴り足とは逆側に曲がっていくため、右サイドからは左利きの選手が、左サイドからは右利きの選手が蹴った方が、角度の問題でゴールを奪いやすいからだ。

僕は両足を同じように使えたため、怪我で離脱する前は、監督に指名され、長短左右どんな位置からでもキッカーを担当していた。しかし、現行のチームでは、右利きの圭士朗さんと左利きの葉月先輩が、場面に応じて交代しながらキッカーを務めている。

GKに楓《かえで》を据え、長身選手に壁を作らせて、葉月先輩と圭士朗さんが順番に蹴っていた。

「っしゃぁ！　甘過ぎるぜ！　ラジオ体操からやり直せ！　お前らじゃ役不足だ！」

葉月先輩の完璧なフリーキックを横っ跳びで弾き飛ばし、楓が吠える。

「楓、練習が終わったら辞書を引いてレポートを提出しなさい。『役不足』の意味が違うよ」

ノートパソコンに目を落としたまま、世怜奈先生が抑揚なく告げる。

三脚《さんきやく》にセットしたビデオカメラを回しつつ、先生は二人のキッカーのデータを、ひたすらパソコンに入力していた。入る見込みのない直接フリーキックは味方の士気《しき》を落としてしまう。本日の練習により、先生は狙っても良い距離と角度を明確に定めようとしていた。

レッドスワンではフリーキックを味方に合わせる場合、大抵、圭士朗さんがキッカーを務める。狙った位置にピンポイントで蹴る技術が、チーム随一だからだ。

一方、葉月先輩には異なる武器がある。歪《ゆが》んだ美学を反映するような極端なカーブ。意味不明なナルシズムのごとく軌道《きどう》が読めない無回転シュート。先輩は多彩なキックの技術を持っている。パワーでも軍配が上がるため、直接狙える場面では葉月先輩が蹴ることが多かった。

「俺のクレセントムーンシュートを止めるとは生意気な奴だ」

返ってきたボールに意味もなくキスをしてから、葉月先輩は楓を睨みつける。

バナナシュートと言えば全員に通じるのに、何故、わざわざ三日月シュートなどと英語で言うのだろう。赤点常習犯のくせに鬱陶《うっとう》しい……。

「優雅《ゆうが》！　何かアドバイスをくれ！　このままじゃ終われない」

振り返った圭士朗さんの顔に、悔しそうな表情が浮かんでいた。

もう十五分以上フリーキックの練習が続いているのに、二人はまだゴールを奪えていない。楓は調子に乗れば乗るほど、実力を発揮するタイプである。当たり出すと手がつけられない。

圭士朗さんと葉月先輩の傍《そば》まで近付き、口元を隠して二人だけに聞こえる声で告げる。

「楓は右利きだから、大抵、左に身体を寄せて右のスペースを大きくあけます。そのせいで右側を狙いたくなるんですが、もしかしたら逆を突いた方が効果的かもしれません」

この角度なら左足の方がゴールを狙いやすい。僕のアドバイスを受け、葉月先輩が回転をかけてゴール左上を狙う。しかし、やはり楓が抜群の反射神経で枠外に弾き飛ばしてしまった。

続け様に圭士朗さんも狙ったが、完璧なコースへ飛んだにも関わらず防がれてしまう。

「優雅！　てめえのアドバイスなんて時間の無駄だ！　どうせ俺からゴールは奪えねえ！」

相変わらずの不遜《ふそん》な態度に苛立ちが増す。

「どうやらキッカーを交代した方が良さそうだな！　自信がないなら代わってやるぜ？　俺は

フリーキックを蹴らせても超一流のＧＫだからな！」

楓の投げ返したボールが圭士朗さんと葉月先輩の間を割り、僕の下に転がってくる。

楓は腰を落とし、フラットな姿勢で両足に均等に体重を乗せていた。

左右、どちらにも瞬時に飛べる理想的な姿勢だ。口先だけじゃない。確かに隙《すき》は見当たらない。だが、しかし……。


その時、僕の頭を支配していたのは、どんな感情だったんだろう。

ボールの軌道を追う内に、一種のトランス状態に陥っていたのかもしれない。目の前にボールが転がってきた次の瞬間、僕は無意識の内に軸足を踏み込み、左足を振り抜いていた。

「ちょっと優雅！　何してるの！」

華代の悲鳴がフィールドを切り裂き、

「馬鹿！　何やってんだよ！　自分の状況が分かってんのか！」

血相《けっそう》を変えた伊織が駆け寄ってきたけれど、その手が触れるより先に視界が暗転する。

信じられないほどの激痛が、軸足にした右膝に走っていた。

自分の身に何が起きてしまったのか。理解するより早く、重力に負けた僕の身体は、その場に崩れ落ちていった。

4

どれくらいの時間、まどろんでいたのだろう。

ゆっくりと瞼《まぶた》を上げると、見慣れない天井が網膜《もうまく》に飛び込んできた。

「……呑気《のんき》なものね。皆があれだけ心配したのに」

棘《とげ》のある声が届き、横を向くと、ベッドの脇に設置されたベンチに華代《かよ》が座っていた。

「ああ……。ごめん。うとうとしていた」

「うとうとって言うか完全に寝てたでしょ。世怜奈《せれな》先生、クラスでトラブルがあったみたいで先に帰ったよ。主治医の説明も、もう終わったから」

何故、あんな馬鹿な真似《まね》をしてしまったのだろう。夕刻、無意識の内にフリーキックを蹴ってしまった僕は、即座に先生の運転する車で校倉《あぜくら》総合病院へ搬送《はんそう》されることになった。

すぐにMRIは撮ってもらえたものの、かかりつけの外科《げか》は、尋常ではない混み具合を見せていた。蹴った直後に意識が飛びかけたことを心配され、ベッドのある病室で待つよう言われたのに、いつの間にか眠りに落ちていたらしい。

「両足とも靭帯《じんたい》にも骨にも異常は見つからないってさ。ボールを全力で蹴って痛まなかったんだから、左膝は完治と見て良いみたい。ただ、リハビリを続けていた左足はともかく、右足は一年以上、安静にしていただけだもの。踏み込んだら痛いに決まってるって、医者も呆れていたよ」

「ごめん……」

「別に。私に謝られても意味がない」

「……原因不明ってさ、絶望を告知されるよりも性質が悪いのかもな。手術も出来ない。回復の見込みも分からない。信じられるものがないんだ」

左膝、前十字靭帯の断裂は、選手生命を終わらせかねない大怪我だった。手術が成功するかも分からなかったし、上手くいっても復帰までに一年を要する大怪我だった。それでも、回復する見込みは確かに存在していた。

しかし、右膝は違う。壊れてしまった理由が分からない。何故こんなにも痛むのか、その原因は不明のままだ。安静にすること以外に出来ることがなかった。ただ……。

「最近、右膝、ほとんど痛んでなかったんだ。もしかしたら、このまま治るんじゃないかって期待を抱いていた。卒業する前に、もう一度、ピッチに立てるんじゃないかって……」

掛け布団の下、右膝に手をやると、歩行をサポートするための装具が装着されていた。

「とりあえず二週間は松葉杖《まつばづえ》、一ヵ月は絶対安静だって。私、きちんと見張るから」

「心配しなくても、もう蹴らないよ」

「信用出来ない。いかに優雅《ゆうが》が自分のことを適当に考えているか、今日でよく分かった」

早歩きのような足音が聞こえ、扉の向こうに伊織《いおり》と圭士朗《けいしろう》さんが顔を覗かせた。

「良かった。帰っちまってたら、どうしようかと思った」

掛け時計は午後七時半を指している。練習が終わった後で駆けつけてくれたのだろう。

「つーか、ここ個室じゃん。お前、入院すんの？」

「運営に関わってる舞原《まいばら》家専用の部屋なんだって。空《あ》いてるから休んでいけって言われて」

「何だそりゃ。舞原ってそんなに偉いのか？　訳分かんねえな」

「伊織、お前はそんな話をしにきたのか？」

圭士朗さんにたしなめられ、伊織は表情を引き締める。

「膝の具合はどうだ？　一応、先生から報告は聞いたけど、本当に大丈夫だったのか？」

「検査に異常がなかったことを大丈夫だったと言うのなら」

「また靭帯をやっちまったのかと思って、生きた心地がしなかったぜ。そうだ、これ」

伊織は鞄からビデオカメラを取り出すと、ベッド脇の大型テレビにコードを繋ぐ。

「お前、自分が蹴ったボールの弾道を見てないだろ？　マジでやばいぜ」

伊織が再生ボタンを押すと、楓《かえで》から返却されたボールに向かって、僕が右足を踏み込むところだった。そのまま左足からシュートが放たれ、次の瞬間には膝から崩れ落ちていく。

あの時は、あまりの激痛で、ボールの軌道など追いもしなかったわけだが……。

僕がボールを蹴った位置は、ペナルティエリアから十五メートルほど離れていた。直接ゴールを狙うには距離が離れていると言って良いだろう。

全力で放たれたシュートは縦回転により、ゴールの手前で急速に落ちていく。そして、めいっぱい身体を伸ばした楓の指先をかすめて、そのままゴール左隅に突き刺さっていた。

「こんなに強烈なドライブシュートは初めて見たよ。怪我をした足で、これだけのトップスピンをかけるんだもんな。正直、才能の差が恨《うら》めしい。キッカーとしての自信が霧散《むさん》しそうだ」

「俺は子どもの頃から一緒にやっていたから、優雅が落とすシュートが得意なのは知ってたぜ。見てみろよ。この楓の顔。最近、調子に乗りまくってたから良い薬だ」

地面に膝をつく楓の顔から血の気が引いていた。信じられないといった眼差しで呆然としている。

「不意を突かれたからだよ。僕が蹴ってくるって分かっていれば……」

「いや、あの時、楓はお前を挑発するために、俺と葉月《はづき》先輩の間にボールを投げている。お前が蹴る瞬間も準備は出来ていた。それなのに、あの距離から射貫かれたんだ」

仲間たちが僕に駆け寄るその後ろで、楓はボールを地面に叩きつけて悔しがっていた。

「この軌道は何度見ても鳥肌《とりはだ》が立つな。もう一回見ようぜ」

「優雅が凄いのは分かったから、そのくらいにして」

ビデオを巻き戻し始めた伊織に、華代の鋭い声が飛ぶ。

「褒められることをやったわけじゃないでしょ。キャプテンなんだから、ちゃんと叱《しか》って」

ばつの悪そうな顔で伊織が視線を逸らし、代わりでも担《にな》うように圭士朗さんが口を開く。

「お前、洞察力は鋭いのにな。時々こういう無謀《むぼう》なことをするのはどうしてなんだ？　頼むから、もう少し自分を大切にしてくれ。勝手な言い草だが、俺たちのためにもだ」

「どういう意味？」

「身勝手な期待を押しつけるのも悪いと思って、ずっと言わずにいたけどな。どうやらお前は病的に自分に無頓着みたいだから、はっきり言うぞ。高校に入って高槻優雅《たかつきゆうが》とチームメイトになれたと知った時、本当に嬉しかった。同世代で真剣にサッカーをやっていた人間なら、全員がお前のことをよく知っている。俺は中学時代から、優雅と一緒にプレーしていた伊織たちが羨ましかったんだ。来年こそ、一緒に戦えるって信じてる。簡単に諦められるかよ。せっかく高槻優雅とチームメイトになれたのに、俺はまだ一度も同じピッチに立っていないんだ」

……そうか。その言葉で初めて気付く。

芦沢《あしざわ》監督が指揮を執《と》っていた頃、一年生は推薦組の三馬鹿トリオと僕以外、練習試合にも出場させてもらえなかった。チーム内での練習もレギュラー組とは別だった。

親友と呼べるほどに仲良くなれたのに、僕らは一度も試合で共にプレーしたことがない。

翌日、九月十七日、木曜日。

お昼休み、予期せぬ来訪者が教室に登場した。

「おい、優雅。面《つら》を貸せ」

昼食時に現れたのは、怒りに顔を歪ませる榊原楓《さかきばらかえで》だった。

高身長と印象的な茶髪のせいで、楓は抜群に目立つ生徒である。三馬鹿トリオの奇行は有名なため、何が始まるのかと教室中の視線が僕らに集まっていた。

「行かなくて良い。優雅は怪我をしているんだから、話があるならここでして」

近くに座っていた華代が、一刀両断《いっとうりょうだん》に切り捨てる。教師には何を言われても右から左に聞き流す楓だが、女子には弱い。苦々しげに華代を睨むだけで言い返すことはしなかった。

「てめえ、たった一度ゴールを奪ったくらいで、俺に勝った気でいるんじゃねえだろうな？」

「そんなつもりはないよ」

「良いか。昨日は久しぶりにボールを蹴ったてめえに花を持たせてやったんだ。わざと止めないでやったんだからな！」

「地面にボールを叩きつけて『畜生《ちくしょう》』って叫んでいたでしょ。映像、自宅に郵送しようか？」

「うるせえ女だな！　黙ってろ！　てめえは俺の何なんだ？」

「マネージャーだけど」

目つきの悪い大男の激昂にクラスメイトたちは怯《おび》えていたが、華代はまったく怯《ひる》んでいなかった。その強気な態度に真扶由《まふゆ》さんも驚いている。

「お前、そんなことを言うためにうちのクラスまで来たのか？」

「あ？　責任転嫁《せきにんてんか》してんじゃねえよ。てめえが勝ち誇ってるのが悪いんだろ。反省しろ」

駄目だ。いつものことだけど、まったく話が噛み合わない。誰か早く解放してくれ。

「てめえ、足は大丈夫だったんだろうな？　さっさと直して、もう一回勝負しろ。悪化させて逃げやがったら、ぶっ飛ばしてやる。お大事にしやがれだ。分かったか、ゴミ！」

……一応、楓なりに心配してくれているのだろうか。心の底から面倒臭い奴だった。

5

幸いにも右膝の痛みは数日で引き、予定より早く松葉杖生活から解放されることになった。

とはいえ、あの日以来、華代《かよ》から厳しく監視されるようになり、放課後の練習では荷物運びさえやらせてもらえなくなってしまった。男としては不名誉《ふめいよ》この上ない話である。

僕が突き刺したドライブシュートは、ほかにも幾つかの変化をレッドスワンに生んだ。

楓《かえで》は練習でさえゴールを奪われることを嫌悪するようになり、常に本気を見せるようになった。守護神は間違いなく苛烈《かれつ》な意志が必要なポジションである。芽生え始めたＧＫ《ゴールキーパー》への執《しゅう》着心《ちゃくしん》は、楓をまた一つ上のステージへと導こうとしていた。

僕のプレーに触発《しょくはつ》されたのは、新加入の天馬《てんま》も同様である。一撃で流れを変えられる選手こそがエースに相応《ふさわ》しい。そんな風に考えた天馬は、それまで以上にアグレッシブな姿勢を見せるようになる。しかし、強い気持ちが必ずしも良い結果を生み出すとは限らない。

天馬の意識下で起きた革命により、すぐに新たなる火種が具現化することとなった。

九月二十六日、土曜日。

その日、レッドスワンは隣県の強豪と、二試合の練習試合を組んでいた。事件はその二試合目で発生する。GKが央二朗《おうじろう》に代わった二本目のゲームで、レッドスワンは久しぶりに二点差をつけられて敗北してしまったのだ。

楓が不出場とはいえ、DF《ディフェンス》陣はレギュラー組だった。インターハイ予選のように、不測の事態で正GKを欠くこともあるだろう。この布陣で喫《きっ》した二点差の敗北は痛恨と言えた。

予想外の失点を積み重ねてしまった理由は明確である。

ひとえに自己中心的なプレーで天馬がチームの規律を乱したせいだ。セットプレー時の守備ポジションを守らない。取られてはいけない位置でボールをロストする。セルフィッシュなプレーが敵に決定機を与えてしまった。

試合後、天馬はこれまで楓以外の誰にも言い出せなかったことを大声で口にする。

「うるさいな。ミスったことは認めるけど、反省しろって言うなら、俺よりも先に責められなきゃいけない人がいるんじゃないですか?」

傍若無人《ぼうじゃくぶじん》な態度を皆に責められ、天馬は逆切れ気味に吐き捨てる。

「失点のきっかけは俺がボールをロストしたことかもしれない。でも、後ろにはＤＦがいたじゃないか。謝れって言うなら、最終的に敵に突破された森越《もりこし》先輩はどうなんすか」

　現在、最終ラインの要《かなめ》となるＣ　Ｂ《センターバック》を務めるのは、伊織《いおり》と森越将也《もりこしまさや》先輩の二人である。キャプテンでもある伊織の実力を疑う者はいないが……。

「負けたのは森越先輩のせいでしょ。先輩が一対一を止めてくれりゃ、逆転負けなんてしなかったんだ。問題は先輩が戦えるレベルに達してないからじゃないんすか」

「おい、一年。もう一回言ってみろ」

　反射的に声を荒《あら》らげたのは鬼武《おにたけ》先輩だった。

「てめえのせいでカウンターをくらったんだ。尻拭《しりぬぐ》いをしてもらったお前に、将也を責める資格なんてあるわけねえだろ。何回、ボールを失ったか覚えてねえのか？」

「覚えてるわけないだろ。ＦＷ《フォワード》は何回ミスってもゴールを決めりゃ良いんだよ」

　頰に生々しい傷痕《きずあと》を持つ鬼武先輩は、部内でも断トツの強面《こわもて》である。チームでは副キャプテンを務めているし、その圧倒的な存在感から後輩には誰よりも恐れられている。しかし、天馬はそんな鬼武先輩を前にしても、まったく臆《おく》することがなかった。

「つーかさ、マジでＣＢを代えた方が良いんじゃないの？　あの程度のドリブルに突破されるような奴が、美波のスリートップを止められるわけないじゃん」

　責任転嫁《せきにんてんか》に留《とど》まらず、チームメイト批判まで始めた天馬に、今度はキャプテンの伊織がいきり立つ。天馬の前まで歩み寄ると、問答無用でその胸倉《むなぐら》を摑んで持ち上げた。

「いってえな！　何すんだよ。離せ！」

「ドリブル突破されたCBが悪い？　違うだろ。失点は敵に独走を許すような場所でボールを失ったお前の責任だ。セットプレー明けは守備陣が揃《そろ》ってないんだから、仕掛けたら危険なことくらい分かれよ。失点しないことがファーストプライオリティだって何度も話したよな」

「そんなダルい攻め方してるから点が入らないんだろ。後ろに一人残ってるのに何で勝負しちゃ駄目なんだ。あれか？　後ろに下手くそがいることを気にしてろって言いたいのか？」

「どうして、お前は先輩に対して敬意を払えないんだ！」

天馬の胸倉を摑んだまま、伊織は彼を壁に押しつける。

背中を強打し、天馬が痛みに顔を歪めた。

「フィールドに先輩も後輩もないだろ！　下手くそを下手くそって呼んで何が悪いんだ！」

「てめえは他人に偉そうに説教出来るレベルじゃねえだろ！」

「やめろ、伊織。手を離してやってくれ」

激怒していた伊織の肩に、渦中《かちゅう》の森越先輩が手を置いた。

「俺だって分かってるんだ。天馬の言っていることが完全に間違っているわけでもない」

「いいえ。間違いですよ。こいつがチームのルールを無視するから、ピンチが生まれたんだ。本来、存在しなかったはずの危機で、先輩が責められるなんておかしい」

「俺に伊織のような守備力があれば、天馬のミスだってフォローしてやれたはずなんだよ」

森越先輩が伊織の手首を摑み、ようやく天馬が解放される。

「天馬、お前の発言にも一理ある。フォローしてやれなくて悪かったな。次はもう少し頑張ってみるからさ。呆れないで一緒に続けてくれ」

あれだけの暴言を吐かれたにも関わらず、森越先輩は天馬を庇《かば》おうとしていた。まさか槍玉《やりだま》に挙げた人物に助けられるとは思っていなかったのだろう。天馬は気まずそうにうつむく。

「でもな、チームの戦術ルールは守っていこう。そうしてくれないと上手くフォロー出来ない。皆、天馬の突破力には期待してるんだ。問題はそれを何処で生かすかじゃないのか？」

天馬は苦々しそうな顔のまま、肯定も否定もしなかった。

「話はまとまったのかな？」

ドレッシングルームの隅でパソコンを操作していた世怜奈《せれな》先生が顔を上げる。

「話さなきゃいけないことは皆が言ってくれたし、私は結論だけ言うよ。今後しばらく天馬には控え組でプレーしてもらうわ」

「……俺がFWとして失格ってことですか？」

「君は本当に極端だね。もっと肩の力を抜いて、ゲームを楽しんだら良いと思うよ」

「一ヵ月後には廃部になってるかもしれないのに、楽しんでる余裕なんてないだろ」

「むしろプレッシャーがかかるからこそ楽しむべきなんだよ。その方が頭も働くからね」

相変わらず世怜奈先生は緊張感のないふわふわとした微笑を浮かべていた。

「天馬に控え組でプレーをしてもらうのは、選択すべきプレーを学んで欲しいからだよ。後ろの陣形が不安な方が、ミスを犯した場面での影響度が分かりやすいでしょ。勝負を仕掛けて良い場面と駄目な場面、君にはなるべく早くそれを理解してもらわなきゃならない」

選手権予選の初戦となる三回戦まで、残り一ヵ月弱。果たしてそれまでに天馬をチームに融合させることは出来るのだろうか。

森越先輩が大人の対応をしたことで、天馬とチームの間に大きな亀裂が走ることはなかった。しかし、真に問題なのは、天馬の暴言が完全に的外れな指摘ではなかったことだ。王者、美波高校の最大の武器は、快速スリートップによるショートカウンターであり、今の森越先輩の実力で抑えられるとは、正直思えない。

試合までの残り期間を考えても、布陣を変えるなら一刻も早く試さねばならない。

その前提で、僕が帰趨《きすう》したアイデアは一つだけである。森越先輩のポジションにレギュラーボランチの誰かをコンバートするのだ。これ以外には適当な解決法が思いつかない。

ボランチの数を二枚にすれば、二列目にリオ、穂高《ほだか》、天馬の三人を並べられる。現有戦力のベストイレブンを先発させるという意味でも冴《さ》えたやり方だろう。

だが、ボランチの一人をCBにコンバートしたいと提言することは、森越先輩に失格の烙印《らくいん》を押すことと同義でもある。他人を裁く行為は、自分への失望よりも遥かに心苦しい。

選手権予選には敗者復活戦などない。石にかじりついてでも勝つ必要がある。勝負が始まる十月になったら先生に進言しよう。準備期間を考えれば、そこがタイムリミットになるはずだ。先生に動きが見えない以上、裁定はコーチである僕が下さねばならない。

重たい胃《い》の腑《ふ》を抱えつつ、ようやく決意を固めた長月の最終日。

しかし、事態は予想外の方向から動くことになった。

6

九月三十日、水曜日。

「優雅《ゆうが》、相談があるんだけど、ちょっと話を聞いてくんない?」

その日、練習後に声をかけてきたのは意外な人物だった。

「珍しいね。珍しいと言うか、穂高《ほだか》が相談なんて初めてか」

かしこまったような顔で立っていたのは、チームで最も小柄な二年生、時任穂高《ときとうほだか》だった。言わずと知れた三馬鹿トリオの快速ウイングである。

穂高は幼い頃、ジャングルジムのてっぺんで逆立ちをした際に頭から落下し、その時の衝撃が原因で人間的な成長が止まってしまったという、嘘だか本当だか分からないような伝説を持っていた。

二年生にはサッカー推薦で入学した生徒が三人おり、三馬鹿トリオの名に相応しい学力の低さを誇っている。中でも穂高は、入学以来、学年最下位の座を不動のものとしていた。

とはいえ、彼の問題児っぷりは楓《かえで》やリオほど酷いものではない。二人に唆《そそのか》されてどうしようもない悪戯《いたずら》に加担《かたん》しているが、本質的には極端に素直なだけなのだと僕は思っている。

「俺、先生に上手く説明出来ないからさ。優雅に手伝ってもらいたいんだよね」

穂高の横顔に見慣れない不安の色が浮かんでいた。彼は身長も低く、童顔なため、傍目《はため》には中学生にしか見えない。いつも天真爛漫《てんしんらんまん》に笑っているし、深刻な表情は珍しい。

相談と言われて、僕が真っ先に思い浮かべたのは新入部員、天馬《てんま》の顔だった。

ツリー型のフォーメーションが採用される限り、二列目で使われる選手は二人だけである。世怜奈《せれな》先生が天馬をチームに馴染《なじ》ませようと腐心《ふしん》していることは、誰の目にも明らかだ。レギュラーを剝奪《はくだつ》されるならサッカー部を辞める。そのくらい極端なことを言ってきても不思議ではない。

チーム最速の穂高は、重要な攻撃のピースである。何を相談されても機嫌を損《そこ》ねないよう上手く返さなければならない。そんなことを思いながら話に耳を傾けると……。

穂高から告げられた相談は、あまりにも予想外過ぎるものだった。

事態を消化出来ないまま、共に世怜奈先生がいる部室へ向かう。

とてもじゃないが、僕の一存《いちぞん》で返答出来るような話ではなかった。生徒の感情を汲《く》み取《と》ることが得意な世怜奈先生をもってしても、この相談は想定外だろう。

案の定、穂高の話を耳にした瞬間、先生は表情の作り方を忘れた人間のような顔を見せた。

これまで世怜奈先生は散々、僕らを驚かせてきている。他人が考えもつかないような思いつきを実践するのが大好きな人だけれど、そんな先生でさえ困惑を隠せない相談だった。

「……穂高の希望は分かった。基本的に生徒の願いは聞いてあげたい。でも、さすがに今回ばかりはちょっと考えさせて。と言うか五分だけ時間を頂戴《ちょうだい》」

即座に否定しなかったのは、先生なりの穂高への配慮だろうか。

試合までもう一ヵ月を切っている。穂高の希望に耳を傾けるなら、チームはあまりにも大きな変化を経験することになる。幾らなんでも無謀《むぼう》だ。準備が間に合うとは思えない。

五分続いた沈黙の間、世怜奈先生の表情はころころと変わっていった。

宙を睨みつけたり、口の端《は》を上げて不敵な笑みを浮かべてみたり、その思考を縦横無尽《じゅうおうむじん》に駆け巡らせていたようだ。そして、約束通り五分が経過した後、彼女は口を開く。

「結論から言うね。やってみる価値はある。と言うより、もしかしたら、これはチームの向かうべき最終解になるかもしれない」

　世怜奈先生の回答を受け、穂高の顔がほころぶ。

「マジっすか？　やったぁ！　やっぱ言ってみるもんだぜ。先生って頭おかしいから、聞いてもらえるかもって思ったんだよね」

「ちょっと待って下さい！　本気ですか？」

　アシスタントコーチとして言うべきことは言わなくてはならない。

「あと一ヵ月しかないんですよ。それに……」

「賭けになることは分かってる。でもさ、私たちの最終目標って何？」

「県を制して高校選手権に出場することです」

「目標を矮小化《わいしょうか》しないで。そんなの通過点に過ぎない。レッドスワンの目標は全国で頂点に立つことだよ。そこから逆算すれば、穂高の案は重要な一里塚《いちりづか》になるかもしれない。全国制覇を現有戦力で成し遂げようと思うなら、むしろこれしかない気がする」

「先生、じゃあ、俺、明日からそんな感じで良いですか？」

「もちろん。私も一日で準備を整えておくわ」

　先生は本気で穂高の希望を試してみるつもりのようだった。今大会は僕らにとってラストチャンスである。失敗を恐れて縮こまってしまいそうなものなのに、相変わらず世怜奈先生の中には、チャレンジを恐れる感情が存在していないようだった。

希望を聞き入れてもらえたことが嬉しいのだろう。微妙なスキップをしながら穂高が部室から出て行き、世怜奈先生はカレンダーに視線を向けた後で僕に向き直る。

「十月になってからと思っていたんだけど、今日がチームの節目になりそうだし、優雅に例のもう一つの依頼をしちゃおうかな」

「天馬の件が片付いてから話すって言っていた案件ですか？」

「うん。今回の選手権予選、恐らく今の私たちなら準決勝まで問題なく勝ち上がれる」

二年生を中心とした若いチームは、インターハイ予選を戦った数ヵ月前より数段レベルアップしている。今回は正ＧＫ《ゴールキーパー》として手がつけられないほどに成長した楓もいる。世怜奈先生の自信は、あながち的外れなものでもないだろう。

「ただ、偕成と美波は強敵だし、率直に言って、彼らの方が上だとも思う。二校の対策を同時に練《ね》るのは、さすがに荷が重い。だから役割を分担したいの。残りの一ヵ月半、私は美波対策に集中したい。準決勝の指揮を優雅に任せても良いかな」

「……本気で言ってるんですか？」

「私は冗談なんて言わないよ。偕成に選手の入れ替えはない。正当派の戦術スタイルを大幅に変えるとも思えない。良くも悪くも意外性のないチームだもの。優雅の知性があれば勝てるはずよ」

五月末に苦杯《くはい》を舐《な》めさせられて以来、何度もあの試合のことを思い出してきた。三度目の正直である。今度こそ打ち倒したいという気持ちは、誰よりも強く抱いているけれど……。

「僕が失敗したら、美波高校と戦うことさえ叶わなくなりますよ」

「私が成長を見守ってきたのは選手だけじゃないよ。コーチである優雅のことも、ずっと見てきた。信用も信頼もしてる。優雅が負けるわけないって信じてる。準決勝と決勝の間には一週間の猶予がある。美波高校はレッドスワンの戦術を、偕成戦のビデオを見ながら研究するはず。だけど、彼らの努力は無駄になる。何故なら準決勝の指揮を執るのは優雅だからね」

そういうことか。単純に負担をシェアしようというだけではないのだ。分析されると分かっているのであれば、そこに罠《わな》を仕込めば良い。指揮官が異なれば戦術も異なってくる。自然と美波高校を欺《あざむ》くことが出来るだろう。

「分かりました。僕に出来る限りのことをやって、先生にバトンを繋ぎます」

過去にも何度か、練習試合で指揮を任されることはあった。すべてはこの日を見越してのことだったのだろうか。世怜奈先生の本心など知る由《よし》もないけれど……。

揺るぎなき覚悟の旗《はた》が、今、胸に確かに掲げられていた。

【用語解説4】

プレミアリーグ　サッカーの母国イングランド（英国）のプロサッカーリーグ。
ヘディング　パス、シュート、トラップ、クリアなどを頭を使って行うこと。
ペナルティエリア　ゴール前の大きい方の四角いエリア。ＧＫは手の使用が可能。
ファウルを与えるとＰＫになる。
ペナルティキック（PK）　守備側がペナルティエリアで反則を犯した場合に与えられる。
ペナルティスポットからＧＫと１対１の状態で蹴る。
ペナルティスポット　ＰＫのボールをセットする場所。ペナルティマークと同義。
ポストプレー　前線の選手が攻撃の起点を作るプレー。
ゴールと正対しない状態で行われる場合が多い。
ポゼッション　ボール保有率のこと。ボールをキープしてゲームを支配する戦術も指す。
ボランチ　守備的ＭＦ、ポルトガル語で「ハンドル、舵取り」を意味。
ボレーシュート　浮いた球を直接シュートすること。
マルセイユルーレット　ボールを足裏で引き寄せながら回転し、
相手をブロックしながら逆足で進行方向に抜く技。
マンマーク　特定の選手を１対１でマークする守備の戦術。
ミッドフィルダー（MF）　攻撃にも守備にも関わる中間のポジション。
無回転シュート　回転をかけないことで空気抵抗を受け、
揺れるように不規則に変化するシュート。
ユース　高校年代の選手。15～18歳までの年代で構成されたチームを指す。
中学年代はジュニアユース。
リフティング　手以外の部分を使い、
ボールを地面につけないようにコントロールすること。
ループシュート　ボールを浮かせてＧＫの頭を越えて狙うシュート。
ルックアップ　ボールを保持した状態、もしくはパスを受ける直前に、
顔を上げて周囲を確認すること。
レフティ　利き足が左の選手。
レッドカード　極めて悪質なプレーに対して出される退場処分を示すカード。
退場者の補充は出来ない。
ロングフィード　長い距離のパスのこと。
ワイドポスト　前線の左右、サイドエリアでのポストプレーのこと。
ワントップ　ＦＷの人数を一人にすること。
二人ならツートップ、三人ならスリートップとなる。

第四話　夢幻の白鯨

The
REDSWAN
saga

1

『準決勝の指揮を優雅《ゆうが》に任せても良いかな』

世怜奈《せれな》先生より新たな指令を受けてから、早いものでもう一週間が過ぎていた。

この三年間、偕成《かいせい》学園は美波《みなみ》高校に勝っていない。当初、僕は美波対策を任されるよりは簡単だと考えたのだけれど、すぐにこれがとてつもない難題であると気付くことになった。

美波高校には分かりやすい特徴があるが、偕成学園にはこれといった特徴がない。攻守にバランス良く選手を揃《そろ》えており、特筆すべき長所がない代わりに弱点もないのだ。

オーソドックスに強いというのは、挑戦者からすると本当に厄介《やっかい》だった。


「優雅、華代《かよ》、今日はお遣《つか》いを頼むわ。これを吐季《とき》に届けて欲しい」

放課後、部活前のミーティングで世怜奈先生の下に出向くと、新入部員である天馬《てんま》のパーソナルデータと、プレゼント包装がされた小包を渡された。

「吐季って食事に関心がないから、放っておくと水分もとらないんだよね。でも、紅茶なら自分でも淹《い》れるの。それで弟がイギリス旅行のお土産に買ってきたってわけ」

世怜奈先生に弟がいたというのは初耳だった。彼女の自由奔放《じゆうほんぽう》な感じは、一人っ子故《ゆえ》なのだと思っていただけに、意外と言えば意外である。

舞原吐季《まいばらとき》さんは部員の個別フィジカルトレーニングを管理する、世怜奈先生のいとこだ。引きこもりらしく、無駄に時間があるのだからと、去年から無理やり手伝わされている。

「優雅、今、行き詰まっているでしょ。吐季と話すとヒントが摑めるかもしれないよ。吐季ってさ、まあ、所謂《いわゆる》一つの天才なの。あらゆることにやる気がないし、愛想もないし、与えられた才能を何もかも捨てているみたいな男だけど、私が本物の天才だって思ったのは吐季だけ」

吐季さんとは何度か会ったことがあるが、彼の人間性や才能までは分からない。

「舞原の子どもは大抵、同じ私立中学に通うんだけど、私たちの母校には全学年合同の球技大会があったの。吐季は一つ年下だから、あいつが二年生の時の話だったかな。その年、吐季のクラスはサッカー部の生徒が一人もいなかったのに優勝してるんだよね」

「吐季さんって運動も出来るんですか？」

「まあね。ただ、絶対に全力を出さないの。自覚的に怠惰《たいだ》な奴だから、いつもどうしたら楽が出来るか、そんなことにばかり頭を使っていた。あの球技大会の時もそう。手を抜けるところは手を抜きながら、サッカー部が混じった上級生のチームを倒していったってわけ」

「つまり吐季さんが一人で何とかしたってわけではないんですね？」

「他人を駒《こま》のように使っていたはずだよ。どう？　ちょっと興味がわいてきたでしょ？」

対偕成学園のアイデアが行き詰まっている今、興味を引かれないと言えば嘘になる。

劣る戦力で球技大会を制した方法。そんな方法があるなら、ぜひとも聞いてみたい。

吐季さんは市内で最も家賃が高いというマンション、ノーブルハイツに住んでいた。経営者である親族にマンションの一室を与えられ、管理人として暮らしているらしい。

「どんな仕事をしたら、こんなところに住めるんだろう」

あまりにも豪奢《ごうしゃ》な造りのマンションを前に、華代が零《こぼ》すように呟く。

これだけ大きな建物なのに、入居出来るのはわずかに八世帯であるという。しかも、その内の一室は管理人の吐季さんが使用しているのだ。一般人には理解出来ない世界の話だった。

「そう言えば、華代はどんな家で暮らしてるの？」

「この建物を見た後で、よくそういうことが聞けるね」

非難めいた言葉と共に華代が振り返る。

「うちもマンションだよ。先生に聞いたら、家賃は十分の一どころの話じゃなかったけど」

華代の家庭は四年前に両親が離婚している。弟とも死別しているため、現在は父親と二人暮らしだったはずだ。

「優雅はさ、将来の家族のことって考えることある？」

季節の花々が咲き誇る花壇を眺めながら、華代が問う。

「将来の家族？」

「両親のせいにするわけじゃないけど、私は自分が家族を持つ姿を想像出来ない」

「家族か……。いない方が当たり前だったからな」

僕は無口で感情を見せない祖母と二人で生きてきた。二年前に施設に入った祖母とは、もう半年以上会っていない。認知症《にんちしょう》が進んだ祖母は、僕を思い出すことさえ出来ないだろう。

「優雅は家族が欲しいって思うことはないの？」

「今のところは考えたこともないかな」

「真扶由《まふゆ》と付き合っているのに？」

華代の瞳は僕を非難しているようにも見えたし、憐れんでいるようにも見えた。

「僕らはまだ高校生だよ」

「でも、好きだから付き合ってるんじゃないの？」

「よく分からないんだ。自分のことなのにさ、昔から自分の気持ちがよく分からない」

「その言葉は多分、優雅にとって偽りのない事実なんだろうね。そうやってはっきり言ってもらえば私は理解出来るよ。でも、優雅は自分の話をほとんどしないから、周りの人間には正しく伝わっていない気がする。それが哀《かな》しいし、時々、ずるいとも思う」

僕は今、華代に非難されているのだろうか。それとも同情されているのだろうか。

「……約束の時間だ。行こう。吐季さんが待ってる」

でいた。

ガラスの壁とアクアウォールが広がるメインエントランスには、枯《か》れかけの観葉植物が並んでいた。吐季さんは本当に管理人の務めを果たしているのだろうか……。

「上がれよ。この紅茶を二人に飲ませてやれって、世怜奈さんに言われてる」

届け物を渡すと、部屋に上がるよう促された。

僕らが話を聞きやすいよう、先生が布石《ふせき》を打ってくれていたらしい。

吐季さんの自宅は驚くほどに殺風景《さっぷうけい》だった。これだけ洗練《せんれん》されたマンションだというのに、ほとんど家具すらなく、無駄に広大なスペースが広がっている。吐季さんは美しさを突き詰めて、剰余物《じょうよぶつ》をすべて排除したような容姿の人だ。その生き方も同様なのかもしれない。

リビングに案内され、淹《い》れてもらった紅茶に口をつける。

「世怜奈先生に吐季さんの昔の話を聞きました。中学二年生の時、球技大会で上級生のチームをすべて倒して優勝したことがあるって。意外でした。子どもの頃は学校行事に真面目に参加していたんですね」

「まさか。普通に休むつもりだったのに、クラスメイトに取引を提示されたんだよ。もしも優勝出来たら、年度末まで掃除を代わる。だから、真剣にやって欲しいって」

「そうだったんですね。先生は吐季さんが本気でプレーしているようには見えなかったと言っていました。どうやって自分たちより潤沢《じゅんたく》な戦力を擁《よう》する敵を倒していったんですか？」

「そんなことを聞いてどうするんだ？　サッカーのことは、お前らの方が詳しいだろ」

「今回の選手権予選、順当に勝ち上がれた場合、また準決勝で偕成と当たります。その指揮を先生に任されたんです。自分は決勝で当たるだろう美波対策に集中したいからって」

　吐季さんは呆れたように嘆息する。

「生徒に指揮を任せて、決勝に残れなかったら笑い話にもならないな」

「本当にそう思います。それで、色々と考えてはいるんですが、これだっていうアイデアが見つからなくて。吐季さんの話を聞いて、参考に出来たらって思ったんです」

「そういうことか。わざわざ生徒に届けさせるなんて言うから、変だと思ったんだ」

　小さく溜息をついてから、吐季さんは億劫《おっくう》そうに思い出話を始める。

「俺は相手の動きを掌握《しょうあく》するために、弱点を執拗《しつよう》に攻めるよう、チームの意識を徹底させただけだよ。素人にとってサッカーが難しいのは、盤面の状況が整理出来ないからだ。敵も味方も何処に動くか分からない。そのせいで自分が位置すべき場所の判断もつかない。だから、それを整理出来る状況を作った。弱点を攻められ続けたら、お前ならどうする？」

「対策を打ちます。その場所の守備の枚数を増やすか、信頼出来る選手をコンバートするか」

「だろうな。そんなことは誰の目にも自明だ。ということは、その瞬間から敵の動きを予測出来るということだ。予測し得るパターンに対して準備を整えていれば、迷う必要がない。味方の動きが決まることで連動も容易になる。盤面さえ整理出来れば、あとは身体能力の問題だ。サッカー部でなくとも運動神経の良い奴はいるからな。十分に勝負は挑める」

吐季さんは淡々と語ったが、実際はそんなに簡単な話ではなかったはずである。しかし、吐季さんはそれを実行に移し、実際に成功させて見せた。

「対戦相手の弱点を毎回見つけられるわけじゃないですよね。球技大会じゃ、十分に敵を視察する時間があったとも思えません。相手に弱点がなかったら、どうするんですか？」

「それは偕成の話か？　インターハイ予選を観ただけだが、確かに目立つような弱点はなかったかもしれないな。だが、そんなものは瑣末《さまつ》な問題だ。敵の弱点を突くというのは、この話の本質じゃない。重要なのは敵にそこをケアしなければならないと思わせることだ」

「……思考を誘導することが、最大の目的ということでしょうか？」

「最大じゃない。唯一の目的だ。イニシアチブさえ握ってしまえば、事象は手の平の上で転がる。能力のない奴に達成し得ない理想を要求しても意味がない。物事を複雑にするのは愚者の悪い癖だ。分相応《ぶんそうおう》をわきまえさせて戦わせること、それこそが平衡《へいこう》の取れたやり方だ」

吐季さんの言葉は冷たいが、要するにチームメイトの実力を見極め、それに見合った作戦を立てたということだろう。彼にはそれが出来る選定眼があった。

相手の動きを限定するために攻撃を仕掛け、意図した戦場に誘導することで主導権を握る。そんな戦術、考えたことすらなかった。今年度の偕成学園を視察したビデオが、手元には何試合分もある。三回戦が始まれば直前のチーム状態も分かるだろう。おぼろげながら見えてきたかもしれない。苦杯《くはい》を舐めさせせられ続けた相手に、今度こそ僕らはリベンジを……。

2

赤羽《あかばね》高校には一学年に七つのクラスが存在している。

二年次に進級する際、文系を選んだ僕は、華代《かよ》のほかにもう一人、サッカー部の生徒と同じクラスになった。ワントップのレギュラーＦＷ《フォワード》を務める備前常陸《びぜんひたち》である。

翡翠《ひすい》島という離島で生まれ育った常陸は、バスケットボールの経験者で伊織《いおり》に次ぐ長身選手だ。大柄《おおがら》な体格は見る者を威圧《いあつ》するものの、島育ちらしいおおらかで木訥《ぼくとつ》とした少年である。

十月九日、金曜日。

三限、四限の調理実習において、僕は真扶由《まふゆ》さん、華代、常陸と四人で班を作っていた。本日の授業にはレシピの使い方を学ぶという目標が設定されており、各班が好きな料理を作ることになっていた。

「何でハンバーグを作るのにパン粉《こ》と卵が必要なんだろ。関係ないよな?」

華代が用意していく材料を横目に、ひき肉と炒《いた》めた玉ねぎを混ぜながら常陸が呟く。

「パン粉を混ぜるとふっくらして口当たりが良くなるの。卵は繋ぎ。肉だけじゃバラバラになるでしょ」

「何でそんなこと知ってるんだ？　先生、授業で言ってたっけ？」

「華代は毎日、家で料理をしているものね。部活の後で家事までやってるんだから尊敬する」

「真扶由だって慣れた手つきじゃない。それに比べて一人暮らしのくせに優雅《ゆうが》ときたら……」

ぎこちない動きでハンバーグを成形していたら、呆れ顔で華代に見つめられた。

「優雅君。両手でキャッチボールするみたいに軽く叩きつけると良いよ。中の空気を抜くの」

誰よりも料理をしていなければならないはずなのに、僕は指示されたことしか出来ない。

「優雅、ストップ！　最初は強火で焼いて！　表面のたんぱく質が凝固《ぎょうこ》して、旨味《うまみ》を閉じ込められるから」

成形が終わり、フライパンを火にかけると、即座に華代の注意が飛んできた。

「どうせ作るなら美味しく食べたいでしょ。両面に色がついたら火を弱くして大丈夫だから」

本日は自由にグループを作って良かったため、男子だけで組んでいる班も多い。それはそれで気楽なのだろうが、結果を考えれば、料理の出来る女子二人とチームになって正解だった。

「うん。美味《うま》い。最高だ。二人のお陰だよ」

まだ熱いハンバーグを口に運びながら、常陸が述べた言葉に誇張《こちょう》はないだろう。しかし、

「この程度の料理、レシピがあれば誰でも作れる」

そっけなく華代に切り捨てられていた。

「そんなことないと思うぜ。だって料理が上手い奴と下手な奴が確実にいるじゃないか」

「料理が苦手な人って、味覚や腕じゃなくて算数的な処理能力に問題あるんだと思う。せっかく設計図があるのに、数字を曖昧《あいまい》にしながら料理をするから失敗するの」

本日の調理実習では、教師からのアドバイスがもらえないことになっていた。レシピを参考にしているはずなのに、悲惨な結果に終わった班も幾つか見受けられる。

女子二人の手際が良かったこともあり、後片付けまで他の班より早く済んでしまった。先生が用意してくれた紅茶を飲みながら、授業終了時刻を待つ。

「ねえ、優雅君。今、近くの海に可愛《かわい》いお客さんが来ているって話、知ってる？　クジラが遊びに来ているんだって」

「へー。去年も寺泊《てらどまり》の海岸に打ち上げられたってニュースがあったよね」

「あの時はミンククジラだったっけ。私ね、小学校の修学旅行で佐渡《さど》に行ったんだけど、フェリーのデッキに出ていた時、イルカが併走《へいそう》してくれたの。あれは感動したな」

真扶由さんとのお喋りを、華代と常陸は穏やかな眼差しで聞いていた。

僕は自分のことを話すのが好きではない。真扶由さんと付き合っていることは常陸にも話していないが、もしかしたら、とっくに気付かれているのかもしれない。

「クジラ、柳都浜《りゅうとはま》に来ているんだって。ねえ、華代。次の月曜日って祝日だけど、サッカー部は練習ある？」

「月曜日の練習は午前だけだね。柳都浜なら部活後に歩いて行けるか。優雅の足も回復したたし、練習後に皆で行ってみる？　私もクジラを見てみたい。常陸はどうする？」

「え……。俺も行って良いのか？」

「駄目な理由がないでしょ。あと二週間で初戦だから無理もないけど、私、最近の常陸は気負い過ぎだと思ってた。リフレッシュの必要性を感じてたんだよね」

真面目な常陸には考え過ぎてしまうきらいがある。

部員のメンタルに人一倍、注意を払っている華代は、ずっと気にかけていたのだろう。

真扶由さんともリバイバル映画を観に行って以来、デートらしいデートをしていない。

ホエールウォッチングはそれぞれにとって、良い気分転換になるかもしれなかった。

3

十月十二日、体育の日。

個人練習を終えた午後一時、正門前で待ち合わせをしていた真扶由《まふゆ》さんと合流する。

華代《かよ》と一緒に出掛けると知った伊織《いおり》がついてきたため、結局、本日は五人で柳都浜を目指すことになった。

赤羽高校は海の近くに位置しており、目的地は徒歩でも十五分程度の距離にある。

「私、昨日、夢で白鯨《はくげい》を見たの。モビィ・ディックなんて物語の中の話なのにね」

両手を背中の後ろで繋ぎ、軽やかな足取りで真扶由さんが隣をゆく。

「僕も昨日の夜、少し調べてみたよ。クジラの潮吹きって息継ぎだったんだね。鼻孔《びこう》が頭頂部にあるせいで、背中から吹き上げているように見えるみたい」

「へー。あれって鼻から吹き出していたんだ。知らなかった」

牧歌的《ぼっかてき》な会話を続ける僕らとは対照的に、前を行く伊織、常陸《ひたち》、華代の三人は、セットプレーでのマークの外し方について議論を続けていた。ワイドポストとセカンドポストにおける戦術メカニズムについての議論だ。真扶由さんが前の三人の会話に入ることは不可能だろう。

「ねえ、優雅《ゆうが》君。前にLittle Pudding《リトルプディング》で会った後輩の男の子、元気に部活に来ている？」

「天馬《てんま》？　そうだね。元気と言えば元気なのかな」

傲岸不遜《ごうがんふそん》なプレースタイルが問題となり、レギュラー組との試合出場を先生によって禁じられた天馬だったが、やはり彼は非凡《ひぼん》なセンスを持っていた。

控えメンバーとプレーしたことで、協調性の重要さを思い知ったのだろう。セルフィッシュな態度が自然と緩和されていき、先週末からレギュラー組に戻されている。

学ぶべきことを最短距離で教え込む先生の技術は、相変わらず見事なものだった。

新潟の秋としては、珍しいくらいの蒼穹《そうきゆう》が広がっている。

防砂林《ぼうさりん》を抜け、海岸線へと続く丘を越えると、想定外の光景が眼下に飛び込んできた。

「いつも真っ先に帰るくせに、あいつらこんなところで自主練習をしていたのか」

人もまばらな砂浜に、楓《かえで》、穂高《ほだか》、リオ、三馬鹿トリオの姿があった。

「行くぜ！　全開だ！」

突如《とつじよ》、砂浜の中央で叫んだ楓が、ボールを空高く蹴り上げ、両手を水平に広げたまま飛行機で滑空《かつくう》するようにジグザグに走り始める。続け様に穂高が、落下してきたボールを明後日《あさって》の方向へと蹴り飛ばす。そして、そのまま穂高は連続側転からの前方宙返りを決めていた。

「……あの猿どもは何をやっているんだ？」

最後はリオだった。穂高の着地と同時に海へと走り出し、両膝から波打ち際に滑り込む。

「ザッツ・グレイト！　ワンダフル・ゴール・ワズ・ボーン！」

白い波飛沫《なみしぶき》を派手に上げながら、リオが天に向かって吠える。

突然発せられた奇声に、散歩中の犬が飼い主を引っ張って逃げていった。

「……あれ、自主練習じゃないね」

よくよく考えてみれば、砂浜でまともな練習が出来るはずもない。

「つーか、何でＧＫ《ゴールキーパー》がゴールパフォーマンスの準備をしているんだ？」

その時、丘の上の僕らに楓が気付いた。

「おい、リオ！　穂高！　偵察部隊《ていさつぶたい》だ！　盗み見している奴がいやがった！」

「あ、優雅たちじゃん。女子と一緒だ！　あいつら女子と一緒にいるぞ！　病気だ！」

「リアリィ？　そちらのガールは誰ですかー！」

初対面の真扶由さんに対し、びしょ濡《ぬ》れのリオが両手を大袈裟に振り始める。

どうでも良いけど、あいつ、着替えもないのに十月の海に飛び込んだんだろうか……。


「おい、ゴミ。何しに来やがった。足が治って俺と勝負に来たのか？」

海岸に降りると、楓が腕を首に絡ませてきた。

「クジラを見に来たんだよ。この辺りに現れたって聞いたから。お前らは何をやってたんだ？」

「教えて欲しくば土下座しろ。砂浜に顔面をこすりつけて……っておい！　無視すんな！」

やはり楓との対話なんて時間の無駄だった。

「優雅君！　あっちの桟橋《さんばし》から堤防に進めるみたい。行ってみようよ！」

真扶由さんに呼ばれ、彼女の下に歩き始めると楓もついてくる。

「優雅、あの女は一体誰だ？」

「……華代の親友」

「まさか新しいマネージャーか？」

「彼女は吹奏楽部だよ。マネージャーは華代がいれば十分だろ」

大切な選手に風邪を引かせるわけにはいかない。華代は逃げ回るリオを伊織と常陸に捕獲させ、手持ちのタオルで海水に濡れた彼の全身を乱暴に拭《ふ》いていた。

「華代がいれば十分ってのは、来年、梓《あずさ》がサッカー部に入ることに不満があるって意味か？」

榊原梓《さかきばらあずさ》は楓の二歳年下の妹だ。中学時代、僕と楓は何度か対戦しており、観戦に訪れた際に梓ちゃんは僕に一目惚《ひとめぼ》れしている。それ以来、妹を溺愛《できあい》する楓は僕を激しく憎むようになった。

彼女は来年、赤羽高校に進学し、サッカー部のマネージャーを務めたいと言っている。そんな未来が実現すれば、これまで以上に楓から敵愾心《てきがいしん》を向けられることになるだろう。

「おい、優雅！　聞いてんのか？　海に放り込むぞ！」

楓なんて相手にしても仕方がない。海の中に築かれた堤防に目をやる。

先端まではかなりの距離があったが、日没はまだ先だ。ゆっくり向かえば良いだろう。


話を聞いてすっかりその気になった三馬鹿トリオが、ホエールウォッチングに加わっていた。

気付けば僕らを追い越し、堤防の遥か先を進んでいる。

潮風に撫ぜられながら、恋人と並んで緩慢に堤防をゆく。

こんな瞬間が僕に訪れるなんて、数ヵ月前には夢にも思っていなかった。

多分、真扶由さんの隣で見るこの風景は、世界中の誰よりも圭士朗《けいしろう》さんが切り取りたかったもので、しかし、今、それは僕のもの以外のなにものでもなく。一抹《いちまつ》の寂寥《せきりょうかん》感と共に感じる秋の陽射《ひざ》しは、少しだけ肌に痛かった。

随分と早く堤防の先端に到着していた三馬鹿トリオは、縁《へり》の一メートルほど手前にサッカーボールを三つ並べ、外海に向けてそれぞれが軽い助走を取っていた。

「おい！　お前ら何やってんだ？」

不穏な空気を感じ取った伊織が低い声で問うと、三人が一斉に振り返る。

「見て分からないのか？　潮吹きで位置を特定して、俺のフリーキックで仕留めてやる」

「クジラって焼いたら美味いかな？　煮た方が美味いかな？」

「ホエール！　シャーク！　ドルフィンキックでしびれてみてー！」

堤防に人がいなくて本当に良かった。こんな奴らと仲間だと思われたら死にたくなる。

最早《もはや》、突っ込みを入れる気力もないのだろう。華代が無言でバッグにボールをしまっていく。

「あ！　てめえ！　邪魔すんな！」

「それ以上、一言でも余計なことを喋ったら、先生に報告して強制補習にしてやるから」

マネージャーの無慈悲《むじひ》な勧告を受け、三馬鹿トリオが黙り込む。

よく見たらボールはすべてサッカー部の物だった。自分のボールでもどうかと思うが、こいつらは部の備品を海に蹴り込むつもりだったらしい。

近海に現れたクジラは、もう回遊《かいゆう》していないのだろうか。

「……男子って少しはじっとしていられないのかな」

僕を除く五人の男子は代わり映えしない海に早々に飽き、堤防の上でパス交換を始めていた。外海に飛び出しそうになったボールを、長い足を伸ばし、伊織が寸前のところで止める。

「ちょっと、伊織！　落とさないでよ！　失《な》くしたら弁償《べんしょう》してもらうからね！」

「大丈夫だって。そっちこそテイルスラップが見えたら教えてくれよな！」

最初はボールを蹴り始めた三馬鹿トリオに呆《あき》れていたくせに、いつの間にか伊織と常陸も彼らに混ざっていた。繰り出せる限りの技を披露《ひろう》しつつ、パス交換に夢中になっている。

「優雅。混ざりたいって思ってるでしょ。絶対、駄目だからね」

怖いくらいの眼差しで華代に睨《にら》まれた。どうして分かったんだろう……。

「サッカー部の人たちって面白いね」

夢中になってボールを蹴り合う五人を眺めながら、真扶由さんが無邪気に笑う。

「どんな場所でもサッカーをせずにはいられない。そんな感じがする」

「真扶由、あんまり好意的な言い方をしないで。それで優雅は膝を壊してるんだから」

「皆、本当にサッカーが大好きなんだね。そういうの、私は凄く素敵だと思う」

好きな気持ちに理由なんていらない。誰かのためにサッカーを愛したわけでもない。遺伝子に刻まれた本能に突き動かされて、僕らは今日もボールを追いかける。

結局、その日は最後までクジラを見ることが出来なかった。

しかし、日が暮れてからも、五人は砂浜に戻って延々とボールを蹴り続ける。

もしも、この衝動が偽物だとしたら、世界には本物なんて存在しないのだろう。

あと二週間もすれば選手権予選が始まる。

こんな中途半端な場所で、僕らのサッカーを終わらせるわけにはいかなかった。

4

十月二十四日、土曜日。

選手権予選の三回戦がついにやってきた。

僕らの試合は本日の二試合目、十三時キックオフである。一試合目の勝者は次週、二試合目の勝者と対戦することになる。勝ち上がったチームが偵察《ていさつ》のために会場に残ったのは予想通りだが、それだけでは説明出来ない数の観客がスタンドに詰めかけていた。

片側にしかスタンドがない小さな競技場が、満員の観客で埋まっている。

どう見てもマスコミとしか思えない一団も、スタンドの最前席に陣取っていた。

インターハイ予選で浴びた注目も凄まじかったけれど、五ヵ月が経ち、より拍車がかかったように思える。

「おい。ゴミ王子」

葉月《はづき》先輩のウォームアップを手伝っていたら、楓《かえで》が背中にボールをぶつけてきた。

「目障《めざわ》りだから、あの弾幕《だんまく》を燃やして来いよ」

世怜奈《せれな》先生が世間の注目を浴びるのは別に良いのだ。そもそもこのムーブメントは、サッカー部の廃部を阻止するために、いとこの舞原吐季《まいばらとき》さんと陽凪乃《ひなの》さんを使って、先生が作り上げたものである。プライベートが浸食《しんしょく》されようと自業自得《じごうじとく》でしかない。

しかし、僕の場合は違う。コーチとして世怜奈先生の隣にいたせいで、多くの写真に共に写ってしまい、望まぬ注目を浴びることになってしまった。

「自分でやれよ。スタンドじゃ暇だろ。どうせ試合なんて見ていないんだから」

「ふざけんな。てめえ、喧嘩売ってんのか?」

マスクの下の鼻をすすりながら、楓は軽く僕を蹴ってきた。

スタンドの一角に群れをなす若い女性たちの背後に、派手な弾幕が幾つも張られている。

『魅《み》せてくれ! ガラスのファンタジスタ!』

『完全燃焼! 王子! 高槻優雅《たかつきゆうが》!』

『ア・イ・シ・テ・ル・優雅様!』

もう、ここまでくると、新手《あらて》のいじめなんじゃないかと思う。

一体、何が彼女たちを駆り立てるんだろう。僕はアイドルじゃない。そもそも彼女たちは、僕のプレーなんて一度だって直接見たことはないはずだ。

今大会でも僕にはエースナンバーの10番が与えられている。

世怜奈先生はメディアに僕の怪我を公表していない。それどころか調子を問われる度に「絶好調過ぎて怖い」とか「恐るべき進化を遂げている」などと有りもしない事実を吹聴《ふいちょう》していた。

わざわざ不利な情報を晒《さら》すことはない。利用出来るものは利用すれば良いとも思う。心理戦を好む先生のやり方に不満はないものの、現実問題としてこういった問題も発生する。

僕のプレーを見るために集まった観客の期待は、すべてが失望へと変わるだろう。身勝手な期待に応える義理などないとはいえ、わざわざ会場まで足を運んでくれた大多数の観客に対し、罪悪感を覚えないのかと言われれば、さすがにそんなことはなかった。

「モ・エ・ツ・テ・キ・エ・ロ・優雅様」

目の前の試合に集中したいのに、楓は楓で今日も死ぬほど鬱陶しい。

「おい、病人。ベンチに雑誌を置いていくな。さっさとスタンドに消えろ」

サッカー雑誌を手に伊織《いおり》が現れる。

「うるせえよ。俺に命令するな」

反射的に言い返した楓の胸に、伊織は手にしていた雑誌を押しつけた。

「良いか。てめえを許すのは今回だけだ。もしも来週、また下らない理由で離脱してみろ。その時は本気でぶちのめす」

「は！　やってみろよ！　俺とお前が本気でやりあったら、どちらかが死ぬことになるぜ？」

何でこいつは格闘漫画の主人公みたいなことを言っているんだろう。

まったくもって反省しない馬鹿というのは困った生き物である。三日前のお昼休み、三馬鹿トリオは屋上で水風船をぶつけ合うという遊びを繰り広げている。十月下旬の屋外でびしょ濡れになって遊び続けた楓は、完璧に風邪を引き、昨日まで三十九度を超える熱を出して寝込んでいた。

三回戦のＧＫ《ゴールキーパー》は央二《おうじ》朗《ろう》に務めさせる。大人しく家で休めという命令が下ったのに、もう治ったと言い張り、楓は先発するつもりで会場へとやって来た。

今大会では事前登録された選手の中から、二十名が当日に出場選手として申請《しんせい》される。レッドスワンの男子部員は僕を入れると二十三名のため、当日、三名が外れることになる。楓は出場出来ると言い張ったが、先生に取り合ってもらえず、あっさりとベンチ外の憂《う》き目にあっていた。

スタンド観戦で残りの部員に風邪をうつされても迷惑だ。さっさと帰れば良いのに、除け者《もの》にされたようで面白くないのだろう。何かと理由を見つけては部員たちに絡んでいる。

スタンドから届く黄色い声援とシャッター音、楓から向けられる心底どうでも良い嫉妬《しっと》、僕は目の前の事態に集中することさえ難しい状況に追いやられていたものの、部員たちは程よい緊張感と共にウォームアップの汗を流していた。

デビュー戦を前に昨日は眠れなかったのか、天馬《てんま》は目の下に隈《くま》を作っている。しかし、それ以外のメンバーには特に気負った様子も感じられない。

央二朗には申し訳ないが、楓の離脱でチームの意識が引き締まったことも事実だ。

本日の相手は春先に練習試合を経験しているチームである。その試合で僕らは五対〇という圧勝を飾ったし、負けるかもしれないと思っている選手はいないはずだ。

しかし、慢心《まんしん》している時に足をすくわれるのがサッカーという競技である。

彼らはこの組み合わせが決まった時から、シード校を倒すために作戦を練ってきたはずだ。


キックオフ前に全員で円陣を組むというのが、伊織の決めたチームのルールである。

ウォームアップが終わり、監督、マネージャー、控え選手、全員で肩を組んでいく。

「全員で今一度、思い出そう。この大会で敗退した瞬間に、レッドスワンは廃部になる」

仲間たちを伊織がそのよく通る声で鼓舞《こぶ》していく。

「俺たちの目標は圧勝することでも、良いサッカーをすることでもない。観客やマスコミに何を思われても関係ない。勝利のために積み重ねてきたことを思い出せ。楓の欠場にも、歓声にも惑わされるな。最後まで自分たちのやり方を貫き通す。行くぞ！」

伊織の声に仲間たちの想いが重なり、先発メンバーがフィールドへと入っていった。

僕には子どもの頃から、テレビで試合を観る度に不思議に思うことがある。それは、監督や選手、解説者が口にする『自分たちのサッカー』という言葉だった。

サッカーほど広範囲を流動的に動き続けるスポーツは存在しない。チーム戦術を言葉で完璧に定義するなんて不可能だし、定義出来ない概念に実態が存在するとも思えない。どうして多くの人間が、口々に抽象的なことを言うのか不思議だった。

しかし、今ならば分かる。明確な方針をチームが共有している時、そこに存在するのは、やはり『自分たちのサッカー』としか形容出来ない何かなのだ。レッドスワンのサッカーは、徹底的に守備に重きを置き、とにかく失点を避けるサッカーである。トーナメントではゴールを割られない限り負けることはない。守り切れるチームが一番強い。

リスクを冒《おか》すのはレッドスワンのサッカーじゃない。地味なゲームで構わない。観客が退屈でも関係ない。作り上げたのは一点を守り切れるチームである。


その日、おこなわれた三回戦。

僕らは結局、四対〇というスコアで完勝することになった。

攻めに人数をかけていないにも関わらず、複数の得点を取れたことは自信に繫がるはずだ。

楓がいない状態で、クリーンシートを達成出来たことも同様である。

目の下に隈を作っていた天馬も、早速、途中出場でゴールという結果を残していた。

中学時代、王様のようにプレーしてきた弊害《へいがい》だろう。天馬はチームのために走るという意識が希薄《きはく》であり、体力もないため、とにかく守備をさぼるきらいがあった。当然、守備陣からは大ブーイングが飛んでいたし、練習試合の後で一触即発《いっしょくそくはつ》の事態を迎えたことも記憶に新しい。

それでも、世怜奈先生はこの短い期間で、問題児の意識を変革することに成功していた。攻撃力を生かすためにこそ守備に戻るべきだと、天馬を納得させたのだ。

サッカーにはオフサイドという待ち伏せ禁止のルールが存在している。それ故に敵が攻撃している際にボールより前にいたのでは、攻守が切り替わっても、多くの場合、立ち止まった状態でパスを受けることになってしまう。それでは天馬の長所であるアジリティが殺されてしまうのだ。しかし、ボールよりも後ろに戻っていれば、攻撃に転じた瞬間、勢い良く前方に走り出し、スピードに乗った状態でパスを受けられる。

期待されている攻撃力を生かすためにも、天馬には守備に戻る必要があった。そして、デビュー戦でのゴールは、彼の特徴を生かせた証拠でもある。

本日、新たなるスタートを切ったのは、天馬だけではない。

「優雅！　俺の例のアレどうだった？」

「例のアレ？」

「決まってんだろ。新作戦だよ！」

ドレッシングルームに戻るなり、穂高《ほだか》が嬉々《きき》とした顔で尋ねてきた。

九月末日に穂高はある陳情《ちんじょう》を監督におこなっている。約一ヵ月を準備に費やし、今日のゲームの後半途中から、それは実戦に初投入された。

「敵との実力差があったから断定は出来ないけど、及第点《きゅうだいてん》には達していたと思う」

「九十点なら、まあまあだな！　自分でも結構良かったと思ったんだよ！」

穂高にも通じる言葉で喋るべきだったが、大体の意味は伝わっているし良いだろうか。

「後で穂高のプレーを集めて編集してみるよ。ポジショニングを一緒に再確認しよう」

「ああ、頼むぜ！　四回戦も頑張るからさ！」

上機嫌《じょうきげん》のまま笑顔で告げると、穂高は楓とリオの下へと走っていった。

新しい戦い方でも公式戦で結果が出ている。

もう疑いの余地はないだろう。僕らは間違いなく強いのだ。

世怜奈先生が築き上げた明確なコンセプトの下、レッドスワンは科学的に正しい修練を積み、必要な能力値を必要なところまで上げている。全国の何処を見回しても、僕らより頭を使って練習してきたチームは存在しないはずだ。胸を張ってそう断言出来るだけの一年間だった。


十月三十一日、土曜日。

正GKの楓が復帰した状態で、レッドスワンは四回戦に挑む。

その試合で僕は、ウォームアップを始める前に、衝撃的なシーンを目にすることになった。

幾つも用意された応援弾幕の中の一つ『魅せてくれ！　ガラスのファンタジスタ！』なる弾幕をフェンスに掲げていた人物に、見覚えがあったのだ。

四回戦を二対〇で勝利した後、世怜奈先生が一人になったタイミングで近付く。

「先生、ちょっと聞きたいことがあるんですけど良いですか」

「どうしたの？　何だか怖い顔をしてるけど」

「弾幕をセットしていた人たちの中に、見覚えのある顔があったんです」

機械仕掛けの人形のように、世怜奈先生は顔を水平に動かして視線を逸らす。

「あれ、陽凪乃さんと陽愛《はるあ》ちゃんですよね？　どうして先生のいとこが、ガラスのファンタジスタを煽《あお》る弾幕を用意していたんですか？　きちんと説明して下さい」

陽凪乃さんは先生の五つ年下のいとこで、陽愛ちゃんは七歳になる陽凪乃さんの妹である。

データを重視する先生に協力を求められ、サッカー経験者の陽凪乃さんは、試合ごとの解析に力を貸してくれていた。とはいえ陽凪乃さんが応援弾幕を掲げる理由などないはずである。

「世間に注目を浴びること、僕が嫌がっているって知っていますよね？」

「……陽凪乃の奴、見つかるなって言ったのに」

悪戯を咎《とが》められる子どものように、先生は口をとがらせていた。

「やっぱり先生が裏で手を引いていたんですね。どういうことか説明して下さい」

「前も言ったじゃん。フェイクは露骨なくらいで丁度良いんだって。あれだけ派手な弾幕を見せられたら、どんなチームも優雅の情報集めに時間を割《さ》く。敵に無駄な準備をさせることは、こちらが適切な準備をおこなうことと同じ価値があるの」

「だからって、あんな物を……。あれ、確か最初に弾幕が現れたのは、インターハイ予選の県総体でしたよね。まさか、あの頃から先生が仕組んでいたんですか？」

「優雅の人気に火をつけたのは世間だったと思うよ。そりゃ、ちょっとは油を注いだけど」

「先生、悪いと思ってないですよね？」

「この度の不手際《ふてぎわ》、誠《まこと》に遺憾《いかん》であり、慙愧《ざんき》の念《ねん》に堪《た》えません」

確信犯というのは性質が悪い。物凄《ものすご》い棒読み口調だった。

「もう十分に火はついたんだから、陽凪乃さんにあんな仕事を頼むのは止めて下さい。ただでさえ毎試合、面倒な解析をお願いしているのに、申し訳なさ過ぎます」

素直な気持ちを告げると、世怜奈先生は曖昧に笑って見せた。

「一つ、勘違いがあるかな。最初に手伝いたいって言ってきたのは陽凪乃なんだよね。私がサッカー部の監督をやるって聞いて、興味を持ったみたい。あの子の事情は少し特殊でさ。昔、ちょっとした事件があって、それ以来、ほとんど外出出来なくなってしまったの」

舞原家は由緒《ゆいしょ》正しき東日本有数の旧家である。世怜奈先生の母親は本家の血統筋という話だ。いとこの陽凪乃さんもまた、何不自由ない暮らしを送ってきたと推測される。しかし、そんな人間であっても幸せになるというのは簡単なことではないのだろうか。

「小学校に上がる前からクラブチームに入るくらい、サッカーが大好きだったのにね。陽凪乃はもう随分と長くボールにも触っていなかった。そんな陽凪乃がレッドスワンに勇気をもらって、観戦にまで来るようになったんだよ。サッカーにはさ、人を笑顔にする力があるの」

「……僕たちを手伝うことを、陽凪乃さんは負担に感じていないってことですか？」

「あの子はレッドスワンのことを本当に好きになったんだと思う。試合も凄く楽しみにしてる。同じサポート役でも、吐季の方は本気で死ぬまでの暇潰しくらいに思ってそうだけどさ」

もう一試合勝てば、次はいよいよ僕が指揮を執る偕成戦である。

準決勝も陽凪乃さんは観に来てくれるだろうか。


続く準々決勝は、同じシードチームとの対戦となった。

文化の日に開催された準々決勝の相手は、これまでの相手とは一線を画《かく》す強敵だったものの、相手が強くなければ本当の実力は測れない。それまでの試合では表面的にしか見えていなかったチームの力を、僕は目の当《まあ》たりにすることになった。榊原楓《さかきばらかえで》という恐らく大会ナンバーワンのGKを擁しながら、レッドスワンは敵に枠内シュートを一本も打たせなかったのだ。

楓に仕事をさせるまでもない状態で、チームは二対〇というスコアの勝利を手にする。

それは、再び偕成学園への挑戦権を手に入れた瞬間でもあった。

レッドスワンは二年連続でインターハイ予選の準決勝にて、偕成学園に敗北している。

待望し続けたリベンジの時が、目前に迫っていた。

5

サッカーの世界には『バロンドール』という賞がある。

フランスのサッカー専門誌が創設した、ヨーロッパの年間最優秀選手に贈られていた賞であり、二〇一〇年に国際サッカー連盟、ＦＩＦＡ《フィーファ》の最優秀選手賞と統合されたことで、名実共にサッカー選手にとって最も名誉ある賞として認知されることになった。

例年、バロンドールの受賞者は、ＦＷ《フォワード》や攻撃的ＭＦ《ミッドフィルダー》など、前線の選手である場合が多い。分かりやすい形で得点が数字として残るため、評価を下しやすいのだろう。

一方、ＤＦ《ディフェンス》やＧＫ《ゴールキーパー》は、その評価が難しいポジションだ。そもそもサッカーというのは、ゴールが生まれにくいスポーツである。ハットトリックを決めた選手が持《も》て囃《はや》されることはあっても、一試合を守り切った程度で、守備の選手が賞賛を一手に受けることは難しい。

五月に偕成学園と戦った際、レッドスワンが最も警戒していたのは、タイプの異なる二人のＦＷだった。実際、堂上光一郎《どうじょうこういちろう》と加賀屋晃《かがやあきら》に三つの得点を決められて逆転負けを喫したわけだし、僕らの理解は間違っていなかったと言えるだろう。しかし、偕成にはほかにも対策しておかねばならない相手がいた。あのゲームに敗戦した後で、僕は強くそう思った。

トーナメントで同じ左側の山に入った赤羽高校と偕成学園は、準々決勝を同じ会場で戦う。レッドスワンは本日の一試合目に登場している。試合後に、事前に座席を取っていたスタンドに移動すると、加賀屋が挨拶に訪れた。

「とりあえず今日だけは祝福しておくぜ」

偕成学園のキックオフは午後からだが、午前から会場入りし、一試合目の偵察をしていたようだった。僕らも会場で昼食を取り、この後の彼らの試合を視察することになる。

「三度目の正直だ。次はもう負けないよ」

「お前らが弱いとは思わないけど、優雅《ゆうが》のいないレッドスワンに負ける気はしないな」

「五月に追い詰められたことを忘れたのか？」

「あの時はこっちにも油断があった。でも、もう誰もお前らを格下だなんて思っていない。それにあの後、お前らの監督がインタビューで好き勝手に言ってただろ。うちの監督、あれが許せなかったみたいでな。今大会は初戦からガチガチにマークしている」

「そんなこと僕にばらして良いのか？」

「知ったところで、今更、お前らは手の内を隠しようがない」

インターハイ予選との大きな違いは、こちらに正GKの楓《かえで》と新加入の天馬《てんま》がいることだ。

「君たちのGKは、とても良い選手だね」

加賀屋の隣にいた偕成の選手が、フィールドに目を落としてそう言った。

次の試合まで間があるとはいえ、僕らの試合は既に終わっている。もう引き上げていなければならないはずなのだが、フィールドの隅で三馬鹿トリオはまだふざけあっていた。

「ほとんど今日は仕事をしていなかったと思いますけど」

「ポジショニングを見れば分かるよ。彼、キックにも相当な自信があるように見えた」

そこで、ようやく目の前の人物が誰なのか気付く。帽子を被《かぶ》っている彼は、偕成の正GKだ。

インターハイ予選で敗北を喫した理由を一つだけ挙げるなら、僕は迷わず彼の存在を挙げる。彼に防がれた決定機は一つや二つじゃない。僕らはあの日、二点を奪ったが、チャンスの数で言えば、もう二、三点奪えても不思議ではないゲームだったのだ。

GK、二階堂和彦《にかいどうかずひこ》。前回の対戦のMVPを選ぶなら、僕は彼に一票を入れる。

「今大会のナンバーワンGKは誰だと思いますか？」

「そう聞かれて自分以外の選手を挙げる奴は、守護神として相応しくないんじゃないかな」

謙遜《けんそん》するでもなく、彼はそう言った。

偕成の選手たちは、一般的な高校生とは大きく異なる事情を持つ。彼らが通うのは全国的にも珍しいサッカーの専門学校であり、そこが提携する通信制高校のカリキュラムを介して、必要な単位を取得しているのだ。

　サッカーを目的として進学した彼らが、三年生になったからといって引退するはずもない。戦力は一切落ちていないし、僕らに対する警戒心は前回より遥かに高いだろう。

「一つ伝えておきます。うちのGKは公式戦で、まだ一度も失点したことがありません。レッドスワンを五ヵ月前と同じチームだと思わない方が良い」

「随分な自信だな。GKが変わったくらいで、うちの前線を抑えられると思っているのか？」

「変わったのはGKだけじゃない。あなたたちも、すぐに気付くことになりますよ」

　五ヵ月前にも激突した僕らは、互いのことを既に深く理解していると言えるだろう。

　レッドスワンの試合に初戦から偵察を送り込み、万全の態勢を取っている。だから前回以上に、うちに勝つのは難しい。加賀屋は憐れむように言ったけれど、彼らには大きな勘違いがある。

　偕成が対策を立ててくることなど、言われるまでもなく承知しているのだ。

　万全の準備が出来ていると思い込んでいる相手を欺き、こちらの罠にはめてやる。

　新潟県を二強が支配する時代を、僕らがこの手で終わらせるのだ。

赤羽高等学校 VS 偕成学園

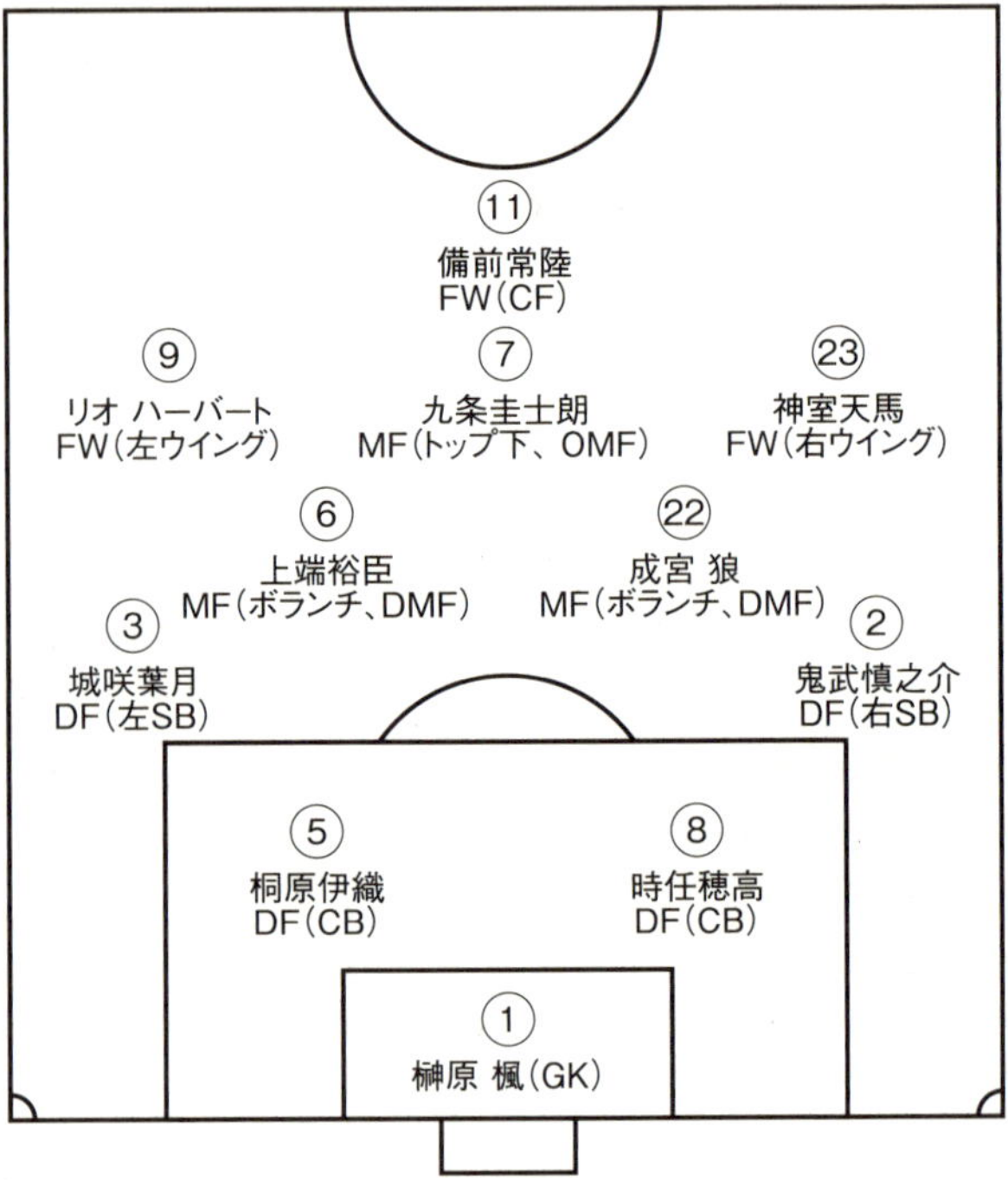

4-3-3で登録されているが、実際のシステムは4-2-3-1

()内の言葉は、そのポジションの別の呼び方。

FW フォワード
CF センターフォワード
MF ミッドフィルダー
OMF オフェンシブ・ミッドフィルダー
DMF ディフェンシブ・ミッドフィルダー
DF ディフェンダー
SB サイドバック
CB センターバック
GK ゴールキーパー

第五話　空蟬の鹿鳴草

The REDSWAN Saga

1

準決勝、偕成《かいせい》学園との決戦は、もう明日に迫っていた。

「サッカーのフィールドが将棋盤《しょうぎばん》だったら、もう少しシステマチックに考察出来たのにな」

お昼休みを利用して、圭士朗《けいしろう》さんと二人で戦術確認の詰めをおこなっていく。

この数ヵ月で大きな成長を遂げたとはいえ、レギュラー陣の実力も選手層も、偕成や美波《みなみ》の方が上だろう。だからこそ、知性という武器を使い、最後まで考え続ける必要がある。当面の目標は敵を術中にはめることだが、相手を思い通りに誘導するのは、弱点を突くより遥かに難しい。選手は将棋の駒《こま》のように決められた動きをしてくれるわけではないからだ。

前回の対戦で、圭士朗さんには後半の頭からマンマークがついていた。守備的M F《ミッドフィルダー》のボランチとして心臓部に構え、攻撃ではタクトを振り、守備ではバイタルエリアを制圧する。そんな圭士朗さんの影響力の高さを見て取り、敵監督はマンマークをつけてきた。

あの日、偕成に敗北した最大の要因が、圭士朗さんの負傷退場にあることは間違いない。彼を失った途端、レッドスワンはバランスを失い、あっという間に逆転を許してしまった。

明日も偕成は試合の頭から、こちらの司令塔を徹底的に潰そうとしてくるだろう。しかし、僕はむしろそこに突破口があると見ていた。初めて戦う敵が怖いのは、何を仕掛けてくるか読めないからである。意表を突かれるから動転し、混乱によって思わぬミスを犯してしまう。

敵が圭士朗さんに対して用意してくるだろう対策を、こちらが凌駕《りょうが》すれば良いのだ。

起こり得る状況を羅列《られつ》していたら、携帯電話がメールの着信を告げた。

『今、何処にいる?』

戦術確認に夢中だったこともあるだろう。質問された理由も考えずに現在地を伝え、再び話に戻る。そして、メールの返信から五分が経った頃……。

「優雅《ゆうが》君」

名前を呼ばれ、振り返ったところで自らの想像力の貧困さに気付く。

先ほどのメールの送り主は真扶由《まふゆ》さんだった。所在地を尋ねられたのだから、彼女が会いに来ることは容易に想像出来たはずなのに、話に夢中でまったく考えもしなかった。

ここは二階、ドリンク売り場に併設された休憩所である。飲み物を買った際に覗いたらほかに人がいなかったので、部室へ行くのを止め、僕らはここで作戦会議を始めていた。

「あれ、圭士朗さん……」

幾ら本人が取《と》り繕《つくろ》おうとしても、流れてしまった気まずい空気は誤魔化せない。

圭士朗さんは理系だから校舎も違う。告白を断って以降、会う機会があったとも思えない。

突然の再会に、真扶由さんが戸惑うのも無理のない話だった。

真扶由さんと付き合い始めてからも、僕と圭士朗さんの関係には変化が生じていない。気まずくなったりもしていないし、彼が僕に悪感情を抱くようになったということもない。

変わったことといえば一つだけ。話題として真扶由さんの名前が出なくなったことくらいだ。気付けば、僕らはどちらからともなく彼女の話題を避けるようになっていた。

「席を外すよ」

動揺する真扶由さんの姿を見て取り、圭士朗さんが立ち上がる。

「ごめん。作戦会議をしていたんでしょ？　私が後にするよ」

「遠慮しなくて良い。教室じゃ話せないことがあったから昼休みを選んだんだろ」

「でも、二人は明日の相談をしていたんじゃないの？」

真扶由さんはテーブルの上に散乱したメモに目を落とす。試合に備えて動線を視覚化するため、僕らは戦術パターンを紙に書き出して話を進めていた。

「この一週間、優雅君は放課後、一分一秒を争うようにグラウンドに向かっていた。それって今がとても大切な時期だからだよね。邪魔をしたくないの。お昼休みの内に渡したい物があったんだけど、教室の椅子の上に置いておこうと思う。戻ったら確認してみて」

「いや、せっかく来たんだ。直接、顔を見て渡したら良い」

口早に告げると、返事も待たずに圭士朗さんは休憩スペースから立ち去ってしまった。

気を利《き》かせてくれたのは分かるが、僕らにとっては圭士朗さんも大切な友人である。言葉では上手く説明出来ない微妙な状況を、単純に消化することは出来なかった。

「渡したい物って何？」

「明日、偕成学園との試合でしょ？」

「覚えててくれたんだ」

「あんなに悔しい気持ちになったことってなかった。ずっと気にしていた試合だもの。いよいよリベンジの時がきたんだね」

彼女と付き合い始めて、もうすぐ二ヵ月が経つ。けれど、サッカー部の命運を決める大会の真《ま》っ只中《ただなか》ということもあり、クジラを見に行って以降、ほとんど話さえ出来ていなかった。

今大会で優勝出来なければサッカー部は廃部になってしまう。そんな事情を僕は彼女に伝えていない。華代《かよ》が話しているかも分からない。ただ、僕らが尋常《じんじょう》ならざる覚悟を抱えて戦いに挑んでいることを、真扶由さんは十分に察しているようだった。

「週末から寒波《かんぱ》が押し寄せるって聞いて、何か出来ることはないか考えていたの。出場しない優雅君は、絶対に身体が冷えるだろうなって思ったから。それで、これを見つけて……」

後ろ手に持っていた紙袋から、真扶由さんが取り出したのは……。

「ネックウォーマー？」

「最初は自分で編んでみようかと思ったんだけどね。彼女って言っても試験的なものだし、重たいプレゼントになっても嫌だから、普通にお店で買うことにしました」

「ありがとう。プロでも着用している選手がいるし、欲しいなって思ったことあるんだよね」

「音楽室から確認していたから、優雅君が持っていないことは分かってた。喜んでもらいたかったから、きちんとリサーチしました」

「そっか。びっくりしたけど、早速、使わせてもらうよ。この時期の試合は寒くて堪《こた》えるんだ。助かる。……真扶由さんは明日も部活？」

「うん。午後から大会の練習」

明日の試合は、僕が采配を振ることになる。

可能ならば彼女にも見て欲しかった。そんなことを思ってしまう自分の心が不思議だった。

僕には両親がいない。足の悪いお祖母《ばあ》ちゃんが試合を観戦に来たこともない。自分の試合を誰かに見て欲しいなんて思ったのは、もしかしたら初めてのことかもしれなかった。

「明日もサッカー部が勝てば、決勝は観戦が振替授業になるって顧問が言ってた。決勝の舞台はビッグスワンだったよね。私、実は一度も行ったことがないの」

そうか。意識していなかったけれど、決勝戦は全校生徒が見に来るのか。

確かに決勝には毎年、それぞれの学校の生徒がスタンドに詰めかけていた気がする。

興味のない生徒からすれば、寒空の下、土曜日に駆り出されるなんて迷惑この上ない話だろう。しかし、真扶由さんのようにその時を楽しみに待ってくれている生徒だっている。

僕らは誰かのために戦ってきたわけじゃない。それでも、決勝戦では、そういう気持ちを背負うことになるのだろうか。答えはその時になるまで分からないけれど、まずは明日、偕成学園を倒さないことには、どんな物語も始まらない。

レッドスワンの存亡を賭けた戦いは、残り二試合だ。

2

十一月七日、土曜日。

準決勝は新潟市陸上競技場で開催される。

二万人近い収容人数を誇る会場の座席は、既に三分の一以上が埋まっていた。

たかだか高校生の地方予選、それも準決勝にこれだけの人数が集まるというのは、異例中の異例と言えるだろう。赤羽《あかばね》高校サッカー部は、ここまで順調な勝ち上がりを見せている。

三回戦、四対〇。四回戦、二対〇。準々決勝、二対〇。派手な勝ち上がりではないものの、前評判通りの守備力で、三試合を失点〇の無傷で勝ち上がってきた。

しかし、問題は今日からである。

「なりふり構わずゴール前を固めるレッドスワンの戦術は、選手の実力を見れば賢明な選択でしょう。ただ、全国で通用するレベルには達していない。今年も決勝のカードは同じですよ」

準々決勝を制した後で、偕成学園の監督はそうコメントを発表していた。前回の対戦と同様、世怜奈《せれな》先生がレッドスワンに守備的な戦いをさせると予想しているのだろう。その上で、十分な対策を練ってきているに違いない。だが、本日、準決勝の指揮は僕に一任されている。


スタンドには十時キックオフの一試合目を制した美波高校の姿があった。

美波高校史上最強と噂される強力スリートップも、一癖《ひとくせ》も二癖《ふたくせ》もある有名監督も、これから始まる準決勝の二試合目に、悠然《ゆうぜん》と視線を落としている。

例年、選手権予選は決勝戦のみ地上派で放送されていたが、インターハイ予選と同様、今大会に集まる異様な注目度が考慮され、準決勝からテレビ中継が入ることになっていた。

試合後には決勝戦を前にした監督インタビューも予定されているらしい。


レッドスワン側のスタンドには、舞原吐季《まいばらとき》さんや陽凪乃《ひなの》さん、陽愛《はるあ》ちゃんの姿があった。

あれがオーラというものなのだろうか。ターコイズのパーカーを羽織《はお》る吐季さんは、眠たそうな顔で席に座っているだけなのに、抜群に目立っている。

陽凪乃さんと双眼鏡を手にした陽愛ちゃんは、これまでの試合も観に来てくれている。吐季さんが観戦に訪れるのは、インターハイ予選以来のことだ。

この試合で采配を振るにあたり、僕は基盤となるアイデアを吐季さんからもらっている。

重い腰を上げて足を運んでくれた彼に、リベンジを果たす姿を見せたかった。

吐季さんたちに挨拶をしてから、ベンチへ戻ると……。

「優雅《ゆうが》様！」

黄色い歓声の狭間に、聞き覚えのある声が届く。

スタンドの最前席に、ゴシックロリータのファッションに身を包む少女の姿があった。

「ああ、梓《あずさ》ちゃん。久しぶり。観に来てくれたんだね」

品格のあるお辞儀《じぎ》を見せたのは榊原梓《さかきばらあずさ》。楓《かえで》の二つ年下の妹だった。

僕がスタンド前まで近付くと、梓ちゃんは手すりにつかまって身を乗り出してくる。

「お兄ちゃんに聞きました。今日の指揮のこと」

周囲を確認してから、彼女は僕にだけ聞こえる声で囁《ささや》く。

「優雅様の初采配は絶対に現場で目に焼き付けなくてはと思ったのです」

「それ、部外秘の情報なんだけどね。まったくあいつは……」

自陣エリアに目を向けると、楓が控えＧＫ《ゴールキーパー》の央二朗《おうじろう》にクロスバーで懸垂を強要していた。

ウォームアップもせずに、相変わらずふざけた奴である。

「家に帰ったら、楓の口をホッチキスで止めておいて」

「外では話していないと思います。うちでは毎日、今日の試合のことを喋っていましたけど」

「僕の指示で戦うのが面白くないんだろうね。練習でも不満ばかり言っていたし、ちゃんと試合に集中してくれるか不安だよ」

「お言葉を返すようですが、それは逆かもしれません」

ツインテールの彼女の髪が秋風になびく。

「優雅様に勝てるのは俺だけだって。俺以外の誰かに優雅様が負けるなんて許せないって。お兄ちゃん、そんな風に言いながら、毎日、偕成学園のＶＴＲを見て研究していました。皆さんの前では悪態《あくたい》をついていたかもしれません。でも本当は誰よりも優雅様を勝たせたいんです」

「……そんなこと、僕に話したって知られたら、梓ちゃんが怒られるよ」

「問題ありません。私の使命は優雅様を支えることですから」

何に惹かれたのか分からないが、出会った頃から梓ちゃんは僕に心酔《しんすい》している。来年、赤羽高校に進学してサッカー部のマネージャーになると言っていたのも、恐らく本気だろう。

レースの手袋をはめた両手を胸の前で重ねて、彼女は熱っぽく語る。

「私、優雅様より知性的な選手を見たことがありません。だから分かるんです。今日の試合、レッドスワンは偕成学園を打ち倒します」

「うん。ありがとと。期待に応えられるよう全力を尽くすよ。それだけは約束する」

来年、彼女をサッカー部に迎えるためにも、絶対に優勝しなければならない。

いつかの未来もまた、これからの戦いにかかっているのだ。

本日、僕が乾坤一擲《けんこんいってき》の戦いに送り込んだイレブンは、以下の通りである。

GK、榊原楓《さかきばらかえで》（二年）。

DF《ディフェンス》、城咲葉月《しろさきはづき》（三年）、桐原伊織《きりはらいおり》（二年）、時任穂高《ときとうほだか》（二年）、鬼武慎之介《おにたけしんのすけ》（三年）。

MF《ミッドフィルダー》、上端裕臣《うえはたひろおみ》（二年）、九条圭士朗《くじょうけいしろう》（二年）、成宮狼《なりみやろう》（一年）。

FW《フォワード》、リオ・ハーバート（二年）、備前常陸《びぜんひたち》（二年）、神室天馬《かむろてんま》（一年）。

いつもと異なる4‐3‐3で申請したが、小細工に惑わされる相手ではないだろうか。

「お前ら、本気であのチビをCB《センターバック》に入れて戦うつもりらしいな」

ピッチサイドで給水ボトルの調整をおこなっていたら、加賀屋晃《かがやあきら》に声をかけられた。

「試していたのは知ってたけど、まさか俺たちとの試合でDFに先発させてくるとはな」

「そっちのレギュラーは五月から変わっていないみたいだね」

「完成されたチームってのは、奇策に走ったりしないもんだ。基礎が出来上がっていれば、それを上積みするだけでチームは強くなる」

偕成とは異なり、レッドスワンは先発メンバーだけで三名が変わっている。

「チームは生き物だ。正解があるとは思わない。成長期の高校生なら、なおのことそうだ」

「それで三年のCBを外して、二年の俊足をコンバートしたってわけか？　あの穂高って奴は、もともとウイングだろ？　あんな軽い奴をCBに入れるなんて自殺行為だと思うぜ」

九月末日、穂高はある一つの陳情《ちんじょう》を監督におこなった。

「俺もＤＦがやりたい。ＣＢをやらせて欲しいです」

彼の願いを最初に聞いた時、僕はまた頭でも打ったのだろうと思った。

百六十二センチはチーム最低身長である。俊足という武器を持つものの、屈強《くっきょう》なＦＷには簡単に弾き飛ばされてしまうフィジカルだ。世の中には決して高くない身長で、バロンドールを受賞するまでに至ったＣＢもいるが、穂高の体格でこなせるポジションだとは思えなかった。

「穂高、中学の時はＣＦ《センターフォワード》だよね？　ＤＦなんてやったことないでしょ？」

「だってさ、ずっとＤＦなんてつまんないと思ってたけど、レッドスワンでやるならＣＢの方が楽しそうなんだもん。攻撃の練習でもセットプレーの確認が長いし、俺、暇なんだよね」

　セットプレーではＤＦから伊織や鬼武先輩を上げる代わりに、上背のない穂高が最後尾に配置される。攻撃に関われない彼にとっては、確かに退屈な時間だろう。

「それに、インターハイ予選で負けたのは俺のせいだろ。もうあんな思いはしたくない」

「穂高のせいで負けたわけじゃないよ」

「でも、俺が最後に加賀屋にやられたからじゃん。あの時に分かったんだ。守備は足が速いだけじゃ駄目なんだって。もっと色んなことを勉強しなきゃ駄目だって。先生は楓をＧＫにしただろ。楓に出来るなら俺にだって出来るかもしれないじゃん。それに最近の森越《もりこし》先輩は失点のきっかけになってばかりじゃないか。俺のCBだって試してくれても良いだろ?」

一時の思いつきで言い始めたわけではないようだが、やはり僕にはまともなアイデアとは思えなかった。ところが、熟考の後、意外にも世怜奈先生が乗り気な姿勢を見せる。全国大会を見据え、本格的に穂高のコンバートを考慮し始めたのだ。

もちろん一筋縄《ひとすじなわ》ではいかないポジションチェンジだったし、他のDF陣は難色を隠さなかった。それでも、世怜奈先生は辛抱強く、練習試合を通して決め事を叩き込んでいく。

出来ないことは伊織と両SB《サイドバック》にフォローさせ、穂高の特性を生かす形で、新しいDFラインを構築し始めたのだ。


始まった選手権予選。

ここまでの三試合、いずれもレッドスワンは試合の途中で森越先輩をベンチに下げ、穂高をCBにコンバートさせて戦っている。三回戦と四回戦はゲームの大勢《たいせい》が決まった後での交代だったが、準々決勝は後半の頭からCBとしてプレーしていた。その上で……。

「俺たちの成績は三試合連続のクリーンシートだよ」

偕成学園がレッドスワン対策を練ってくることは分かっていた。軽井沢合宿で長野と山梨の代表チームがやったように、森越先輩を狙い打ちにしてくることも予想がついていた。しかし、本日のピッチに森越先輩はいない。彼らが用意してきた準備は無駄になったはずである。

「今日で無失点記録は終わりだ。お前らの監督は采配を後悔することになるぜ」

教えてやる義理もないが、本日の先発メンバーを決めたのは僕である。一ヵ月以上前から、僕はこの試合だけを見据えて準備してきた。仲間たちも僕を信じ、信頼を預けてくれた。

加賀屋、すべてが終わった後で後悔することになるのは君たちの方だ。


もう言葉は要らない。

僕は結果で、すべてのノイズを消してやる。

3

一試合が七十分だったインターハイ予選と異なり、選手権予選は八十分で実施される。四十分ずつの前後半を戦い、勝敗がつかなければ二十分の延長戦、そこでも決しない場合は、PK方式で次回進出チームが決まることになる。

新潟大会では五名まで交代が認められている。プロの公式戦と比べれば、交代枠が二人分多く用意されているものの、五名すべてを交代するケースは珍しい。途中で怪我人や退場者が出た場合のことを考え、最低一つは交代枠を残して戦うつもりだった。

前半戦は風上に立つレッドスワンのキックオフで始まった。

新CB《センターバック》の時任穂高《ときとうほだか》を狙えと指示されていたのだろう。ボールを下げる度に、敵はしつこくプレスをかけてきたが、穂高は簡単に味方にボールを捌《さば》いており、混乱は生じなかった。

むしろゲームに対する戸惑いは、開始からわずか数分で、敵のベンチに生じることになる。

準備してきたプランが使い物になっていないと、早くも気付いたのだ。

敵はレッドスワンの陣形を壊すため、前回同様、中盤の底に君臨する司令塔の九条圭士朗《くじょうけいしろう》にマンマークをつける予定だったのだろう。抜群のフィジカルを持つFW《フォワード》の堂上《どうじょう》に圭士朗さんをマークさせ、徹底的に削ることで、司令塔に仕事をさせないつもりだったのだ。

ところが、大役を任された堂上は、当惑の色を隠せずに右往左往を繰り返していた。マーク相手の圭士朗さんが、想定外の位置にポジショニングしているせいで捕まえられないのだ。

圭士朗さんが中盤の底に位置しているからこそ、最前線でプレーするFWの堂上がマーク可能になる。だが、圭士朗さんは試合開始直後から、いつもより前にポジショニングしていた。最前線で澪標《みおつくし》となる常陸《ひたち》のすぐ後ろ、トップ下の位置で、本日の圭士朗さんはプレーしている。彼をマークしたいなら、堂上はFWの位置から離れなければならなかった。

サッカーはあらゆるスポーツの中で、最も知性に左右される競技である。何故ならオフ・ザ・ボールの動きが、競技構成の最重要位置を占めているからだ。

ボールに触っている瞬間なんて、統計を取ってみればわずかなものである。ドリブルが得意な選手でも、十秒もボールを保持すれば潰されてしまうだろう。攻撃時、ボールを持っていない時に何処へ走るのか。守備であれば何処のスペースを潰すべきなのか。それを見極める知性こそがサッカーでは重要になる。局面の戦いなど積み重ねた準備の上澄《うわず》みでしかない。

圭士朗さんは司令塔だが、その働きは守備面でより効果的に発揮される。ずば抜けた知力と視野で、危うい場所を誰よりも早く察知し、敵のチャンスを徹底的に潰していくからだ。

レッドスワンが鉄壁の守備を誇るのは、バイタルエリアに圭士朗さんが君臨しているからである。それを誰よりも理解しているのは、ほかならぬチームメイトだ。圭士朗さんを前線に上げるという案には、当初、はっきりと反対する者もいた。だが、それでも僕はこの作戦を実行に移すことに決めた。今の僕らなら、この方法で偕成学園を打ち倒せると確信したからだ。

どちらつかずの流れのまま十分が経過し、ようやく偕成ベンチから指示が下る。

マンマークの指示に迷い、中途半端な位置で惑っていた堂上が前線へ戻され、代わりにボランチの一枚が圭士朗さんのマークにつくことになったのである。

この作戦の最初の目的は、堂上を圭士朗さんのマークから外すことにあった。堂上はプレーに粗《あら》いところがあり、実際、前回も負傷退場に追い込まれている。

序盤から敵のプランを狂わせた上で、堂上を圭士朗さんから引きはがす。

ここまでゲームは想定通りに進んでいた。

十五分も戦えば、両チームの戦い方は明確になる。

最前線に戻ると、堂上はミスマッチを利用しようと、穂高の周囲にポジショニングするようになった。二人は身長も体重もまるで違う。フィジカル勝負では相手にもならない。しかし、そんなことは誰もが百も承知である。堂上のことは伊織《いおり》と鬼武《おにたけ》先輩が徹底的にケアしていた。

伊織は堂上を上回る体格の持ち主だし、鬼武先輩は持ち前の馬力で多少の身長差など、ものともしない強さを見せられる。警戒すべき堂上を伊織と鬼武先輩が封じ込め、俊敏《しゅんびん》な加賀屋《かがや》の攻撃は穂高が上手く凌《しの》いでいた。

上背のない加賀屋は重心が低く、小回りの利くプレイヤーである。高身長で足も長い伊織が不得手《ふえて》とするタイプだ。しかし、加賀屋の長所は穂高の前ではほとんど意味をなさない。足の短い穂高は抜群の初速を誇り、零れ球への反応が速く、切り返しにもめっぽう強いからだ。

まだ噛み合っているとまでは言えないが、伊織と穂高のCBは、互いの短所を補い合える良質の組み合わせとなっていた。

圭士朗さんがバイタルエリアにいない弊害《へいがい》で、何度か敵にペナルティエリアへの進入を許しているものの、ここまでは新しいＤＦ《ディフェンス》陣が効果的に対応出来ていた。

一方、レッドスワンの攻撃は偕成に比べ、圧倒的な停滞ムードを漂わせていた。

序盤、チームには右サイドの天馬《てんま》にボールを集めるよう指示を出してある。天馬は自らのテクニックに自信を持つ典型的なドリブラーだ。キックオフ直後こそ、敵DFに混乱を与えていたものの、一辺倒の攻撃はすぐにその勢いを失ってしまった。

両サイドに大きく開くようにポジショニングするFWを、ウイングと呼ぶ。

作戦通り、右ウイングの天馬にばかりボールを集めていたため、あっという間に彼のスピード、フェイントは読まれるようになってしまった。

ウイングの選択肢は大きく二つ、サイドを直進するか、中に切れ込んでいくかである。右サイドに位置するレフティの場合、相手に脅威を与えやすいのは後者だろう。ゴールに対して身体を開いた状態で中央に切れ込めるため、そのままシュートに持ち込めるからだ。

では、DFはどう対処すれば良いのか。最も簡単な方法は、正面と中央に一人ずつ選手を配置し、縦と横のコースを二つとも切ることだ。

天馬は長いブランクを持つ高校一年生である。このレベルの守備網を独力で突破出来るだけのスキルはない。あっという間にダブルマークの対策を打たれ、手詰まりになっていた。

上手くいくとは思えない攻撃を繰り返しても、いたずらにボールを失うだけである。それでも、天馬はベンチからの指示通り、頑ななまでに一対一を仕掛け続けていた。

レッドスワンは右サイドからしか攻撃を仕掛けてこない。頭の中にそんな固定観念が刻まれてしまえば、左サイドに隙を作ってしまうことになるだろう。それが分かっているからこそ、彼らは左サイドでフラフラしているリオ・ハーバートのことを、ずっと気にかけている。ボールに触る気配のないリオに、いつボールが入るのかと注意深く見張っている。

敵の思考を誘導することで、ゲームのイニシアチブを握る。それは、一ヵ月前に舞原吐季《まいばらとき》さんが教えてくれたやり方だった。

単純なやり方で、あのＧＫ《ゴールキーパー》からゴールを奪えるとは思えない。

一つずつ布石を打ち、ゴールへの道筋を描いていくのだ。

4

時間と共に、偕成学園の攻勢が激しさを増していた。

伊織《いおり》は堂上《どうじょう》に仕事をさせていないし、穂高《ほだか》もマーク相手の加賀屋《かがや》を抑えている。しかし、穂高にはまだＣＢ《センターバック》としての経験値が絶対的に足りていない。二列目の飛び出しに上手く対応出来ないせいで、敵の中盤の選手にシュートに持ち込まれるシーンが増えていた。

普段のゲームであれば、守備的ＭＦ《ミッドフィルダー》の圭士朗《けいしろう》さんが、敵の飛び出しを潰してくれる。ところが今日のゲームでは、そのフォローに頼れない。

飛び込んできた敵に穂高がマークにつききれず、鋭いシュートがゴールマウスを襲った。

回転のかかったシュートを、全身のバネを使って枠外に弾き飛ばし、楓《かえで》が叫ぶ。

「穂高！　好きにやれ！　後ろには俺様がいるからな！」

「悪い。次は止める」

左手を上げて謝罪した穂高の手の平に、楓はキーパーグローブの拳を叩き込む。

「気にするな。たまにシュートが飛んでくるくらいで丁度良い！　暇で眠っちまうからな！」

森越《もりこし》先輩に対してはピンチの度に激昂していたくせに、まったく現金な奴だった。

試合前に梓《あずさ》ちゃんが言っていた通り、今日の楓の集中力は凄まじいものがある。飛び出しも、ハイボールの処理も、ポジショニングも、ここまでは完璧と言って良い。だが、このまま押される展開が続けば、いかに楓と言えどゴールを割られてしまうかもしれない。

ここまでレッドスワンの攻撃は、右サイドの天馬《てんま》のドリブルに限定されていた。そして、ダブルマークによって手詰まりに陥《おちい》った結果、彼はボールロストマシーンと化している。

それでも、丸裸にされるまで愚直《ぐちょく》な攻撃を繰り返させたことには、明確な意味があった。


前半二十二分、次の作戦へ移るよう、ピッチに指示を送る。

ベンチからのサインを受け、孤軍奮闘していた天馬に、ようやく援護が加わった。

右ＳＢ《サイドバック》の鬼武《おにたけ》先輩が、前線への攻め上がりを解禁したのである。

押し込まれている状況で鬼武先輩を前線に上げるのは賭けだろう。それでも、リスクを負ってでも右サイドの攻めに厚みを持たせることが、僕らの攻撃の第二段階だった。

榊原楓《さかきばらかえで》と桐原伊織《きりはらいおり》は、大会ナンバーワンGK《ゴールキーパー》とCBの最有力候補である。だが、レッドスワンが擁《よう》する武器は、楓や伊織だけじゃない。鬼武慎之介《おにたけしんのすけ》と城咲葉月《しろさきはづき》、このレベルの選手を両SBに配置するチームは、全国を見たってほとんど存在しないはずだ。

中央でボールを処理した圭士朗さんから、右サイドの天馬に柔らかいパスが届く。

敵の対応は素早かった。これまで同様、ダブルマークによってドリブルのコースが消され、天馬はあっという間に手詰まりに陥る。けれど、次の瞬間には盤面が変わっていた。

後方から鬼武先輩が猛烈なダッシュを見せ、天馬を一気に追い越していったのだ。突然の攻め上がりに、敵のSBは一瞬、躊躇いを見せたものの、すぐに鬼武先輩を追いかけ始める。

完璧に不意を突かれたとはいえ、さすがの対応と言えた。鬼武先輩を無視すれば、天馬からのスルーパスが入り、フリーになった先輩はそのまま敵陣へと突進出来る。

しかし、そんな敵の対応こそが天馬のずっと願っていた状況だった。前方の選手が自分からマークを外し、ドリブルのためのスペースがようやく現れる。身体を前に倒すと、憤怒《ふんぬ》の表情を浮かべたままギアを入れる。一瞬でトップスピードに達した天馬は、中央側をケアしていたサイドハーフを無理やりぶっちぎり、鬼武先輩が作ってくれたスペースを疾走していく。

右サイドを独走し、ペナルティエリアの脇まで進入すると、天馬は顔を上げる。

中に走り込んでいるのは二人。FW《フォワード》の常陸《ひたち》と、左サイドでふらふらし続けていたリオだ。

右利きの二人は、右サイドから送られてきたボールに、利き足で合わせることが出来る。

レフティの天馬が右足で送るクロスは、精度こそ微妙だったものの、中央に走り込んだ常陸とリオのスケール感もあり、あと一歩というシーンを作り出すことに成功する。

ゲーム開始から二十分強、ようやくレッドスワンにも決定機が生まれたのだ。


チャンスシーンの演出は、得点が決まらずともゲームの流れを変える。

立て続けにレッドスワンは右サイドからの攻撃を仕掛けていった。

ウイングの天馬と、それをサポートするSBの鬼武先輩。二人の連動を説明するのは簡単だが、鬼武先輩が見せたプレーは、並の選手には真似出来ないものだ。

絶対条件としてスピードが必要だし、守備を怠《おこた》らないために、長い距離の上下動を繰り返すスタミナも要求される。加えて、クロスの精度も、ドリブルの技能も必要とされる。しかし、鬼武先輩ならそれが出来るのだ。

五十人以上が入部した学年にあってナンバーワンの実力を誇り、一年次からFWのレギュラーを摑んだ鬼武先輩は、すべての能力を高いクオリティで保持している。その上でサッカー選手として必要な知性もあった。

この攻撃で最も重要なのは、天馬を追い越すタイミングである。攻め上がりが早過ぎれば

DF《ディフェンス》ラインを下げてしまい、天馬のドリブルコースを消してしまう。かと言ってフォローが遅れれば、一対二になった天馬が潰されてしまう。何度でも天馬を追い越して裏に抜け出す鬼武先輩の攻めに、敵のSBは顔面蒼白《がんめんそうはく》になっていた。

鬼武先輩と天馬が上げたクロスに対し、常陸とリオがヘディングシュートを一度ずつ放ち、わずかな間にレッドスワンは敵ゴールに何度も迫る。適切なボールが配給され続ける限り、常陸とリオの高さは手に負えなくなる。

偕成のGK、二階堂《にかいどう》の好セーブに阻まれ、ゴールこそ割れなかったものの、ゲームの流れは明らかにレッドスワンへと傾いていた。

「サイドハーフとボランチで23番を抑えろ！　SBは中に絞《しぼ》らなくて良い！」

偕成ベンチよりフィールドに指示が飛ぶ。

守備のチームであるレッドスワンに先制点を奪われると厄介《やっかい》なことになる。インターハイ予選の轍《てつ》は踏まない。そういう意識がはっきりと感じられた。

敵監督はむきになって打ち合いに出ず、右サイドの守備の人数を増やすという対応策を取ってきた。タフな鬼武先輩といえど、あれだけの上下動を最後まで繰り返せるはずがない。敵の勢いを止めることで、引き寄せられる流れもある。実に現実的な方策と言えるだろう。

冷たい霜月《しもつき》の風が、首に巻かれたネックウォーマーを撫ぜていく。

真扶由《まふゆ》さんのプレゼントのお陰で、必要以上の寒さを感じずに戦うことが出来ていた。

二人で対応すれば天馬は問題なく抑えられる。そう認識させた後で鬼武先輩が攻め上がりに加われば、必ず右サイドの守備に人数が追加されるだろう。僕は初めからそう予測していたし、実際、ほぼ計算通りに盤面は展開している。しかし、問題は次の一手だ。

準備してきた第三の攻撃を使うべき時を、慎重に見極めなければならない。やみくもに仕掛けたのでは、せっかくの効果的な攻撃も威力が半減してしまう。

目まぐるしい攻防を見つめながら、僕はそのカードを切るべき時を待っていた。

5

前半の結果だけを見れば、慎重になった僕の判断は間違っていたということになるだろう。

レッドスワンは〇対一というスコアで、前半終了のホイッスルを聞くことになったからだ。

敵監督の指示が功《こう》を奏《そう》し、偕成学園はレッドスワンの右サイドを抑え切ることに成功する。何度かチャンスは作ったが、最後の壁として立ちはだかるＧ　Ｋ《ゴールキーパー》の二階堂《にかいどう》が、すべてのシュートをシャットアウトしてしまった。

「ちくしょう！　地方予選は全試合を無失点で抑えるつもりだったのに！　俺の全国デビュー

が台無しだ！」

ドレッシングルームに戻ると同時に、楓《かえで》はキーパーグローブを壁に投げつける。

前半三十八分、ワンツーで抜け出した敵MF《ミッドフィルダー》の強烈なシュートを楓は横っ跳びで弾いたが、零れ球を、別のMFに無人のゴールに押し込まれてしまった。堂上《どうじょう》と加賀屋《かがや》には仕事をさせなかったが、懸念されていた後方からの飛び出しで失点してしまったのだ。

楓はデビュー以来、公式戦で六試合連続無失点という驚異的な成績を残していた。七試合目にしてついにその記録が途絶えてしまったということになる。

前回の対戦とは真逆の結果でハーフタイムを迎えたものの、チームの空気は悪くなかった。

前半戦、チャンスは十分に作れている。偕成に対して、攻撃的なやり方でも引けを取らずに戦えたという事実は、単純に大きな自信に繋がるだろう。

「おい、優雅《ゆうが》！　圭士朗《けいしろう》さんをボランチに戻せよ。バイタルがスカスカでキリがねえ！」

前半、偕成学園のシュート数は九。その内、五つが枠内に飛び、一つがゴールに繋がった。

問題は圭士朗さんがいないことだけではない。鬼武《おにたけ》先輩が前線に上がるようになったことで、そのほころびを突かれたのだ。このレベルを相手にするには、穂高《ほだか》の経験値が足りていない。

加賀屋との一対一では十分な守備を見せているものの、後方からの飛び出しでマークのずれを作られ、敵に幾つかのチャンスを許してしまった。

「圭士朗さんのポジションは変えないよ。今日の目標は打ち勝つことだ」

「俺は一点だってやりたくねえんだよ！　負けたらレッドスワンは廃部だぞ！」

「負けた場合のことを考えるなんて楓らしくないね。あの失点でびびったのか？」

「この俺が恐怖なんて感じるわけねえだろ。頭を卵に叩きつけるぞ！」

「僕は監督にこの試合の指揮を任された時、一つのお願いをした」

世怜奈《せれな》先生はベンチに腰掛けたまま、僕らのやり取りを微笑みながら見つめている。

「偕成に勝てば、決勝は全国ベスト4の美波高校だ。挑戦者として相応しいレベルに達するためにも、チームの課題を確認した上で勝利したい。そういうやり方を取る許可をもらった」

「課題の確認だと？」

「僕はお前に言いたいことが山ほどある。楓の実力があれば、今日の失点は防げたはずなんだ。だけど、お前は失点してしまった。それはGKとしてまだ足りないものがあるからだ。それに気付かない限り、お前はナンバーワンになんてなれやしない」

「てめえ、この期《ご》に及んで俺に喧嘩を売っているのか？」

ハーフタイムはわずかに十分だ。

楓の相手だけで時間を使うわけにはいかない。穂高にも向き直る。

「このレベルを相手に、ボランチの助けがない状態で立ち回る経験を、穂高に積んで欲しかった。いつも周囲がサポート出来るわけじゃない。全国でもC　B《センターバック》を務めたいなら、流動的な攻撃に一人でも対処出来るようにならなきゃならない」

「……優雅ってさ」

穂高がぽつりと呟く。

「大人しそうな顔をしているくせに、結構、大胆なことするよな。負けたら終わりなのに、冒険するんだもん」

「取られた分だけ取り返せる自信があるからだよ。そう確信出来るだけの戦術を練ってきた」

「指揮する奴は、そのくらいの気持ちでいてくれなきゃ困るさ」

キャプテンの伊織《いおり》が僕の肩に手を置いた。

「で、後半はどう戦うんだ？　何か考えがあったから次の作戦を待ったんだろ？」

「今日の戦いで一番避けたかったのは、ハーフタイムに対策を立てられることだった。前半は主導権を握り始めた時点で残り時間が少なくなっていたしね。次の手を晒《さら》すのは意図的に待ったんだ」

「つまり、俺は後半の頭から仕掛けて良いってことだな？」

口を開いたのは、本日、トップ下を務める圭士朗さん。

「ああ。一点ビハインドの状況だ。後半の頭から全開で行こう。天馬《てんま》、スタミナは残ってるか？　この作戦を続けるには、まだお前の力が必要だ」

「行けるに決まってるでしょ」

前半戦で誰よりも消耗《しょうもう》したはずなのに、天馬はいつもの強気な眼差しで吐き捨てる。

「俺なんかより鬼武先輩を心配したらどうっすか？　十回以上駆け上がってたんだから」

「先輩はこの程度のスプリントで、ばてるような鍛《きた》え方はしていないよ」

「はいはい。どうせ俺は体力がないですよ」

　軽口を叩きながらも、天馬の目には強い意志の火が灯《とも》っていた。序盤戦、僕らは一年生の彼に、捨て石となる働きを求めている。彼の働きを無駄にしないためにも、後半はよりハードに戦わねばならない。

「世怜奈先生。後半も作戦通りに進めて良いですか？」

　僕の質問に対し、彼女はいつもの緊張感のない顔で笑って見せた。

「好きなようにやりなさい。君のことを信じてなきゃ、初めからこんなことは任せない」

　預けられた信頼を誇りに変えて、僕らは後半のピッチへと向かう。

6

　現在のスコアは〇対一。

　ここまでは最少スコアだが、このゲームが大人しい結末を迎えることはないだろう。

監督が交代し、新生レッドスワンが始動したのは、もう十四ヵ月も前の話になる。

就任直後、世怜奈《せれな》先生は適性ポジションを考察し直すため、練習試合で多くのコンバートを試していった。今や不動の司令塔となった圭士《けいし》朗《ろう》さんも、コンバートを経験した一人である。

圭士朗さんはＳＢ《サイドバック》志望だったが、パス精度の高さとキープ力を根拠に、守備的ＭＦ《ミッドフィルダー》のボランチへとポジションを変えられた。とはいえ、練習試合では攻撃的ＭＦのトップ下でも試されている。しかし、トップ下は最も削られやすいポジションだ。先生は線の細い圭士朗さんに、僕の二の舞を演じさせないために、最終的にその案を断念していた。

前回の対戦で、敵は最もフィジカルに優れる堂上《どうじょう》を圭士朗さんのマークにつけている。結果的にその判断が逆転勝利を呼び込んだのだから、今回も同様の作戦を取ってくることは想像に難《かた》くなかった。予想されるマークを圭士朗さんから引きはがすこと。戦術考察はまずそこから始まったわけだが、彼のポジションを一列上げた背景には、堂上との戦いを避ける以上の理由があった。

圭士朗さんは抜群のキープ力を誇るものの、見ての通り当たりには強くない。では、生来的に華奢なタイプは、フィジカルの弱さをいつまでも克服《こくふく》出来ないものなのだろうか。

ウェイトトレーニングを繰り返し、筋肥《きんひ》大《だい》を起こすことで選手はフィジカルを作っていく。長年、そういったレジスタンストレーニングには、得手《えて》不得手《ふえて》があると言われてきた。

筋肉を大きくするには高負《こうふ》荷《か》を伴う筋トレが不可欠である。

筋肉というのは持久力に優れる遅筋線維《ちきんせんい》と、瞬発力が高い速筋線維《そっきんせんい》で構成され、負荷が低い内は遅筋が、負荷が高くなると速筋が働く。筋肥大を起こしやすいのは速筋であるため、筋肉を鍛えるには高負荷で鍛えるしかない。だが、高負荷のトレーニングに耐えられる人間は少ないし、成長期の身体では安全性にも不安がつきまとう。

生来的に線の細いタイプが、強靭《きょうじん》なフィジカルを手に入れるというのは、物理的にも難題だったのである。しかし、近年、低負荷トレーニングでも筋肥大を起こせることが、数々の論文によって発表されてきた。全力を出し切り、肉体を限界まで追い込むことをオールアウトと呼ぶ。低負荷トレーニングを限界まで繰り返し、オールアウトに至ることで、遅筋だけでは持《も》ち堪《こた》えられなくなった肉体に、速筋の動員という現象が発生することが分かったのだ。

この新しいメソッドにより、高負荷トレーニングが向かない人間でも、安全かつ平和に筋肥大を起こし、肉体を強化することが出来るようになった。

インターハイ予選から半年。

圭士朗さんは身長が一センチ伸び、体重は三キロ増加した。変わらず線は細いものの、肉体は大きく強化されている。百八十三センチ、六十四キロの身体は、決して貧弱なものではない。トップ下に入った圭士朗さんは、厳しいショルダーチャージを何度かお見舞いされていたが、以前のように当たり負けはしていない。並の選手に倒されるような鍛え方はしていないのだ。

だからこそ、最も激しい戦場となる敵のバイタルエリアに僕は圭士朗さんを送り込んだ。

彼こそが天馬《てんま》、鬼武《おにたけ》先輩に続く、レッドスワンの第三の矢だったからだ。

後半開始と共に、偕成学園は一人の選手交代をおこなっている。鬼武先輩に良いように振り回されていた左SBを、より守備の得意な選手へと代えたのだ。

しかし、後半開始から三分も経たない内に、再び右サイドの攻防は激化する。圭士朗さんが執拗《しつよう》なまでに右サイドに流れ、ワンタッチのパス交換で幻惑《げんわく》のリズムを刻み始めていた。

僕は突破に限定して考察するなら、最強の攻めは『ワンツー』だと確信している。

ワンツーとは、パスを出すと同時にスペースへ走り出し、味方からのワンタッチの折り返しを受けるプレーである。壁パス的なシンプルな攻撃だが、敵は最初のパスに反応してしまったが最後、折り返されたボールには絶対についていけない。

前半戦、僕が天馬に横パス禁止を厳命したのは、手数を減らすことで、こちらの攻撃パターンを敵の頭の中に固定化するためだった。すべてはこの第三の攻撃のための布石である。

圭士朗さんが機を窺《うかが》いながら右サイドへ走り込み、天馬と鬼武先輩にワンツーのパスを供給し始めたことで、偕成の守備は今度こそ修復不可能な混乱に陥っていく。

動けないポストプレイヤーなど所詮《しょせん》、二流である。囮《おとり》の動きという意味で、FW《フォワード》の常陸《ひたち》にはまだまだ改善すべき点が多々ある。一方、圭士朗さんの動きは当意即妙《とういそくみょう》としか言いようのないものだった。危険が生まれる瞬間にのみスペースへ現れるため、敵は動きを摑めない。

圭士朗さんの右サイドへの介入は、完全に手がつけられない一手となっていた。

やがて偕成学園がろくに対策も打てないまま、その時が訪れる。

圭士朗さんとのワンツーで敵をかわした天馬が、裏に抜けた鬼武先輩にスルーパスを通す。

前方にボールをトラップすると、鬼武先輩はペナルティエリアへと突っ込んでいった。

ＣＢ《センターバック》のブロックは間に合わない。鬼武先輩が顔を上げると、ゴール正面に常陸が、左サイドからリオが走り込んでいた。常陸にはＣＢがついていたが、リオはフリーになっている。

人間の目は角度のついた動きに弱い。一流のＧＫ《ゴールキーパー》からゴールを奪いたいなら、折り返してのシュートがベストだ。高速で中央に折り返されたボールをダイレクトで叩き込めば、正面をつかない限り、反応される可能性は大幅に減る。

ペナルティエリアの十分に深い位置まで進入すると、鬼武先輩は中央を見据えながら、大きく左足を踏み込み、クロスのモーションに入る。

その動きを見て、ＧＫの二階堂《にかいどう》が一歩、右足を前へと出した。

クロスの角度が甘ければ、常陸かリオに渡る前にカットしてしまうつもりなのだ。

そして、誰もが固唾《かたず》を飲んでその攻防を見守った次の瞬間、鬼武先輩は右足のアウトサイドで、ゴールマウスを見ずに、ニアにシュートを蹴り込んでいた。

中央へのクロスをケアしようとしていたＧＫは一歩も動けない。

わずかな隙間しかなかったＧＫと右ポストの間をすり抜け、回転のかかった強烈なシュートがゴールネットに突き刺さる。

後半七分、鬼武慎之介《おにたけしんのすけ》の強烈な一撃で、レッドスワンは同点に追いつく。

やはり僕の信頼に狂いはない。

鬼武先輩は間違いなく、今大会、最強のSBだった。

7

「勧学院《かんがくいん》の雀《すずめ》は蒙求《もうぎゅう》を囀《さえず》るからなー！」

新しい決め台詞《ぜりふ》だろうか。リオが敵GK《ゴールキーパー》に向かって何かを叫んでいた。

ベンチに腰掛ける世怜奈《せれな》先生に目を向けると、口の端《は》を上げてにやにやと笑っている。また古典の補習中に余計なことを教え込んだのだろう。

サッカー部ではフィジカルトレーニングが個別に用意されている。部員は全員、プロのトレーナーによって作成されたプログラムを毎日こなさなければならず、動画で管理されているため、さぼった人間には必ず世怜奈先生による強制補習が課せられる。

リオは普段、母語の英語ですら赤点を連発しているのに、度重なる補習がきいたのか、中間テストでは古典でベスト10に食い込む驚愕《きょうがく》の成績を残していた。怪我の功名《こうみょう》も甚《はなは》だしい。

半年前の戦いと同様、同点ゴールを蹴り込んだのは鬼武《おにたけ》先輩だった。

前回の対戦ではゴールが終了間際だったこともあり、喜ぶ素振りすら見せずに、鬼武先輩は追加点を狙おうとしていた。しかし、今回はまだ三十分以上時間が残っている。

鬼武先輩はスタンド前まで走り込むと、観客に向かって拳を突き上げていた。

その背中に葉月《はづき》先輩が飛び付き、鬼武先輩におぶさると、両手の親指で自らの背番号をアピールする。葉月先輩は今回の得点に微塵《みじん》も絡んでいない。どういう神経で自分の背番号を強調しているのかまったく分からなかったが、スタンドは異様な盛り上がりを見せていた。

天馬《てんま》へのパスを掴いてから、圭士朗《けいしろう》さんも常陸《ひたち》に続いて中央に飛び込んでいる。

圭士朗さんはゴールマウスの中からボールを拾うと、地面に拳を叩きつけて悔しがるGK二《に》階堂《かいどう》の脇を通り、自陣へと帰っていく。その道中で何かに気付いたように立ち止まり……。

「平安時代、大学別曹《だいがくべっそう》に住む雀は、学生が読む教科書の文面を囀《さえず》るようになった。聞き慣れた話は自然に覚えるという意味です。あの馬鹿が言わんとしていたことは分かりませんが」

二階堂に解説してから、圭士朗さんはセンターサークルまで悠然と戻っていった。

鬼武先輩にラストパスを送った天馬は、駆け寄った伊織《いおり》や狼《ろう》に手荒な祝福を浴びている。一人の力で生まれたゴールではない。GKの逆を突いた鬼武先輩のフィニッシュは見事の一言だが、精度の高いスルーパスでアシストを記録した天馬も評価されてしかるべきだろう。

同点になった時に勢いづくのは追いついた側である。

偕成学園は鬼武先輩を止めるために選手を交代したのに、そこを完璧に崩されて失点してしまった。采配の差が生んだ得点でもある。ダメージはただの一点では済まない。

鬼武先輩の同点ゴールから五分後、予定通り第四の矢を放つことにした。

ボールがタッチラインを割ったタイミングで、体力の限界が訪れていた天馬に代わり、二年生の奥村蓮司《おくむられんじ》をピッチに送り出す。

蓮司は今大会、初出場の選手であり、偕成もデータを持っていないはずだった。

彼がここまで出場していないのはＳＢ《サイドバック》の選手だからである。左の城咲葉月《しろさきはづき》、右の鬼武慎之介《おにたけしんのすけ》は県内最強のＳＢコンビであり、ここまでの三試合をフル出場している。

現状、蓮司の実力は二人の先輩にまったく及ばない。とはいえ、二人が怪我でもすれば代役は彼になる。少しでも先輩に追いつくため、蓮司は日々、真剣に汗を流していた。

情報のない選手が交代で入ったきた場合、参考に出来るのはメンバーの登録表くらいだ。ＦＷ《フォワード》に代わりＤＦ《ディフェンス》登録の選手が投入されたわけだから、勢いに任せて攻めるのではなく、守備的に戦うという現実的な戦術をレッドスワンが取ったように、敵には見えるはずである。

しかし、僕がやろうとしていることは、まったくの逆だった。

天馬が下がったことで、執拗に攻め立てられていた右サイドの選手は、胸を撫《な》で下《お》ろしたことだろう。ようやく狙い打ちの状況から脱せたと感じたに違いない。

だが、サッカーは知性のゲームである。むしろ、同点に追いついたここからが本番なのだ。

右サイドを完全に制圧するまで、攻撃の手を緩めるつもりなどなかった。

突如、右サイドに顔を出し始めた選手により、再び、偕成の守備陣に混乱が生まれる。

もちろん、そこでプレーを始めたのは、天馬と代わった蓮司ではない。蓮司に左SBのポジションを譲り、今、最も熱い戦場に駆け上がったのは、ナルシストの権化《ごんげ》、城咲葉月だった。

経験の浅い穂高《ほだか》がＣＢ《センターバック》を務めている今、フォロー能力に長ける葉月先輩を前線に上げるのは、本当に大きな賭けである。しかし、再びリスクを負って僕らは第四の矢を放った。

葉月先輩はもともと攻撃的なサイドプレイヤーである。高精度のクロスを武器としながら、緩急自在なドリブルで攻撃にアクセントをつけていく。目立ちたがり屋という性格とは裏腹に、ゴールよりアシストを記録することに美学を持ち、味方を生かすプレーに終始する。

天馬は高い潜在能力を持っているけれど、少なくとも現時点では、葉月先輩の方が圧倒的に格上である。二人の間には修練を重ねてきた二年の差が歴然と存在している。天馬に代わって葉月先輩がウイングに入ったことで、むしろ破壊力は倍加《ばいか》したのだ。

葉月先輩の変幻自在のプレーにより、敵は青息吐息《あおいきといき》になっていた。

これまで対峙していた天馬と鬼武先輩は、共に剛性《ごうせい》、直線的なプレイヤーである。スピードと切れ味を武器に勝負を仕掛けてきたわけだが、葉月先輩は泥臭い率直なプレーを嫌う。相手を嘲笑《あざわら》うかのように、緩急をつけて上下左右、自由自在にボールを動かし、これまでとはまったく異なるリズムを右サイドに刻んでいく。加えて、もう一つ、葉月先輩には天馬にはない武器があった。通底《つうてい》する志向を土台とした、鬼武先輩とのコンビネーションである。

二人は一年生の夏には前線のレギュラーを摑み、長く攻撃の中心として戦ってきた選手だ。阿吽《あうん》の呼吸で右サイドを制圧すると、相乗効果で互いの良さを引き出していく。二人によって次々と送られるクロスから、中央の常陸とリオが立て続けにシュートを放っていた。

しかし、やはりＧＫ二階堂和彦《にかいどうかずひこ》の牙城《がじょう》は簡単には崩せない。

神がかり的なセービングで、偕成はレッドスワンの逆転を許さなかった。

葉月先輩が前線に上がってからの十五分で、既に三度は決定的な場面が生まれているものの、あと一歩が遠い。

惜しいシーンが繰り返される度に、インターハイ予選の悪夢が脳裏をよぎる。

あの日もそうだった。試合終盤、多くのチャンスを作り出しながら、ゴールを割ることが出来ず、最終的には痛烈な一撃を浴びて沈んでいる。

後半二十九分、戦況を見守り続けてきた偕成のベンチが動く。

敵はこの場面で、一気に二枚のカードを切ってきた。

ボランチと右SBに代えて、攻撃的な選手を二人投入してきたのだ。何もかもがこちらの思い通りにはいかないという教訓だろう。それは、最も恐れていた交代カードでもあった。

これだけ徹底的に右サイドからやられているにも関わらず、敵はそこに守備の選手を投入するのではなく、反対サイドに攻撃的な選手を二人入れてきた。

新しい左SBは城咲葉月ほど有能ではない。それを短い時間で見抜いたのだ。

レッドスワンが戦力を集中させた場所で真っ向勝負するのではなく、自分たちの潤沢な戦力を計算した上で、最も効果的な一手を打つ。敵はこちらの挑発に乗ってこなかった。

残り時間は十分強、お互いが右サイドに攻撃能力の高い選手を揃え、打ち合いに興じる。

分が悪いのは明らかにレッドスワンの方だった。僕らは葉月先輩という守備の要《かなめ》を削った上で攻撃力を上乗せしたが、敵はバランスを崩すことなく攻めに転じている。

仕掛けられる波状攻撃を、それでもギリギリのところで防げているのは、伊織が身体を張って最終ラインに立ちはだかっているからだ。初めての公式戦で敵の矢面に立たされ、浮足立った蓮司はミスを連発していたものの、そのことごとくを伊織がカバーしていた。

いつもと比べて圧倒的に手薄な守備陣の中央で、伊織は真の覚醒を見せる。

ハイボールを跳ね返し、ドリブル突破を仕留め、身体を投げ出してシュートを弾き返す。

有能なCBと連動することで、GKはその能力を存分に発揮することが出来る。伊織がコースを消すから、激しいプレッシャーを与えるから、敵は十全な体勢でシュートを打てない。

堂上《どうじょう》と加賀屋《かがや》が何本かシュートを放っていたが、そのことごとくを楓《かえで》がセーブする。

伊織と楓の二人は、時間経過と共に圧倒的な個の力を発揮し始めていた。


じわじわとタイムアップが迫る中、第五の矢を放つことに決める。

「森越《もりこし》先輩！　次にボールが出たタイミングでいきます！」

僕が二枚目の交代カードとして選んだのは、穂高のコンバートによってポジションを失い、今日のゲームで控えメンバーとなった森越先輩だった。

後半三十七分。

疲れの見えていた一年生ボランチ、狼と交代で、先輩をピッチへ送り出す。

ＭＦ《ミッドフィルダー》をＤＦと交代する。そんな守備的な采配を見て、偕成の監督は、もっと強気に攻めろと指示を送った。この状況に怯《おび》え、レッドスワンはＤＦを増やした。そう判断したのだろう。

だが、森越先輩を送り出した理由は、彼らの予想とは百八十度異なるものだ。


ゲームは再び、右サイドから動く。

中央から流れた圭士朗さんとのワンツーで前に出ると、葉月先輩はそのままノールックで、寄せていたＳＢの頭上を越えるループパスを出す。

走り込んだのは右サイドを駆け上がり続けていた鬼武先輩ではなかった。鬼武先輩がまだ後方にいたからこそ、敵のSBは葉月先輩にプレスをかけていた。ループパスに反応出来る選手などいるはずがなかったのに、反転した敵SBの真横を、一陣の風が駆け抜ける。

葉月先輩のループパスに反応したのは、最後尾から一気に走り込んだレッドスワンのスピードスター、時任穂高《ときとうほだか》だった。

僕らはこの試合、リードを奪うまで守りに入るつもりはない。

森越先輩を投入したのは、守備を固めるためじゃない。一ヵ月前までアタッカーだった穂高を最前線に送り込むためである。守備に奔走《ほんそう》していたとはいえ、前線でのプレーと比べれば体力の消耗は少ない。穂高は水を得た魚のように、敵陣を高速ドリブルで疾走していく。

敵の右サイドの選手は、ここまで散々、縦横無尽に走らされている。スピードに乗った穂高に追いつけるはずもなかった。

独走で敵陣深くまでえぐったところで、穂高は顔を上げる。

これまで右サイドからのクロスに対しては、FWの常陸がニアに、左サイドに入っていたリオがファーに走り込んでいる。だが、今回はそれも異なっていた。

ゲーム終盤、第五の矢を放った際の動きについて、僕は事前に明確な指示を出している。

フィニッシャーの常陸とリオに、遠いサイド、ファーに走り込むよう告げてあったのだ。

二人の動きをしっかりと確認してから、穂高は利き足で高さのあるクロスを送り込む。

渾身《こんしん》のクロスは、しっかりと常陸とリオが待つ逆サイドに落下していった。偕成学園はそちらのサイドに攻撃的な選手ばかり入れている。前線に上がっていた彼らの守備意識は低く、常陸とリオへのマークは完全に遅れていた。

先に落下地点に入ったのはリオだった。

ボールの処理をリオに任せ、常陸は中央に切れ込む。

レッドスワンの最多スコアラー、リオの強烈なヘディングシュートを予測し、ファーに移動したGKの二階堂は、両足を地につけ、万全の態勢でシュートを待ち構えた。

ゴールマウスを見据え、リオが上半身を後ろに反らして高く飛び上がる。

強烈な一撃がリオの頭から放たれる。誰もがそれを予想した次の瞬間だった。

リオはヘディングの直前で身体を捻ると、ボールを真横、中央に折り返す。

決定的なシュートチャンスだった。ここで打たずに、いつシュートを打つのだという状況でもあった。それにも関わらず、リオはパスを選択する。

偕成学園の誰もが呆気に取られて、折り返されたボールを見送ったけれど、レッドスワンの中にリオのプレーに意表を突かれた選手はいない。嫌になるほどに練習で試した形だからだ。

第四の矢を放ってもゴールを奪えないなら、認めざるを得ないだろう。

二階堂は楓にも匹敵する選手だ。そして、彼の武器はその異常な反射神経で間違いない。

闇雲にシュートを放ち続ける。そんなのは作戦じゃない。

僕らは絶好調の二階堂からゴールを奪う方法を用意しておく必要があった。

正面からシュートを放つより、クロスからシュートに持ち込んだ方がゴールは生まれやすい。人間の目は角度に弱いから、クロスを送り続ければ、いつかはゴールが生まれるだろう。しかし、これまでに生まれた得点は、完全にGKの裏をかいた鬼武先輩のゴールのみだ。

穂高を前線に上げることで守備陣は確実に手薄になる。穂高がチャンスを作ることに成功した暁《あかつき》には、細心の注意を払ってゴールを狙わなければならなかった。

常陸とリオを左サイドにポジショニングさせたのは、手順をもう一つ増やすためである。

一回で駄目なら二回、角度をつけてやれば良い。

右サイドから左サイドに送り、再度、折り返したボールを中央で合わせるのだ。

打点の高いヘディングで折り返されたボールが、中央に切れ込んだ常陸の脇に転がる。

マイナス気味になってしまったものの、常陸は何とか踏みとどまりシュート体勢に入る。

リオからのヘディングを予想していた二階堂は、折り返されたボールに反応してしまい、完全に体勢を崩していた。今、シュートを放てば、さすがに反応出来ないだろう。しかし……。

「常陸！　スルーしろ！」

鋭い声が響き、常陸はシュートモーションに入っていた足を上げてボールを避ける。

その後ろから飛び込んだのは、彼に叫んだ圭士朗さんだった。

バランスを崩した体勢からでは強いシュートが打てない。枠内に飛ぶかも分からない。ミートの得意ではない常陸に無理なシュートを打たせるより、確実な方法を取ろうとしたのだ。

圭士朗さんはスルーされたボールの軌道に入ると、軽やかなトラップでゴール前に迫る。

GKとの距離はわずか三メートル。

二階堂はさすがの敏捷性《びんしょうせい》で体勢を立て直し、迷わずにボールに飛び込む。

コンマ数秒でめまぐるしく変わった盤面だ。周囲を確認する時間なんてなかったはずなのに、圭士朗さんはその目の端に仲間を捉えていたのだろうか。シュートモーションから身体を強引に捻り、ボールをアウトサイドで左側に優しく戻すように流す。

自分から離れていくボールには、手が届かない。二階堂は飛び込んだ勢いのまま圭士朗さんに衝突し、交錯《こうさく》した二人がフィールドに転がる。

そして、次の瞬間。二階堂のファウルに主審がホイッスルを吹く間さえ与えずに、レッドスワンの選手がボールを無人のゴールに蹴り込む。

対偕成学園、後半三十九分。

「月夜《つきよ》に釜《かま》を抜かれたなー！」

逆転ゴールを蹴り込んだのは、リオ・ハーバート。

アディショナルタイム突入直前、僕らはついにゲームをひっくり返したのだ。

8

「あー！　間違ったー！」

駆け寄った仲間たちにフィールドになぎ倒されながら、リオは再び叫ぶ。

「勧学院《かんがくいん》の雀《すずめ》が蒙求《もうぎゅう》を囀《さえず》ったー！」

どうやら興奮する余り、決め台詞を間違えてしまったらしい。心の底からどうでも良かったが、彼が殊勲《しゅくん》のゴールを決めたことも事実である。

中央へクロスを折り返した時点で、仕事が終わったとリオが考えたなら、このゴールは生まれていない。リオが走り込まなければ、圭士朗《けいしろう》さんは自らシュートを打っていただろう。二階堂《にかいどう》は躊躇《ちゅうちょ》なく前方に身を投げ出していた。勇気ある飛び出しによるビッグセーブになっていた可能性だってあったのだ。

ＧＫ《ゴールキーパー》と衝突した圭士朗さんは、ラストパスを出した瞬間に身体を浮かせていた。衝突の勢いを逃がすことに成功していた彼は、既に立ち上がり、リオとハイタッチを交わしている。

呆然とした眼差しで立ち上がれずにいる二階堂に、主審がイエローカードを提示する。時計を見ると、ゲームはアディショナルタイムに突入していた。

「穂高《ほだか》！　ＣＢ《センターバック》に戻れ！　葉月《はづき》先輩も左ＳＢ《サイドバック》に戻って下さい！」

ベンチの前に出て、歓喜に沸く仲間たちに指示を送る。

「圭士朗さんはボランチの位置まで下がって！　蓮司《れんじ》は左サイドハーフだ！　封介《ふうすけ》を投入するから、高い位置を取ってくれ！　５《ファイブ》バック、スリーボランチで守るぞ！」

表示されたアディショナルタイムは三分。しかし、終了間際の得点とゴールセレブレーションで消費された時間が追加されるだろう。

「封介！　次にボールが切れたら交代だ。ボランチでいくぞ！」

僕らは準決勝の舞台で、既に二回も苦杯を舐めさせられている。わずかな勝利の可能性も残すものか。ここからは徹底的に守ってやる。

遅延行為での警告をくらわない程度にゴールを喜んだ後で、ゲームは再開される。

この五年間、偕成学園は選手権予選では美波高校以外に負けていない。試合最終盤に生まれた逆転ゴールに、選手たちは動揺していた。

焦りを滲《にじ》ませた無謀な攻め、そういった敵のミスを見逃さないのが、ボランチに入った時の圭士朗さんである。

狩猟者《しゅりょうしゃ》のようにパスをカットすると、前線に移動した蓮司に、追いつけるはずのないロングパスを送る。蓮司は必死にボールを追ったものの、ボールはあっさりとタッチラインを割ってしまう。

偕成学園の選手は素早くリスタートをおこなおうとしたが、主審が笛でそのプレーを止めた。こちらが選手交代の準備をしていたからだ。

当然、戦術的な交代ではない。時間を使うためのものである。

交代するのは、後半十三分に天馬《てんま》と代わって入った蓮司。交代で入ったのに、再び交代でベンチに下がらなければならないというのは、ある意味で屈辱的なことだろう。けれど、蓮司の顔に悔しさはない。この交代の意味を理解しているからだ。

僕はゲームがリスタートする前に、蓮司を左サイドハーフに上げている。圭士朗さんは敵陣の一番深い位置でボールがタッチラインを割るようにロングパスを送り、蓮司は追いつけるはずもないボールを最後まで追いかけた。蓮司は交代選手からフィールドで最も遠い場所に位置することになったのだ。

時間稼ぎを汚いという人間もいる。実際、試合を見ていて、感情移入しているチームが敵にやられた時には、本当に苛立《いらだ》たしく思う。もっと正々堂々と戦って欲しいとも思う。

だが、これは戦いだ。レッドスワンの生存をかけた戦いなのだ。勝つために出来ることは全部やる。ルールにのっとった上で、出来る努力はすべてやり切ってやる。

時間をかけてフィールドを横断する蓮司に、偕成学園の応援席から容赦のない野次《やじ》が飛ぶ。

しかし、蓮司は胸を張ってピッチを後にした。

敵は蓮司が投入された左サイドを徹底的に攻め立てたものの、彼は仲間と共に最後までゴールを守り切った。ミスもあったとはいえ、自分に出来ることをやり切ったのだ。

「見たか、優雅《ゆうが》！　やってやったぞ！　お前の作戦勝ちだ！」

フィールドから出るなり感極まって叫んだ蓮司と、勢い良くハイタッチを交わす。

戦っているのはレギュラーの十一人だけじゃない。

興奮しながらベンチに下がる蓮司の頭を、仲間たちが次々と祝福するように叩いていった。


交代に伴う時間で、肉体的にも精神的にもリフレッシュを図ったイレブンは、ゲームが再開してからも一切の混乱を見せなかった。

チャンスを作らせないまま偕成の攻撃を封じ切り、アディショナルタイムが五分を経過したその時、終戦を告げるホイッスルが響きわたる。

高校選手権予選、準決勝。

二対一というスコアで偕成学園を打ち倒し、僕らは決勝への切符を手に入れる。

ついに、絶対王者、美波高校に挑戦する時がきたのだ。

第94回全国高校サッカー選手権大会
新潟県大会　選手名簿

学校名		赤羽高等学校				
監督		舞原　世怜奈	MAIBARA Serena			
マネージャー		楠井　華代	KUSUI Kayo			
背番号	位置	氏名		学年	身長	体重
1	GK	榊原　楓	SAKAKIBARA Kaede	2	189	67
2	DF	鬼武　慎之介	ONITAKE Shinnosuke	3	174	74
3	DF	城咲　葉月	SHIROSAKI Hazuki	3	176	61
4	DF	森越　将也	MORIKOSHI Masaya	3	181	75
5	DF	桐原　伊織	KIRIHARA Iori	2	192	73
6	MF	上端　裕臣	UEHATA Hiroomi	2	171	54
7	MF	九条　圭士朗	KUJOU Keishirou	2	183	64
8	MF	時任　穂高	TOKITOU Hodaka	2	162	53
9	MF	リオ　ハーバート	Leo HERBERT	2	190	77
10	MF	高槻　優雅	TAKATSUKI Yuuga	2	177	57
11	FW	備前　常陸	BIZEN Hitachi	2	191	80
12	DF	峰村　賢哉	MINEMURA Kenya	2	178	72
13	DF	籠島　哲	KAGOSHIMA Tetsu	2	175	64
14	DF	奥村　蓮司	OKUMURA Renji	2	173	61
15	MF	金澤　封介	KANAZAWA Huusuke	2	172	65
16	MF	南場　涼一	NANBA Ryouichi	2	170	59
17	MF	瀬田　啓太	SETA Keita	2	165	57
18	MF	桑山　響	KUWAYAMA Hibiki	2	163	53
19	FW	青池　億人	AOIKE Okuto	2	173	80
20	GK	相葉　央二朗	AIBA Oujirou	1	175	67
21	DF	滝澤　航平	TAKIZAWA Kouhei	1	168	64
22	MF	成宮　狼	NARIMIYA Rou	1	181	71
23	FW	神室　天馬	KAMURO Tenma	1	172	58
24						
25						

過去の成績

第93回高校サッカー選手権大会予選　　県大会２回戦敗退

第68回県総体　　県大会ベスト４

第六話　錨星の挑発

The REDSWAN Saga

1

三度目の正直で、ようやく偕成《かいせい》学園に勝利した。

試合の感想を選手一人一人に伝えていた世怜奈《せれな》先生がスタッフに呼ばれ、一足先にスタジアム内に戻っていく。本日の準決勝にはテレビ中継が入っている。一週間後の決勝戦を前に、試合後、両校の監督による記者会見が放送されることになっていた。

一試合目を戦った美波《みなみ》高校は、六対一というスコアで対戦校を粉砕《ふんさい》し、貫禄《かんろく》の勝ち上がりを見せている。インターハイベスト４の実力は伊達《だて》ではなかった。

僕らはまだ何も成し遂げていない。決勝戦で美波高校を倒して初めて、未来が拓《ひら》けるのだ。


「お前らがあんなに攻撃的に来るとは思わなかった」

こいつは試合が終わった後で、敵と喋らないと呪われる病気か何かなのだろうか。

いつものように加賀屋《かがや》がやって来る。

「過去の試合を研究したことが仇《あだ》になったのかもな。最後まで主導権を握れなかった」

「敗戦直後だってのに随分と冷静だな」

「俺はこれが最後のチャンスってわけじゃないしな」

加賀屋が目を向けた先で、堂上《どうじょう》が人目もはばからずに泣いていた。集大成の年、今年こそ王者を倒すと意気込んで臨んだ大会で、挑戦権を手に入れるより先に散ってしまったのだ。

「もしも負けていたら、僕らも先輩とプレーをするのは今日が最後だったんだな」

「嫌味のつもりか？　負けるなんて微塵も思っていなかった。そう聞こえるぜ」

「負けると思っていなかったというより、負けた時のことなんて考えていなかったって言った方が正しいのかな。美波高校対策も続けてきたしね。偕成には絶対に勝つつもりだった」

「……お前、少し変わったな。前は何を考えているのか、さっぱり分からなかったのに」

加賀屋はスタンドに視線を移す。

僕に向けられた応援弾幕に苦笑いを浮かべた後で、とある一角に目を留めた。

「負け惜しみで言うわけじゃないけど、今日のやり方じゃ美波には勝てないぜ。お前らの攻撃は見事だった。でも、骨を切らせて肉を断つみたいな戦い方じゃ、ボロボロにされるぞ」

「骨を切らせたら、そこで終戦だけどな」

ことわざの間違いを指摘したのだが、加賀屋は気付かずに言葉を続ける。

「今、新潟でナンバーワンの選手は、美波の望月弓束《もちづきゆづか》だ。お前らは昔から何を考えているか分からない奴らだったけど、最近、ようやく気付いたことがある。お前は自分に興味がなくて、弓束は他人に興味がないんだ。決勝でぶつかる相手が火花を散らしていたってのに、あの野郎、スタンドでハーフタイムには爆睡《ばくすい》してやがったからな」

加賀屋が顎《あご》で示した先に、一人の少年がいた。隣に座るマネージャーらしき少女の肩に寄りかかりながら、完全に熟睡している。あの不敵な態度は望月弓束で間違いないだろう。

中学三年生の夏、僕は年代別の日本代表合宿に招集されている。

新潟から呼ばれた選手は二人おり、もう一人が望月弓束だった。僕も彼も共に人見知りをするタイプだったけれど、同じ県出身の選手ということで、多少の交流は持っている。

合宿には体育会系ノリの若者が多かったが、弓束は良く言えばマイペース、悪く言えば周囲の空気を顧《かえり》みない男だった。摑みどころのないその性格はプレーにも反映されている。

中学まで有名なクラブチームに所属していた弓束は、熱烈なラブコールを受けて美波高校に進学したと聞く。今でも時折、日本代表に招集されることがあるようだ。

「打ち合いなんて挑んでみろよ。トラウマになるレベルで一蹴《いっしゅう》されるぞ」

「それって加賀屋は僕らを応援してくれているってこと？　選手権で県代表に結果を出して欲しいなら、美波が優勝した方が良いような気もするけど」

新潟県勢は高校選手権で優勝したことがない。

Jリーグチームの誕生に後押しされる形でサッカー人口が増え、育成環境の整備も相まって、県全体のレベルは上がっているが、未《いま》だに悲願は成し遂げられていない。

「手塚《てづか》みたいな胡散臭《うさんくさ》い監督より、美人が喜ぶ顔の方が見ていて気分も良いだろ。まあ、期待せずに見守ってやるよ。どのみち来年は必ず俺たちが美波を倒すしな」

「その美人監督が言っていた言葉を忘れたのか？　これからはレッドスワンの一強だよ」

「言うようになったじゃねえか。来年が楽しみだ。今度こそ、優雅《ゆうが》も出て来れるんだろ？」

加賀屋の請うような視線が突き刺さる。

彼は僕のことを最大のライバルと認めた上で、ずっと対戦を心待ちにしていた。

「分からない。来年のことは、まだ分からないよ」

「その回答で十分だ。やっと否定以外の単語を聞けたぜ」

満足そうに告げて、加賀屋はまだ悲嘆に暮れる偕成ベンチに戻っていく。

子どもの頃からサッカーを続けていれば、飽きるほどに敗戦を経験することになる。大切なのは敗北から何を学ぶかだ。加賀屋は来年を見据え、既に心を奮い立たせていた。


試合終了後に監督の記者会見が予定されているため、決勝進出チームには控え室が用意されている。用意された部屋に足を踏み入れると、華代《かよ》がタブレットに受信機を繋げていた。

「何やってるの？」

「もうすぐ監督インタビューが始まるでしょ。また世怜奈先生が奇天烈《きてれつ》なことを言い出すかもしれないし、皆で見ておいた方が良いと思って」

美波高校の監督、手塚劉生《てづかりゅうせい》は就任七年目、三十二歳のまだ若い男である。その特徴的なルックスと、周囲を手玉に取るような言動で、良《よ》し悪《あ》しはともかく知名度も抜群である。

個性的な二人が臨む記者会見に、不穏な予感を覚えている人間は少なくないだろう。

華代が壁際にタブレットをセットし、部員たちがその前に群がり始める。

偕成学園撃破の興奮が冷めないのか、まだユニフォーム姿の選手も何人かいる。

「皆、ちゃんと汗の処理はしたの？　風邪なんて引いたら承知しないからね」

華代は内に籠《こも》る気質の少女だが、三馬鹿トリオの問題行動に振り回され続けた結果、気付けば、先輩以外には遠慮なくものを言うようになっていた。

「ちょっと、ここで着替えないでよ！　向こうに更衣室があったでしょ！」

ユニフォームを脱ぎ出した三馬鹿トリオに、華代は容赦なくボールを投げつける。

「おい、てめえら！　女子がいるんだぞ！　ちゃんと気を遣え！」

キャプテンらしく伊織《いおり》が、その場を正そうと立ち上がったのだけれど……。

「あー！　伊織が華代ちゃんを守ったー！」

「お？　華代が好きなんじゃね？　マネージャーのことが好きなんじゃね？」

「欲シガリマセン！　勝ツマデハー！」

三馬鹿トリオの小学生レベルの挑発に、伊織が激昂する。

「てめえら、ぶっ飛ばすぞ！　さっさと更衣室で着替えて来い！」

三匹の猿が伊織に追い出され、控え室に静寂《せいじゃく》が戻る。

楓《かえで》、穂高《ほだか》、リオの三人は、試合中こそ頼りになるものの、精神面はこの一年でまったく成長していない。最近は世怜奈先生も調教を諦め、ある程度、野放《のばな》しにする方針を取っていた。

やがて、監督インタビューの中継が始まる。

そして、その会見では、誰もが予想しなかった光景が繰り広げられることになった。

2

赤羽《あかばね》高校サッカー部、通称レッドスワンの指揮を執るのは、就任二年目の舞原世怜奈《まいばらせれな》。教職四年目の二十六歳で、強豪校では異例の女性監督である。

対する県の絶対王者、美波高校サッカー部の指揮を執るのは、就任七年目の手塚劉生《てづかりゅうせい》。こちらも三十二歳と、まだまだ若い監督である。

手塚は就任三年目で初優勝を飾ると、以降、四期連続でインターハイ予選、選手権予選を制し、全国大会の常連監督となった。

世界的に見ても、サッカーほど長く重厚《じゅうこう》な歴史を持つスポーツは存在しない。そして、歴史とは裏腹に、日進月歩《にっしんげっぽ》の勢いで革命的な進化を遂げているスポーツでもある。トレンドとなった戦術、指導法が、わずか数年で時代遅れになることも珍しくない。

テクノロジーの進歩と共に、あらゆる分野がデータ化されるようになり、サッカーは経験や勘だけでは勝てない競技となった。より知性が重要視されるようになった現代において、指導現場に若い芽が台頭《たいとう》するのも、当然の流れなのだろう。


会見のテレビ中継は、準決勝を放送したローカル局でそのままおこなわれる。

会場には地方紙の記者以外にも、多くの報道陣が駆けつけていた。

SNSでその容姿が話題となり、爆発的な人気を得た世怜奈先生は、大会前に数々のインタビューに応じ、燃料を燃やし続けている。現在も世間の関心はまったく衰《おとろ》えていなかった。

緊張感のない微笑を湛《たた》える世怜奈先生の隣に座す手塚劉生もまた、不敵な笑みを浮かべていた。およそ教師らしくない長い髪の下に、黒縁《くろぶち》の眼鏡を覗かせ、自信家であることを隠しもせずに、不遜な態度で会見の開始を待っている。

『美波高校は五期連続、赤羽高校は十三年振りの決勝進出となりました。まずは美波高校からお話を伺《うかが》いたいと思います。準決勝を六対一、貫禄の勝利となりましたが感想を』

インタビュアーの質問を受け、小さく鼻で笑ってから手塚は口を開く。

『五大会連続で同じカードじゃつまらない。マスコミ的にも面白くなったでしょうね』

そっけなく述べた彼の発言からは、感情がよく読み取れなかった。

『では、続いて赤羽高校、舞原監督に今の気持ちを聞いてみたいと思います。念願叶っての決勝進出、気持ちも昂《たかぶ》っているのではないですか？』

『見当外れなコメントには、切り返しが難しいですね。五月に宣言した通り、今、県で一番強いのは私たちです。これまでの勝利と異なる感慨《かんがい》はありません』

『随分と高飛車《たかびしゃ》な女性だ。ここまで現実が見えていないと、いっそすがすがしい』

苦笑いを噛み殺しながら、手塚が口を開く。

『偕成相手の戦い方には、正直、驚きましたよ。レッドスワンは守備一辺倒の退屈なチームだと思っていましたからね。まさか、あんな牙を隠し持っていたとは』

『一週間後にはその喉元に突き刺さっていますよ。すぐに笑えなくなる』

気付けば、インタビュアーを無視した舌戦《ぜっせん》が始まっていた。

『まさか点の取り合いで、我々に勝てるとでも？』

『お山の大将を猿山から引きずり下ろすなど、造作《ぞうさ》もないことです』

『猿山ときたか。可愛い顔をしてアグレッシブな方だ』

両監督はお互いに乾いた微笑を浮かべているが、インタビュアーの表情は凍りついていた。

『準決勝にテレビ放映が入るなんて異例と言わざるを得ない。会見にこれだけの報道陣が集まるのもね。今やクラブユースの躍進にやられて、高校サッカーの権威は落ちる一方だ。舞原先生には感謝していますよ。どういう形であれ、注目を集めてくれたことに変わりはない。舞台を整えてくれたあなたに敬意を表して、こちらも一つ、火に油を注ぎましょう』

世怜奈先生から視線を外すと、手塚はテレビカメラを見据えて微笑む。

『入手した確かな筋からの情報によれば、赤羽高校サッカー部は今大会で優勝しない限り、本年度をもって、長い歴史に幕を下ろすそうです』

一瞬で会場にざわめきの波が起こる。

緊張感のない顔で飄々《ひょうひょう》と喋っていた世怜奈先生もまた、思わず表情を曇らせてしまった。

『……何の話でしょうか?』

『誤魔化さなくて良いですよ。どうせ、すぐに実現する未来だ。レッドスワンは決勝で我々に敗れ、廃部となる。せっかく出てきたライバルの命をこの手で消すのは忍びないが、負けてやるわけにもいかない。決勝戦がレッドスワンの公式戦ラストマッチとなる』

唇を真一文字に結んだまま、世怜奈先生は反論の言葉を述べない。

『赤羽高校の経営者は何を考えているんでしょうね。僕には理解出来ないが、一つ、提案出来ることもある。舞原先生、次年度はうちの高校へいらして下さい。そもそも先生は美波高校のOGらしいじゃないですか。ぜひ、うちでアシスタントコーチを務めて欲しい。あなたは修練を積むことで本物の逸材にもなれるはずだ。僕の下に来て学ぶべきです』

『妄想が捗《はかど》っているようですね』

『妄想じゃないさ。すべて真実だ。事実、あなたは否定していない』

相好《そうごう》を崩し、世怜奈先生は呆れたように笑って見せた。

『否定する必要がありますか？　そもそも決勝で勝利するのは私たちです』

『良いね。まったく面白いよ。強気な女性は嫌いじゃない。これ以上の論戦は無粋《ぶすい》でしょう。決着はフィールドでつければ良い』

　立ち上がり、それから、手塚は何かを思い出したように世怜奈先生を見つめた。

『そうだ。もう一つ大切なことを伝え忘れていました。舞原先生、決勝戦で僕が勝利した暁《あかつき》には、選手権への出場権のほかに副賞が欲しい』

『……副賞？』

『あなたにデートを申し込みます。結婚を前提に僕とお付き合い願いたい』

　あまりにも予想外の発言が飛び出し、会場に戸惑いが広がる。

　すべての視線が集中した先で、世怜奈先生は……。


「……おい。何でうちの監督は、あんなに挙動不審《きょどうふしん》になっているんだ？」

　中継画面を見つめながら、伊織《いおり》が呆れたように呟く。

　タブレットの画面越しでも、世怜奈先生が動揺していることがはっきりと分かった。先生は不審者のごとく視線をさまよわせた後、テーブルに用意されていたコップに手を伸ばす。しかし、ぎこちない動きで摑み損ね、そのままコップを床に落としてしまう。

「そういや男と付き合った経験がないって言ってたな」

腕組みをしながら中継を見つめていた鬼武《おにたけ》先輩が、そっけなく告げる。

「女子大出身だし、このサッカー漬《づ》けの生活で、出会いがあるとも思えない。恋愛に対する免《めん》疫《えき》がないのかもな」

先輩の推測を裏付けるように、コップの中身をぶちまけた世怜奈先生は、そのままの姿勢で完全に固まってしまっていた。

この人数の記者に囲まれた状況で、半分プロポーズみたいな告白である。平常心を保てという方が無理なのかもしれないが、いつもの飄々とした彼女は完全に消えてしまっていた。

会見場では、決め顔のまま手塚が颯爽《さっそう》と立ち去っていく。

『……け、決勝戦が大変楽しみになってきたと表現したら良いのでしょうか』

硬直状態の世怜奈先生を一人、画面に残し、インタビュアーが無理やり締めに入る。

『それでは次週、第九十四回全国高校サッカー選手権大会、新潟県予選、決勝でお会いしましょう。ビッグスワンのスタジアムから生中継でお送りする予定です』

あの舞原世怜奈と手塚劉生が相見《あいまみ》えるのだ。

何かが起こるかもしれないと期待した視聴者は少なくないだろう。しかし、事態は明後日の方向に飛び火し、想定外の終焉《しゅうえん》を迎えてしまった。

世怜奈先生は認めなかったものの、レッドスワンに理事会から課された存続条件までもが、衆目《しゅうもく》の前に晒されている。決勝戦に集まる注目度は、さらに増すに違いない。

その運命の日がどんな一日になるのか。最早、誰にも想像がつかなかった。

3

インタビューが終わり、世怜奈《せれな》先生が戻って来ると、速攻で三馬鹿トリオが取り囲んだ。

「ねえ、先生！　あんな奴と付き合うのか？　俺、嫌なんだけど！」

「趣味が悪いぜ！　自分のことを『僕』って呼ぶ奴は変態だ！　優雅《ゆうが》とかな！」

「エンダァアアアァー！　イヤァアアアアァ！　ウィルオオルウェイズラァヴュゥゥゥ！」

決勝点を蹴り込んだリオがホイットニー・ヒューストンを歌い上げ、楓《かえで》はどさくさに紛れて僕を馬鹿にしていた。

「あら、心配してくれたの？　ありがと」

世怜奈先生は笑顔で三馬鹿トリオの頭を撫でていく。

「動揺して見せたのは演技だよ。せっかくの決勝戦だもん。沢山の人に見て欲しいじゃない。視聴者の興味を引くチャンスだと思ったんだよね」

鬼武《おにたけ》先輩が大袈裟に溜息をつく。

「相変わらず面《つら》の皮の厚い教師だな。男に告白されたくらいで采配が鈍るなら、監督の座から引きずり下ろして、もう一度、優雅に指揮を執ってもらおうかと思ってたよ」

「なるほど。決戦前に私に何かあっても優雅がいれば大丈夫か。じゃあ、安心して死ねるね」

「監督なんですから、おかしなフラグを立てる発言は慎《つつし》んで下さい」

僕の抗議に対し、先生は小さく舌を出して、悪戯な笑みを浮かべて見せた。


激闘を終えた選手は休息を必要としている。リフレッシュのために日曜日の部活動が完全に休みとなり、月曜日から再度、決戦に向けての練習が始まることになった。

あのインタビューのせいで、決勝戦には恐ろしいまでの注目が集まるだろう。今、チームに必要なのは、練習時間ではなく、メンタルをコントロールすることだった。

舞原《まいばら》家御用達のマイクロバスに揺られ、赤羽高校に戻ると、その場で解散となる。

控えメンバーや出場時間の短かった森越《もりこし》先輩は、個人練習をおこなうためにグラウンドへと向かったけれど、レギュラーメンバーの大半はすぐに帰途についていた。

選手が練習をするというのに、コーチが帰るわけにもいかない。

グラウンドに向かうと伊織《いおり》もついてきた。肉体的には相当、消耗しているはずだが、キャプテンとしての責任感が駆り立てるのだろう。さすがに個人練習には加わらなかったものの、伊織は僕と共にベンチに座り、汗を流し続ける仲間たちに穏やかな視線を向けていた。

本日、チームを指揮したのは僕である。成し遂げた勝利による興奮状態は、簡単に冷めるものじゃない。話したいことも聞いて欲しいことも山ほどある。伊織との話は尽きなかった。

そんな風にして、三十分ほどの時間を過ごしただろうか。

「伊織、優雅」

振り返ると、華代《かよ》がベンチの後ろに立っていた。

「盛り上がっているところにごめん。少し話があるんだけど良いかな」

「どうした？　もう帰ったと思ってたよ」

想い人である華代の登場に、伊織の顔がほころぶ。こんな顔を三馬鹿トリオに見られたら、またからかわれてしまうだろう。

「あの時の話って、まだ、生きてるよね？」

伊織から視線を外して、華代が問う。

個人練習をおこなっているメンバーは、ベンチでの会話が聞こえるような距離にはいない。

「あの時の話って……俺の告白のことか？」

躊躇《ためら》いもなく言い切った伊織に対して、華代は戸惑いがちに頷く。

「随分と待たせちまったけど、次でいよいよ決勝だ。今度こそ勝利して見せるよ。チーム存続のためにも、これまで皆を支えてくれた華代のためにも」

照れという感覚がないんだろうか。こちらまで恥ずかしくなるようなことを断言する。

「……あのさ。僕、席を外した方が良いよね」

「別に構わない。すぐに終わるもの。それに、優雅に聞かれて困るような話なら、二人が一緒にいる時に話しかけたりしない」

それは、まあ、そうなんだろうけど、二人が良くても、こっちが気まずいのだ。

「これ、伊織に手紙を書いてきたの」

手にしていたファイルケースから便箋《びんせん》を取り出し、華代が差し出す。

「手紙？」

「そう。告白の返事」

「……俺、選手権予選が終わった後で、返事を聞かせてくれって言ったよな」

戸惑う伊織に対し、華代は手紙を再度、突き出した。

「試合の勝敗で結論を変えたって思われたくないから」

伊織がその便箋を受け取り……。

「決勝戦が終わるまで読まないで。今は試合だけに集中して欲しい」

「なるほど。そういうことか。分かった」

「絶対に読まないって誓って」

「俺って信用ないんだな」

苦笑いを浮かべ、伊織は受け取った手紙をポケットに入れる。

「読まないよ。絶対に読まない。俺は約束を守る男だ。美波高校を倒して、華代を選手権に連れてってやる。それも、ここで誓っておく」

「別に、そういうのは誓わなくて良いよ。サッカーだもの。どんな決着だって有り得る。期待はしてるけど、たとえどんな負け方をしても、私は皆のことを誇りに思う」

4

『この仕事にプロフェッショナルとして真摯《しんし》に取り組むのならば、24時間自分のすべてを捧《ささ》げる覚悟が必要である』

かつて日本代表監督を務め、歴代最高の勝率を残したオシム監督は、そう述べたという。

僕らはプロではないし、高校生の本分が部活動であるとも思わない。それでも、今だけはすべての時間を、この競技に捧げたいと思っていた。

偕成学園との激闘を制した翌日、日曜日。

遊びに来た伊織《いおり》と共に、一日中、美波高校の試合を見ながら研究に頭を使うことになった。

スピードとショートパスを武器にした美波は、大会を固定メンバーで戦う傾向がある。

年代別日本代表、二年生エースの望月弓束《もちづきゆづか》を中央に据え、両翼に快速の三年生を配置する。それが彼らの基本フォーメーションだ。

美波高校には体育科が存在しており、レギュラーはほとんどが推薦で体育科に入学した生徒である。

監督の手塚劉生《てづかりゅうせい》は就任以来、一貫したコンセプトで生徒を獲得していると聞く。一定以上のスピードを持っていることを、推薦入学の絶対条件としているのだ。

高速アタッカー陣を抑えるためには、それぞれの特徴を頭に入れておくことが重要だろう。


月曜日、登校すると、真扶由《まふゆ》さんが準決勝の勝利を祝福してくれた。

「決勝戦、楽しみだな」

振替授業の名目で、土曜日は全校生徒がビッグスワンに集まることになっている。

「あの会見のせいで凄いことになりそうだよね。ちゃんと席が取れるかな」

「それは大丈夫だよ。ビッグスワンの収容人数は四万人を超えているから、どれだけ大勢の人が詰めかけても、絶対にガラガラに見えるはず」

「そうかな。優雅《ゆうが》君が考えている以上に、世間は注目していると思うよ。だって全国ニュースになるくらいだもの。本当にスタジアムが埋まっちゃうかもしれない」

今、世間がどんなことになっているのか、実のところ僕はよく理解していない。

試合の度に、迷惑なほどの黄色い声援を浴びているものの、そんな状況も次第に当たり前の風景になってきた。人はこうやって嫌なことにでも順応してしまうのだろう。

「華代《かよ》に聞いたんだけど、日曜日、サッカー部、休みだったんだってね」

「準決勝は激しい試合だったしね。頭も切り替えなきゃいけなかったから……」

喋りながら愚かな僕は気付く。久しぶりの休日だった日曜日。僕は恋人にそれを伝えることも、連絡を取ることもしなかった。目前に迫る決勝戦で頭がいっぱいだった。

真扶由さんの横顔からは、感情が読み取れない。

どうして休日だったのに教えてくれなかったの？　デートは出来なかったの？　そんな風に誰かを責めるような人ではないが、彼女の心に失望にも似た感情が微塵も湧き上がらなかったかと言えば、きっとそんなことはないだろう。

「……対戦相手を分析していたら、あっという間に休日が終わっていたよ」

別に遊んでいたわけじゃない。やるべき務めを果たしながら、忙しくしていたのだと伝えることで、少しでも真扶由さんに嫌な想いをして欲しくないと思った。

「決勝戦、頑張ってね。応援してる」

真扶由さんの恋人として、これからの季節を生きていこうと思うのであれば、きっと、僕は彼女の笑顔の向こうに、繊細な何かを感じ取れるようにならなければならないのだろう。

きっと、求めるだけでも、求められるだけでも、恋というのは上手くいかないのだ。

僕は真扶由さんの想いを受け止めてみようと思ったし、その先にある自分の感情を覗いてみたいとも思ったが、部活動が始まれば彼女は頭の片隅からさえも消えてしまう。

冷たいと責められても仕方がないだろう自分に辟易《へきえき》としながら、僕はそれからの数日間を過ごしていくことになった。

5

決勝戦を二日後に控えた木曜日のお昼休み。

世怜奈《せれな》先生と共に、一人のチームメイトから呼び出しを受けた。

部室に出向くと、クラスメイトでもある備前常陸《びぜんひたち》が、いつにもまして緊張の面持ちを見せながら待っていた。昼食後に相談という話だったし、世怜奈先生が来るのはもうしばし後だろう。あの人はマイペースな上に、食事のスピードも遅い。

「昼休みを潰しちゃってごめんな」

「気にするなよ。どうせ決勝が終わるまでは、サッカーのことしか考えられない。それに、そろそろ、また相談されるかなって思ってた」

「……そういうのって分かるものか？」

「常陸の悩みは、ポジション的にも分かりやすいからね」

彼はチームの最前線、FW《フォワード》の選手だ。レッドスワンはワントップを採用しているため、CF《センターフォワード》は一人しか出場しない。そして、常陸はここまでの四試合すべてに先発したが、まだ一点も奪えていなかった。インターハイ予選から数えてみても、彼には公式戦でゴールがない。

常陸は翡翠《ひすい》島という離島の出身である。過疎《かそ》に悩むその島では、比較的、人数が少なくても出来るバスケットボールの人気が高いらしく、彼も昔はバスケをやっていたという。

空中にあるボールをやり取りする競技でもまれてきた常陸は、空間把握能力に長けている。落下地点の把握が正確なため、ハイボールの競い合いに負けないし、狭いスペースで敵に囲まれることにも慣れている。バスケ部時代に務めていたセンターというポジションで、選手が密集するゴール下を主戦場としていたからだろう。

常陸はどれだけ大勢の選手に囲まれても焦ることがない。ポストプレイヤーとしての能力だけを見れば、本当に大会屈指の選手と言えた。しかし……。

「まあ、スコア的にはFWとして不本意な成績よね」

遅れて登場した世怜奈先生が、ホワイトボードに公式戦の得点者を書き出していく。

点を取れない試合が続いているにも関わらず、現状、上背のある常陸はレギュラーの座を確約されている。チーム戦術を考えれば当然とはいえ、ここまで無得点が続けば居《い》た堪《たま》れなくなるのも無理はない。

　五月中旬に経験した地区予選で、レッドスワンは三戦全勝を収めている。スコアは四対〇、二対〇、三対〇だ。リオが四ゴールと爆発し、当時は左ウイングだった穂《ほ》高《だか》も三ゴールを決めている。残りの二ゴールは、セットプレーから伊織《いおり》と鬼武《おにたけ》先輩だ。

　続けて戦った県総体は準決勝まで五試合を戦い、十一得点六失点である。得点者の内訳は、やはりリオが三ゴールでチーム得点王。伊織が二得点、鬼武先輩、葉月《はづき》先輩、穂高、圭士朗《けいしろう》さん、裕臣《ひろおみ》、涼一《りょういち》が一点ずつだ。地区予選に比べて満遍《まんべん》なく得点者が出たが、常陸にはゴールが生まれなかった。

　そして、先月から始まった選手権予選。

　偕成戦を含めて四試合を戦い、レッドスワンは十得点を挙げている。リオが四得点、天馬《てんま》が二得点、フリーキックで圭士朗さんと葉月先輩が一本ずつ直接ゴールを決め、伊織と鬼武先輩が、それぞれセットプレーと流れの中から一点を奪っている。

「改めて見ると、リオって決定力だけは抜群ですね」

　リオは公式戦十二試合で十一ゴールを挙げている。連戦の続いた県総体では、温存で出場しなかったゲームもあったから、実際には試合数と同じだけゴールを決めている計算になる。集中力はないし、走行距離も少ないくせに、ゴールという結果だけは常に残しているのだ。

「俺はほとんどの試合で先発してきたのに、未だに一点も決めていません。優雅のアドバイスをもらってから、前より得点に絡めるようになってきたけど、やっぱり情けなくて……」

　今年の四月、ワントップの役割に悩む常陸に、僕は一つのシンプルなアドバイスを送った。

「迷った時はニアに走り込んで。身体の強さを生かしてニアで勝負した方が良い」

　味方からのパスを受ける際、後ろからのプレッシャーが少なく、余裕を持って対応出来るファーにいた方が、すべての作業はより簡単になる。だが、それでは常陸の良さが生かせない。

　常陸の仕事は前線で敵を引きつけ、チャンスを増幅させることである。もちろん、ニアで合わせてボールを処理出来るならそれが一番良い。しかし、たとえシュートやパスに持ち込めなくとも、大きな選手がニアで勝負をしてくれることは、絶対にチームの助けとなる。

「確かにゴールは奪えていない。でも、常陸の貢献度は皆が理解しているよ。ゴールやアシストを記録した選手だけが偉いわけじゃない。起点となった選手がいて、敵を引きつけてスペースを作った選手がいて、そういう積み上げがゴールに繋がるんだ」

「だけど俺がゴールを決めていれば、もっと楽に勝てたゲームだってあるだろ。それに、もう一つ心配があるんだ。このままじゃ決定力のあるリオにばかりマークが集まるんじゃないかなって。そうしたら余計にチームのゴールが……」

「確かに今のレッドスワンで一番怖いのはリオでしょうね。ほとんど守備に戻らないから、大抵、カウンターの場面では最前線を走ってるし、足でも頭でも点を取れる。リオを警戒しない理由がないわ。でもさ、それって本当にうちのチームにとってまずいことなのかな」

世怜奈先生は小首を傾げて常陸に問う。

「前線に常陸とリオ、二つのパスコースがあった時、どちらも同じ条件なら、うちのチームの選手は大抵、決定力の高いリオにパスを出す。美波高校の守備陣もそれを予想しているかもしれない。だけど、そんなことをうちの司令塔が理解していないと思う？」

レッドスワンの司令塔は、中盤の底からリズムを作り出す圭士朗さんだ。

「ここまで常陸がゴールを奪えていないこと。私はむしろ武器になるって思うんだけどな。相手がどう動くか分からないから戦術って難しいのよ。でも、常陸が得点を奪えていないお陰で、逆に敵の守備の動きを推測出来るかもしれない。動きさえ予想出来てしまえば、あとは知性の勝負になる。レッドスワンは頭脳勝負なら絶対に負けない」

世怜奈先生は常陸を真っ直ぐに見つめて力強く頷く。

「自分を信用出来ないなら、常陸のことを信じる私を信じなさい。大丈夫。常陸は間違いなく、このチームに必要な人間だよ」

誰かに必要とされること。必要とされているということを確信出来ること。

それは人間にとって、どれくらいの力になるんだろう。

フィールドでプレー出来ない今の僕には確かめようもないが、部室を出て行った常陸の顔に、もう迷いの色は浮かんでいなかった。

「……世怜奈先生って、凄く先生って感じですよね」

「藪《やぶ》から棒に何？」

頭に浮かんだフレーズを素直に口にしたら、首を傾げられた。

「先生って二十六歳じゃないですか。教師としても、サッカー部の顧問としても、まだ若輩《じゃくはい》なはずなのに、どうしてこんなに頼りになるんだろうって不思議だったんです。生徒の悩みや不安を、いつも魔法みたいに溶かしてくれるから」

「うーん。嬉しいけど買い被《かぶ》りかな。優雅は善意に誤解していると思う。私、子どもの頃は、何を考えているか分からないって、大人たちに散々、奇異の目を向けられてきたんだよ」

確かに世怜奈先生はその本心が何処にあるのか、分かりにくい人だけれど。

「でも、先生は僕らのことを、いつも正しく理解してくれるじゃないですか。世の中の教師が皆、世怜奈先生みたいに尊敬出来る人だったら良いのになって思います」

「ありがと。素直に嬉しいよ。ただ、そんな風に優雅に思ってもらえるのは、きっと私に素敵な先生がいたお陰だと思う。お師匠《ししょう》さんに感謝しなきゃだね」

「世怜奈先生にも影響を受けた人がいたんですか？」

「もちろんいるよ。その人に会えて、初めて私は私で良いんだって思えたの。人生に迷っていた頃の私に、ありのままで大丈夫だよって教えてくれた恩人」

……そうか。世怜奈先生にもそういう人がいたのか。

何だか妙にホッとしている自分に気付いた。世怜奈先生は真っ直ぐに強い人である。幾ら憧れても、自分のような人間じゃ、どれだけ歳《とし》を重ねても届きはしない。そういう人だと思っていた。

しかし、彼女にも恩師がいた。世怜奈先生に出会って、僕がようやく今を見つめられるようになったように、若かった彼女を立たせてくれた誰かが世界には存在していた。

「その人もね、高校生にサッカーを教えていたの。だから、いつか何処かの舞台で戦うことが、私の夢の一つ。もちろん、その時は圧勝して、成長した姿を見せつけるつもりだけどね」

名前も知らない。出会うことさえないだろう誰かに、心の奥で感謝を述べる。

世怜奈先生と出会えたことで、僕の人生は確かに変わった。そんな彼女を育ててくれた誰かは、きっと、僕にとっても恩人のはずだ。

連綿《れんめん》と続く絆《きずな》が世界を紡いでいくように。

彼女から学んだ何かを、いつか僕も誰かの未来に届けられるだろうか。

6

インターハイベスト4の県絶対王者、美波高校。

彼らを倒すための準備を、僕らは九月から始めている。偕成対策を始めたのが試合の一ヵ月前だったことを考えれば、遥かに入念な準備をしてきたと言えるだろう。

準決勝までの四試合、彼らの戦い方はほとんど変わっていない。対戦相手によって多少、DF《ディフェンス》陣はいじっているものの、前線に関してはそのスタイルを一貫している。研《と》ぎ澄《す》ませた最強の矛《ほこ》で攻め勝つ。畏怖を覚えるほどに、自信を前面に押し出した戦い方だ。

決戦の舞台に疲労を残さないため、前日練習は軽いメニューで構成されることになった。

いつもより短い一時間で練習が切り上げられ、個別の居残りトレーニングも禁止される。

世《せ》怜《れ》奈《な》先生は選手たちに就寝時間、起床時間の目安まで細かく指定していた。

明日、美波高校に敗れれば、レッドスワンは廃部となる。文字通りの意味で本日が最後の練習になる可能性もあるわけだが、そんな素振りを見せる者は一人もいなかった。

美波高校が格上の相手であることは分かっている。それでも、全員が自信を持って決戦に挑めるのは、論理的に構築された準備があるからだった。


練習後、伊《い》織《おり》たちと別れて校舎側にある正門へと向かう。

部活後に会いたいと真《ま》扶《ふ》由《ゆ》さんに言われていたからだ。

この季節は日が落ちるのも早い。既に街は完全に闇に染まっていた。

街灯の下、彼女の吐き出す息が白く染まっている。

「お待たせ。校舎の中で待っていたら良かったのに」

「そう思ったんだけどね。私の方が遅れてしまったかなって思ったから」

「これ、良かったら」

部室棟の自販機で買ったホットココアを彼女に手渡す。

「……ありがと」

自分の分の缶に口をつけると、血液をノックするように、温かさが身体中を走っていった。

寒さで指先に力が入らないのか、真扶由さんはプルタブを上手く開けられずに四苦八苦している。彼女の手から缶を取り、代わりにプルタブを開けてやった。

「ごめんなさい。何から何までお世話になります」

受け取る時に触れた真扶由さんの細い指は、僕とは比べ物にならないくらい冷えていた。

「それで話っていうのは？」

こんな晩秋だ。寒空の下、帰途につく生徒たちは、足早に校門を抜けていく。

言い出しにくいことなのだろうか。真扶由さんの横顔が曇る。

お喋りと言ったら語弊《ごへい》があるけれど、僕と一緒にいる時、大抵、真扶由さんは饒舌《じょうぜつ》に喋っている。こんな風に口ごもる姿は、ほとんど見たことがなかった。

「……人が行き来する場所じゃ話しにくいこと？　移動する？」

思い詰めたような眼差しのまま、なかなか話を始められない真扶由さんに問う。

「少し歩くと公園があるから、そっちに行こうか」

頷いた彼女を先導し、校門から五、六分の距離にある小さな公園へと移動した。

思えば、この公園に足を踏み入れるのも二度目のことである。真扶由さんからの予期せぬ告白を受けたその日も、練習の後で僕は圭士朗《けいしろう》さんとここに来た。

屋根の下にあったベンチに真扶由さんが腰を掛け、その向かいに身体を半身にして座る。

街灯が照らし出す公園には、僕らのほかに誰もいなかった。

「……ごめんね。明日は大切な決勝戦なのに、私なんかのために時間を取らせちゃって」

「もう準備は終わってるから大丈夫だよ。二ヵ月以上前から準備をしていたじゃね」

「そうなんだ。凄いね。吹奏楽部にも大会はあるけど、サッカー部の準備って想像がつかないな。対戦相手のことも研究するわけでしょ？」

「もちろん。強いチームを倒すためには対策を立てないと」

吹奏楽部が挑戦するのはコンクールだろうか。同じようにライバルがいるのだとしても、集中すべきことの本質は大きく異なっているように思う。

「華代《かよ》にも沢山の仕事があったんだろうな」

「うん。皆、頼りきりだったよ。決勝戦にピークがくるようにコンディション調整出来たのも、華代の計画があったからかな」

「誰が欠けてもレッドスワンじゃないってことだね。そういう絆があるって羨ましいな。チームメイトに働きを認められている華代は、幸せ者だと思う」

真扶由さんは凍《こご》える両手を吐息で温める。

冷えた風に溶けたように、世界から音が消えていた。


「……噛み殺している感情って、いつか壊れてしまうのかな」

彼女が何を言い出したのか、よく分からなかった。

「私が優雅《ゆうが》君に告白してしまったのも、そういうことだったのかもしれない。絶対に断られるって思っていたのに、告白せずにはいられなかった。押し留めていたら壊れてしまうんじゃないかってそんな風に思ったから」

思い詰めたような眼差しを見て、図らずも気付く。

「優雅君が付き合ってくれることになって、もう二ヵ月が経つんだね」

多分、これが彼女の話したかった本題なのだろう。

「凄く嬉しかった半面、ずっと恐怖みたいな感覚もあったんだ。幻滅されたらどうしよう。呆《あき》れられたらどうしようって、ずっと不安だった」

「呆れられるかもってのは、僕も同じことを思っていたけどね」

真扶由さんは真っ直ぐに誰もいない宙を見つめる。

「優雅君は今も私のことが好きではないでしょ？」

思わず戸惑ってしまうような直球の質問だった。

どんな回答を期待して、そんなことを言ってきたのだろう。真扶由さんの気持ちを推《お》し量《はか》ることさえ、鈍《にぶ》い僕には出来そうにない。

「……まだ、よく分からないっていうのが正直なところかな。ごめんね。本当はもっと、きちんと向き合えたら良いんだけど、どうしても今は……」

サッカー部のことを一番に考えてしまう。でも、それは仕方のないことだとも思うのだ。だってレッドスワンは明日には死んでしまうかもしれないのだから。

「責めているわけじゃないの。私がお願いして付き合ってもらったんだもん。そんなこと出来る義理もないし、今のままでも私は十分に幸せだから。ただ……ただ……」

小さく唇の端を噛んでから、

「やっぱり、恋人っていうのは、お互いを好きな人間同士がなるものなんじゃないのかなって、最近、強く思うの。だから、今の私たちの関係を一旦、白紙に戻して欲しくて」

「……白紙？」

「うん。友達に戻って、それから、それでも、いつか私のことを好きになってもらえたとしたら、その時に今度こそ、本当の恋人になって欲しい」

彼女はずっと、それが言いたかったのだろうか。

「僕に幻滅したのなら、そう言ってくれて大丈夫だよ。はっきり言ってくれた方が……」

「ううん。本当に優雅君を嫌いになったわけじゃないの。それは誤解しないで欲しい」

慌てたように真扶由さんは首を横に振った。

「今まで以上に、この二ヵ月で優雅君のことを好きになったような気がしているから。でも、だからこそ、やっぱりきちんと好きになってもらってから付き合いたいの」


彼女と向き合う道の上で、僕が何かを間違ってしまったんだろうか。

それとも、僕という人間にそもそも間違いがあったんだろうか。


「……分かった。真扶由さんが望む形は理解したと思う」

「ごめんね。大切な試合の前日に、こんなことを言ってしまって」

感情なんて誰のものでもないはずなのに、何を想えば良いのか分からなかった。

明日の指揮を任されていなくて本当に良かったと思う。こんな精神状態で万全の采配を振るのは、さすがに難しい。

「多分、私は明日も優雅君のことばかり見ていると思うな」

彼女の言葉を聞き、チリチリと心臓の辺りが痛んだ。

いつの間にか、心に小さな穴が開いているような気がした。

彼女自身が断言したように、僕はまだ真扶由さんに恋心を抱いていない。それなのに、どうして痣《あざ》みたいな何かが心に生まれるんだろう。

淡い想いと、拭《ぬぐ》い去れない感情を抱えながら。

僕は決戦の舞台に向かうことになった。

赤羽高等学校 VS 美波高等学校

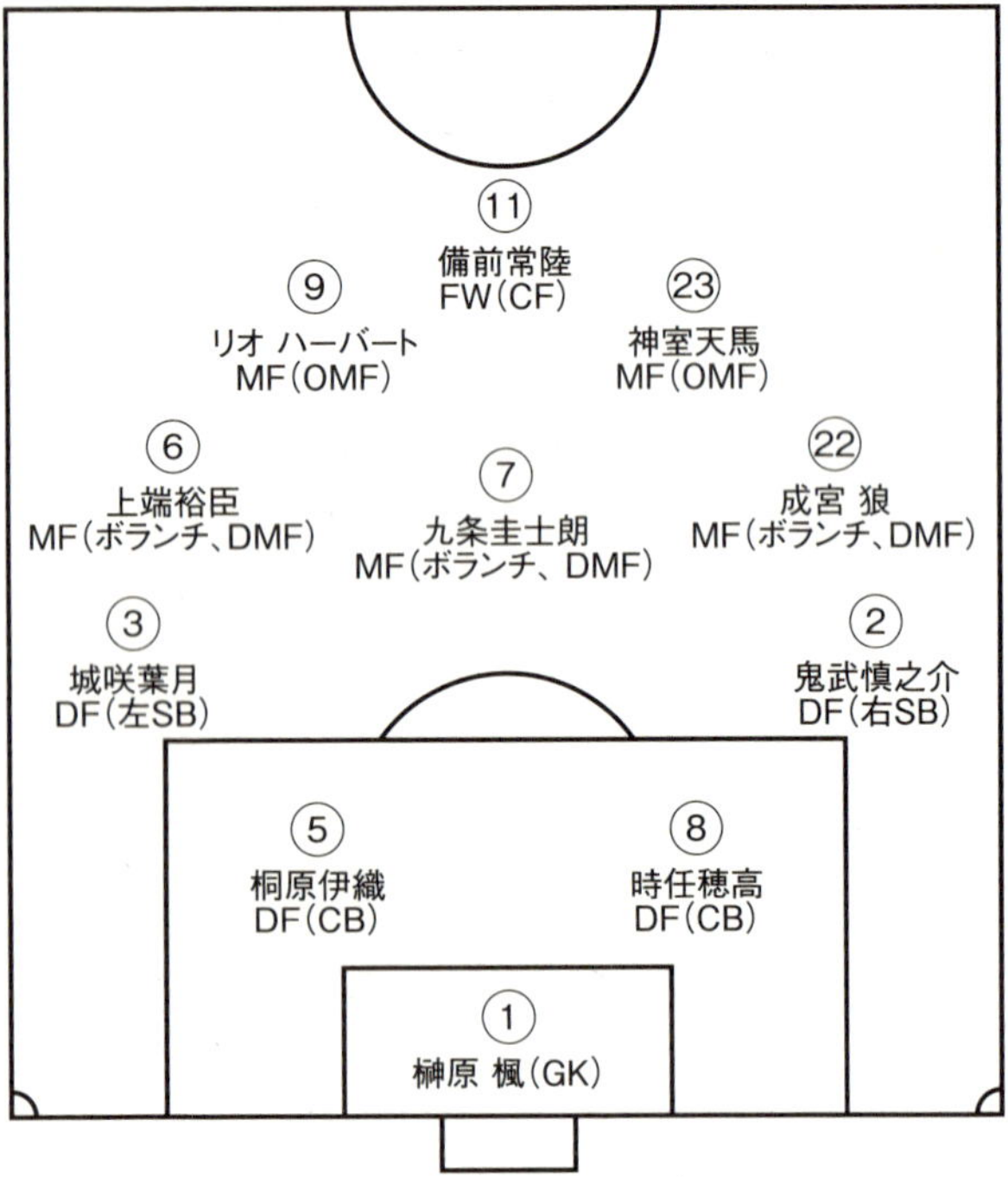

システムは4-3-2-1
()内の言葉は、そのポジションの別の呼び方。

FW フォワード
CF センターフォワード
MF ミッドフィルダー
OMF オフェンシブ・ミッドフィルダー
DMF ディフェンシブ・ミッドフィルダー
DF ディフェンダー
SB サイドバック
CB センターバック
GK ゴールキーパー

最終話　赤白鳥の星冠

The REDSWAN saga

1

ドレッシングルームでミーティングを終え、フィールドへと続く通路を抜けたその時。疑いの余地がない感動が身体の深部から湧き上がった。

高校ラグビー部が花園《はなぞの》を目指すように、高校球児が甲子園《こうしえん》を目指すように、高校サッカーに打ち込む者たちが目指す聖地と言えば国立競技場だ。二〇二〇年の東京オリンピックに合わせて改修工事が始まったため、二〇一四年を最後に使われることはなくなってしまったが、国立は長く高校サッカーの聖地だった。

しかし、僕はこれまでの人生で一度も国立に憧れたことがない。あくまでも全国大会の舞台という程度の認識であり、聖地だなんて思ったことは一度もない。僕らが憧れる舞台はただ一つ。地元のJリーグクラブがホームタウンとする、新潟スタジアム、ビッグスワンである。この美しいスタジアムこそが、子どもの頃から憧れ続けた唯一の舞台と言って良い。

四方を囲む観客の歓声に包まれると同時に、魂が芯《しん》から揺さぶられるような感動を覚えた。

決勝戦には入場料が必要になる。テレビ中継だってある。それにも関わらず座席は半数以上が埋まっていた。

両校共に全校生徒が駆けつけたとはいえ、それだけでは説明出来ない客入りだ。

準決勝に引き続き、会場には舞原吐季《まいばらとき》さんの姿もあった。陽凪乃《ひなの》さんや陽愛《はるあ》ちゃんと共に、メインスタンド一層目に座っている。

「吐季さんって先生と同じで、美波《みなみ》高校の出身でしたよね」

フィールドに立ち、風向きを確認していた世怜奈《せれな》先生に話しかける。

「僕は優勝することで、吐季さんたちに恩返しが出来ると思っていました。でも、OBとしては今日の試合、複雑だったりするんでしょうか」

「杞憂《きゆう》だよ。吐季が母校に執着《しゅうちゃく》するなんて有り得ない。そもそも吐季は中退してるしね」

引きこもりの吐季さんに対し、世怜奈先生はいつも手厳しい。ナチュラルにプライバシーを暴露すると、陽射しを避けるように手を翳《かざ》しながらメインスタンドに目を移す。

「今日は雪蛍《ゆきほ》と葵依《あおい》君も観に来てくれたのか。あれ、吐季の妹夫婦だよ」

吐季さんの隣に、見覚えのない才子佳人《さいしかじん》の男女が座っていた。

「妹さんですか。あまり似てないですね」

「似てないのは外見だけじゃないけどね。勤勉さも誠実さも吐季は妹の足下にも及ばない。私の親族だけなのかな。顔が綺麗な男って情けない奴が多い気がする。長い浮世《うきよ》に短い命、優雅《ゆうが》はあんな大人になっちゃ駄目だよ」

僕の肩に手を置いてから、世怜奈先生はアップする選手たちの下へと歩いていった。

そのままメインスタンドの様子を観察していたら、赤羽《あかばね》高校の応援席から僕に向かって手を振る少女に気付いた。視線が交錯し、真扶由《まふゆ》さんが笑みを浮かべる。

彼女に別れを告げられてから、まだ二十四時間も経っていない。

今日の決戦のこと、交際していた二ヵ月間のこと、様々な思考に囚《とら》われ、結局、昨晩はなかなか寝付けなかった。

彼女が何故あんなことを言い出したのか、今でも僕にはよく分かっていない。そして、こんな風に理解出来ないからこそ、別れを切り出されたのかもしれないとも思う。

僕の顔が綺麗かどうかはともかく、『情けない奴が多い』という先生の言葉が耳に痛かった。

真扶由さんに頷いて見せてから、ウォームアップを始めた仲間たちの下へ向かう。

本日、世怜奈先生が用意したフォーメーションは、４-３-２-１である。

ＧＫ《ゴールキーパー》、榊原楓《さかきばらかえで》（二年）。

ＤＦ《ディフェンス》、城咲《しろさき》葉月《はづき》（三年）、桐原《きりはら》伊織《いおり》（二年）、時任《ときとう》穂高《ほだか》（二年）、鬼武《おにたけ》慎之介《しんのすけ》（三年）。

ＤＭＦ《ディフェンシブミッドフィルダー》、上端《うえはた》裕臣《ひろおみ》（二年）、九条《くじょう》圭士朗《けいしろう》（二年）、成宮《なりみや》狼《ろう》（一年）。

ＯＭＦ《オフェンシブミッドフィルダー》、リオ・ハーバート（二年）、神室《かむろ》天馬《てんま》（一年）。

ＦＷ《フォワード》、備前《びぜん》常陸《ひたち》（二年）。

三枚並んだボランチの底に圭士朗さんが、一列目はリオが左、天馬が右に位置している。

先発メンバーは偕成戦《かいせい》から変わっていない。敵にとっては驚きのない陣容だろう。

先発メンバーが予想通りだったのは、美波高校も同様である。守備陣にこそ、いつもと違う顔があったけれど、中盤より前の構成は変わっていない。二年生エースの望月弓束《もちづきゆづか》、三年生の延原龍樹《のべはらたつき》と柾木比呂也《まさきひろや》、見慣れた顔触れがスリートップに並んでいた。

「お手並みを拝見といきましょう」

ベンチに座り込んでいた世怜奈先生の下へ、敵の指揮官が挨拶にやって来る。

手塚劉生《てづかりゅうせい》、選手権予選を四連覇中の名将だ。その手腕《しゅわん》に疑いはないとはいえ、会見場でのこともある。二人きりにしない方が良いだろう。

世怜奈先生は手塚から分かりやすく目を逸らしていた。聞こえない振りでもしているのだろうか。

「そう邪険《じゃけん》にされると、さすがに傷つくなぁ。なんてことを言うタイプだと思いますか？」

「……知りません。興味ありません。私、試合前に敵と話すつもりはないですから」

世怜奈先生の拒絶に苦笑いを浮かべながら、手塚はレッドスワンのベンチに腰掛ける。

「ほら、笑顔を作って。多分、僕らのことを抜いているカメラがありますよ」

世怜奈先生はしかめ面のまま、その場に立ち上がる。

「お喋りな人は嫌いです。目立ちたがりな男も嫌いです」

「この一週間、僕のことを忘れられなかったでしょ？　会見場でも動揺していたじゃないですか。今更、取《と》り繕《つくろ》っても遅いと思うな。まあ、良いや。もう二人の絵も撮れただろうし戻りますよ。次にあなたを訪ねるのは、その涙を慰める時だ」

自分たちが負けるなどとは夢にも思っていないのだろう。

手塚は最後まで笑顔を崩すことなく、美波高校のベンチへと戻っていった。

「絶対に勝ちましょうね」

ベンチの前で先生に告げると、疲れたような苦笑いが返ってきた。

「立ち直れないほどに打ちのめしてやりたいけどね。今日も敵のエースは絶好調。気合いで勝てる相手でもない。挑発には乗らないわ」

「……挑発ですか？」

「手塚は見た目の軽さより数段、思慮深い。相手の監督が女だからって、鼻の下を伸ばしているだけの無能じゃない。一週間前の会見で、うちのオフェンスを褒めてきたことも、勝利宣言をしてきたことも、すべては私を挑発するためよ。打ち合いなら美波は負けないからね」

「だとすれば、準備してきたことは間違っていなかったということになりますね」

世怜奈先生はにっこりと微笑む。

「どれだけ挑発されても、絶対に打ち合いには応じない。勝利のために徹底的に守ってやる。

準備してきたやり方で淡々と戦うだけよ」

2

敵将、手塚劉生《てづかりゅうせい》はレッドスワンがどんな戦い方を見せると予測していたんだろう。

一週間前の会見で彼は、こちらが準決勝で見せた攻撃的な姿勢を評価していた。とはいえ決勝戦でレッドスワンが守備的に戦ってくることは、ある程度、予測していたに違いない。しかし、僕らがここまで極端に引いて守るとは考えていなかったはずだ。

左に位置する美波高校のベンチ、手塚の顔には、呆れにも似た苦笑いが浮かんでいる。

キックオフからのわずかな時間で意図が理解出来るほどに、こちらの布陣は露骨だった。

一概に守備的に戦うと言っても、様々なやり方がある。単純に守備の選手を増やしても良いし、全員でブロックを形成しても良い。攻撃時に敵のウィークポイントを突くように、守備では敵のストロングポイントを潰すのが基本となる。

今日の試合でレッドスワンが取った戦術は、最終ラインを徹底的に下げることだった。

普段、レッドスワンの最終ラインは、他のチームと比べ、かなり高い位置に設定される。穂高《ほだか》が加わる前の守備陣は、戦術理解度が非常に高かった。

森越《もりこし》先輩は二年生まで文系首席だったし、伊織《いおり》は圭士朗《けいしろう》さんに次ぐ理系次席である。知力の高い二人が、ＳＢ《サイドバック》と連携して仕掛けるオフサイドトラップは、チームの武器の一つだった。

最終ラインを高く保てば、榊原楓《さかきばらかえで》の飛び出しを存分に生かすことも出来る。ＧＫ《ゴールキーパー》と最終ラインの間にスルーパスを送られても、楓がいる限り、ほとんどピンチには陥らないのだ。

しかし、この試合に限ってのみ、世怜奈《せれな》先生はこれまでのやり方を完全に放棄した。

美波高校の監督に就任して以来、手塚は一貫して俊足の選手を推薦で獲得している。激しいプレスを前線から仕掛け、ボールを奪ったら即興で芸術作品を作り上げるように、スピードで敵を粉砕する。戦術に鑑《かんが》みれば、望月弓束《もちづきゆづか》、延原《のべはら》、柾木《まさき》のスリートップは最適解《さいてきかい》だろう。

手塚が現在のチームを、美波高校史上最強と自負するのも理解出来る。

世怜奈先生はそんな美波高校のオフェンスに対して、四人のＤＦ《ディフェンス》、三人のボランチ、七枚の壁をゴール前に配置していた。敵のスピードを殺したいなら、スペースを与えなければ良い。ペナルティエリアを数の力で無理やり塞《ふさ》ぎ、敵の得意な攻めを封じ込めたのだ。

ボールを奪っても攻撃は前線の三人に任せ、七人はカウンターを潰すために自陣に待機する。たった三人で美波高校の激しいプレスをかわすことは出来ない。アタッキングサードにすらボールを運べない状態が続いていたが、ここまでは敵にもチャンスを作らせていなかった。

スペースがない状態では、自慢の足の速さを生かせない。

葉月《はづき》先輩が守るレッドスワンの左サイドに、敵ウイングの延原が何度もアタックを仕掛けていたけれど、ことごとく止められていた。延原のドリブル突破を仕留める度に、葉月先輩はコーナー付近に設置されたカメラに向かって勝利のパフォーマンスを見せている。

学力が壊滅状態の葉月先輩にとって、今大会は推薦を獲得するための貴重なアピール機会だ。いつも以上に研《と》ぎ澄《す》まされた集中力を発揮している。

敵のエース、望月弓束はさすがのテクニックを見せ、密集地帯でも一人、違いを作り出していたが、スペースのない場所で、敏捷性《びんしょうせい》に優れる穂高と、桁外《けたはず》れのパワーを誇る伊織を同時にかわすことは出来ない。決定機を生み出すまでには至っていなかった。


前半戦も二十分を過ぎると、手塚の指示で敵は攻め方を変えてくる。

ゴール前の壁を突破するのではなく、ミドルシュートで状況を打開しようとしてきたのだ。遠目からのシュートによって、守備陣を釣り出そうというのだろう。

しかし、現状、バイタルエリアはレッドスワンの司令塔、九条圭士朗《くじょうけいしろう》の支配下にあった。

サッカーではスピードやスタミナといった要素に加え、もう一つ、欠くわけにはいかない重要な身体能力がある。それは、両目の『視力《しりょく》』だ。

アレルギー性結膜炎《けつまくえん》の問題でコンタクトレンズを使用出来ない圭士朗さんは、スポーツゴーグルを着用してプレーしている。とはいえ、近眼《きんがん》だからといって彼が視力に恵まれなかったと判断するのは早計だ。一概に視力と言っても、その能力には様々な種類がある。

移動する物体を捉える『動体視力《どうたいしりょく》』は、スポーツ選手にとって欠かせないものだろう。だが、サッカーではそれ以外にも重要な視力がある。

その一つは、距離を掴む『深視力《しんしりょく》』だ。圭士朗さんは遠近感や立体感を掴むこの能力に長けているため、誰よりも正確なパスを繰り出せる。加えて、一瞬にして多くの情報を得る『瞬間視《しゅんかんし》』にも恵まれており、攻守において敵の位置情報を常に的確に把握していた。

圭士朗さんは圧倒的な身体能力を持つ選手ではない。楓や伊織、リオといったプレイヤーと勝負する際、ただのフィジカル勝負であったなら、ほとんど勝つことは出来ないだろう。

しかし、一度《ひとたび》、フィールドに立てば攻守において凡百《ぼんびゃく》の選手とは一線を画すプレーを披露《ひろう》する。それは、圭士朗さんが優れた視力と頭脳を持っているからだった。

危険なスペースを誰よりも早く察知し、圭士朗さんがそのことごとくを潰すため、美波高校のミドルシュートは、ほとんど脅威を作り出せていなかった。

「片腹痛いぜ！　そんなシュートが入るわけねえだろ！　靴選びからやり直せ！」

敵のミドルシュートを難なくキャッチした守護神の楓が、傲岸不遜《ごうがんふそん》に言い放つ。

「枠に飛ばせよ！　俺に仕事をさせろ！　時間稼ぎでもしてんのか！」

「だから入るわけねえだろ！　威力が弱すぎんだよ！　ちゃんとミートしろ！」

「これじゃ俺の実力が示せねえんだよ！　少しくらい惜しいシュートを打てよ、無能ども！」

敵のシュートを止める度に、楓の罵詈《ばり》雑言《ぞうごん》がフィールドに響きわたっていた。

挑発の言葉に敵が腹を立てれば立てるほど、楓は嬉々《きき》としてその能力を発揮し始める。

これは僕の持論だが、高校サッカーでもミドルシュートが決まるのは、ひとえにGKのレベルが低いからだ。弾丸シュートが決まるシーンなど、ほとんど見た記憶がない。決まるのは大抵、目測を誤ったGKの頭上を越えるループ気味のシュートである。

ほとんどのチームのGKは百七十センチ台だ。リーチがものを言う場面が最も多くあるポジションなのに、百八十センチに届くGKすら、高校レベルの大会では数が少ない。

新潟大会に出場したGKで最高身長の百八十九センチ。抜群のジャンプ力と反射神経。必要な要素をすべて兼《か》ね備える楓から、簡単にミドルシュートでゴールを奪えるはずがなかった。

もちろん、美波高校の選手たちは並の選手ではない。実際、エースの望月弓束はペナルティエリアの外からでも、驚くほどに強烈なシュートを放っている。だが、そんな彼に対しても、万全の態勢からシュートを打てないよう、圭士朗さんが常に身体を寄せていた。

二ヵ月前からチームは強豪校との練習試合において、何度もこの形を試している。

この守備陣形で最も怖いのは、ミドルシュートが味方に当たって、コースが変わってしまうことだ。人間の身体は一瞬で逆方向に移動出来るようには出来ていない。楓は反射神経に優れるが故に、ディフレクションしたボールへの反応を苦手としている。

十分な距離がある位置からのシュートには、ギリギリまで身体を寄せるが、ブロック出来る自信がないなら、不用意に足を出さないことが徹底されていた。全力で打ったロングシュートなど、そもそもほとんど枠内には飛ばない。仮に飛んでも楓ならば対処出来る。

あらゆるパターンを想定して、今日まで完璧に準備をしてきた。
前半戦、美波高校には十本以上のシュートを打たれ、こちらは一本も打てていない。
それでも、スコアは〇対〇のままだ。サッカーはシュート数を競う競技じゃない。

夢の舞台を目指す決勝戦。
レッドスワンの命運は、後半戦に持ち越されることになった。

3

ハーフタイムのドレッシングルームには、飽和しそうな熱気が満ちていた。
表層的に見れば、絶望的なまでに攻め立てられた前半戦だっただろう。美波高校は過去に対戦したどんなチームよりも破壊力のあるオフェンス陣を擁《よう》していた。こんなに多くのシュートを浴びたのは初めてである。それでも、僕らは食い止め続けることに成功した。

「優雅《ゆうが》。向こうのシュート数を教えてくれ」

鬼武《おにたけ》先輩に問われ、チームスタッツを集計していたタブレットを開く。

「被シュートは十四本、枠内シュートは六本で、楓《かえで》のキャッチが五つです」

「思ったよりも枠内に飛ばされたな」

「枠内シュートの半分は望月弓束《もちづきゆづか》です。やはり彼が一番危険ですね」

現在のチームになって以降、鬼武先輩はほとんど笑顔を見せなくなった。チームを叱咤《しった》するために感情を見せることはあっても、常に浮かれることなく戦況を見つめている。

「常陸《ひたち》、守備に下がりたくなるのは分かるが、お前に引っ張られて、向こうのＤＦ《ディフェンス》陣まで上がってきている。そのせいで跳ね返したボールを、ストレスなく拾われているんだ。トップはあまり下がり過ぎるな。ラインを押し戻すのもお前の仕事だ」

もともとＣＦ《センターフォワード》だった鬼武先輩の助言を受け、常陸は緊張の面持ちで頷く。

「受信の準備が出来ました。丁度、ハーフタイムコメントが始まるみたいです」

壁際で作業をしていた華代《かよ》の声が届く。

本日の決勝戦は、地上波で生中継されている。ハーフタイムに監督インタビューがおこなわれることになっており、世怜奈《せれな》先生はドレッシングルームに戻って来ていない。

受信機に繋がれたタブレットが壁に立てかけられ、全員がその前に集まる。

『王者の貫禄を見せ、赤羽高校を圧倒していたように思います。ゴールが生まれていないことが不思議なくらいの前半だったように思いますが』

インタビュアーにマイクを向けられた手塚劉生《てづかりゅうせい》は、不機嫌そうな顔で横を向いた。

『舞原《まいばら》先生！　僕はあなたを買い被っていたのかもしれない。お願いですから、あまり失望させないで頂きたい！』

手塚の言葉を受け、カメラが現場を俯瞰《ふかん》で捉える。フィールドの外、陸上トラックの一角に設けられたブースに佇む世怜奈先生は、相変わらず緊張感のない微笑を浮かべていた。

『仰《おつしや》っている意味がよく分かりません』

『高校生にこんな戦い方をさせて恥ずかしくないのですか！　あんなのはサッカーじゃない。あなたたちが見せたようなサッカーを、アンチフットボールと言うんだ！』

『それは負けた時の言い訳ですか？』

手塚が言わんとしていることなど百パーセント理解しているくせに、世怜奈先生は何を言っているのか分からないという体《てい》で、痛烈な挑発を口にした。

『こんなやり方で勝って嬉しいんですか？　狙っているのはＰＫ戦でしょう？　延長戦まで守りきり、運で勝負する。ああ、運という言葉は訂正しましょう。ＧＫ《ゴールキーパー》の力量は残念ながら、そちらが上でしょうからね。だが、そんなのは作戦じゃない。最初からＰＫ戦を狙うなんて、学生に取らせるべき戦術じゃない！　こんな卑怯《ひきょう》なやり方で選手権への切符を勝ち取っても価値などない！』

レッドスワンが見せた徹底的に自陣に引きこもる戦い方に、手塚は激昂していた。彼が標榜《ひょうぼう》するのは、失点してもそれ以上の得点で打ち勝つ攻撃的なチームだ。

手塚の哲学と世怜奈先生の戦術は、根本から嚙み合わない。

『舞原先生、あなたは若過ぎるんだ。二十六歳という年齢で、チームを決勝まで導いた手腕は認めます。だが、高校サッカーは教育の一環だ。監督は指導者として子どもたちに正義を見せる義務がある。僕はあなたの戦い方を容認出来ない。どんな手を使ってでも打ち倒し、レッドスワンの息の根を止めさせてもらいます。あなた自身も正しい指導者について学ぶべきだ。僕の下に来て下さい。それだけの才能を、こんな風に浪費するなんて愚弄《ぐろう》でしかない！』

大袈裟な身振りと共に、手塚は世怜奈先生に熱く語っている。

こんなハーフタイムの光景、見たことがない。全国何処を見回したって前代未聞《ぜんだいみもん》なはずだ。

『手塚先生、試合前にお伝えした言葉を覚えていますか？』

カメラの映像が切り替わり、世怜奈先生を真正面から捉える。

そして、彼女の唇から零れ落ちたのは……。

『私、お喋りな男は嫌いです』

4

舞原世怜奈《まいばらせれな》と手塚劉生《てづかりゅうせい》の十年は語られるだろう舌戦《ぜっせん》を経て、決戦は後半へと進む。

監督のプライドと名誉を守るため、絶対に負けるわけにはいかない。そんな気持ちを抱えているのは両軍共に同じだろう。手塚は世怜奈先生の采配を一刀両断に切り捨てたが、レッドスワンの中に手塚に同意する者などいない。

僕たちは世怜奈先生の覚悟と哲学を知っている。

延長まで守り切り、ＰＫ戦で勝利するつもりだと、手塚は断言していたけれど、そんなことは考えていない。ＰＫ戦には運の要素がつきまとう。そんな不安定な作戦を選ぶものか。

僕らは美波高校を打ち倒すため、後半にはまったく別のプランを用意していた。

後半戦の頭から美波高校のベンチは動く。

ＳＢ《サイドバック》とボランチをベンチに下げ、新たに二人のＦＷ《フォワード》を投入してきたのだ。レッドスワンに攻め気なしと判断し、守備陣を削って前線の枚数を増やしたのだろう。

交代で入ってきたＦＷは、美波高校の登録選手の中で最も身長が高かった。彼の投入により、空回《からまわ》り続けた空中戦にも活路を見出《みいだ》すつもりだろうか。

「面白いくらいにこっちの手の平の上で踊ってくれるね」

隣に立つ世怜奈先生が楽しそうに呟く。

FWを五枚にするという采配は思い切った手である。奇抜な手を打つことで、こちらの動揺を誘ったのかもしれないが、高さのあるFWについても、強力なミドルシュートを打てるもう一人のFWについても、その特性は既に選手の頭に入れてある。想定内のカードだった。


ゲームの流れに変化が起こったのは、後半開始から五分も経たない頃だった。

奪ったボールを足下に収めた圭士朗《けいしろう》さんが、プレスにきた選手をかわし、前線にドリブルでボールを運び始める。圭士朗さんはチーム内でも取り分けキープ力に長《た》ける選手である。しかし、これまではほとんどの場面で、簡単に前線の三人にボールを配給していた。

突如始まったドリブルに慌て、中盤の選手が遅れ気味にスライディングタックルを試みる。

次の瞬間、足を引っかけられた圭士朗さんは、勢いそのままにボールを掴みながら転倒していた。即座にホイッスルが吹かれ、本日、初となるイエローカードが提示される。

圭士朗さんが倒されたのは、ハーフウェイラインより十メートルほど自陣側のエリアだった。

この位置なら、近くの仲間にショートパスを通して、ゲームを再開するのが定石《じょうせき》だろう。

ところが、圭士朗さんはすぐにリスタートすることはしなかった。その隣に、左サイドから葉《は》月《づき》先輩が近付き、後方から伊織《いおり》も歩み寄る。

「ナイスプレー。この後も期待してるぜ」

伊織は圭士朗さんの肩に手を置いた後で、そのまま前線へと歩いていく。

怪訝《けげん》の眼差しを浮かべた美波高校の選手たちも、やがて目の前で展開されようとしていた事態に気付く。右ＳＢの鬼武《おにたけ》先輩もまた、前線へと歩みを進めていたからだ。

ボールをセットした圭士朗さんは、葉月先輩と共に助走のための距離を取る。

美波高校のベンチに目を向けると、手塚が憎々しげな眼差しを圭士朗さんに送っていた。彼もこちらがやろうとしていることに気付いたのだ。

美波高校のペナルティエリア内に、伊織、リオ、常陸《ひたち》、三人の長身選手が集まる。その周囲に衛星のように、鬼武先輩と天馬《てんま》が位置し、残りの選手は全員が自陣エンドに引いていた。

どれだけテクニックに優れていても、どれだけスピードで勝っていても、高さとパワーに任せたセットプレーでは、その長所が上手く生かせない。ファウルを受けた位置がどんなにゴールから遠くても、無理やり得意なフィールドに持ち込んで勝負する。

身長を百九十センチ台に乗せた三人を前線に送り込み、決定力のある二人に零れ球を狙わせる。それが、この決勝戦のために準備してきた『長距離セットプレー』だった。

敵ペナルティエリアで待ちかまえる味方までの距離は、およそ四十メートル。

圭士朗さんや葉月先輩でも、そこまで正確なボールは配給出来ないだろう。しかし、距離が遠いということは、それだけボールの滞空時間も長いということである。落下地点の把握能力に優れる常陸を筆頭に、長身三人の誰かが先に触れる確率は高い。

長い助走から圭士朗さんが高さのあるボールを蹴り込み、伊織と常陸の待つファーへと飛んでいく。落下地点はペナルティエリアの中だが、GK《ゴールキーパー》が飛び出せる位置ではない。マークをものともせずにジャンプした常陸は、頭一つ抜け出した状態から、身体を捻って真横にボールを落とす。そのボールにニアで待ちかまえていたリオ、ペナルティエリアの外で待ち受けていた鬼武先輩、天馬の三人が走り込む。

ボールに最初に追いついたのは天馬だった。

走り込んだ勢いのまま、その左足が振り抜かれる。

身体を投げ出したCB《センターバック》にブロックされてしまったが、それは、レッドスワンがようやく一本目のシュートに成功した瞬間だった。

跳ね返ったボールは、美波高校の快速ウイングに先に追いつかれてしまったものの、レッドスワンは自陣に五人を残しているため、十八番《おはこ》のカウンターは発動しない。

セットプレーが不発に終わった瞬間から、伊織と鬼武先輩は全速力で自陣に戻っている。

こちらの守備意識はまったく低下していない。リスクを冒すことなくチャンスを演出して見せたのだ。

たった一本のシュートで流れを変えられるほどに甘い敵ではない。

再び美波高校は人数をかけて攻めてきたが、形成したブロックを上手く使い、最終的にはパスミスを誘う形でボールを奪うことに成功した。

こちらのものになったボールが圭士朗さんに集まり、再び彼が前を見据える。

先ほど突破を許した敵ボランチが進行方向を塞《ふさ》ぎ、連動するようにもう一人のMF《ミッドフィルダー》が横から激しいプレスをかけたものの、圭士朗さんはあっさりと左サイドにボールを送っていた。

スペースでボールを受けた左SBの葉月先輩は、そのまま前方へとドリブルを開始する。

外連味《けれんみ》たっぷりのドリブルで一人をかわすと、さらに前進を続ける。

美波高校の守備の持ち味は徹底した激しいプレスにある。猛烈な勢いで守備に戻った敵ウイングがショルダーチャージを試み、葉月先輩はボールを掴みながら転倒した。

即座に再び、フィールドが笛の音で切り裂かれる。

「さて、敵に打つ手はあるのかしら」

テレビ中継を意識しているのか。葉月先輩は立ち上がると、拾ったボールを人差し指の上で回転させて見せる。まったくもって無駄なアクションだったけれど、どの道すぐにリスタートは出来ない。先輩が何をして時間を潰そうが警告を受けることはないだろう。

ファウルを受けた位置は先ほどより後ろだったが、ゴールまでの距離など関係ない。今後はどんな位置でファウルを受けようが、すべてを長距離のセットプレーに変えていくからだ。

美波高校は八十分以内にゲームを決めるため、後半開始からFWを二枚投入してきた。自分たちのボールになる度に、前線に人数をかけて攻め上がってもいる。

　しかし、僕らはそんな彼らの動きを、ファウルの度にすべてキャンセルさせてもらう。最後尾から伊織と鬼武先輩が前線に上がるため、移動だけでも時間を消費するし、レッドスワンが持つセットプレーの破壊力は、たった一度で分かったはずだ。こちらのセットプレーを止めるために、敵はほとんど全員が自陣に戻らざるを得ない。

　敵がスピーディーな戦いを望むなら、僕らは徹底的に邪魔をする。

　敵が前線に多くの人数を割くのなら、力ずくで後方に押し戻してやる。

　彼らの土俵《どひょう》じゃない。僕らの土俵に引きずり込んで戦うのだ。


　前半戦、美波高校は僕らに一本もシュートを打たれていない。

　ハーフタイムはほとんどの時間を、オフェンスの再構築に使ったことだろう。

　突如始まった予期せぬ反撃に、彼らは動揺の色を隠せないでいた。

　ハーフタイム、選手を送り出すにあたり世怜奈先生はこう言った。

「後半は慎之介《しんのすけ》、葉月、圭士朗さんに、自陣でのドリブル突破を許可します。積極的に仕掛けてファウルをもらっていきましょう。周りの選手は必ずカットに備えて後方のリスクケアに走ること。倒された場合はボールを手で抱え込むこと。その二つを守れば簡単にはピンチに陥らないわ」

ジャッジをおこなうのは人間である。ピッチを走り回ってプレーを判断する主審が、常に最適な位置から見ているとは限らない。

だからこそ、倒れた時には極力、ボールを摑む必要がある。そうすれば仮にファウルを取ってもらえなくともハンドになり、プレーを止めることが出来るからだ。


三度目の長距離セットプレーは、鬼武先輩がもらったファウルから始まった。

伊織がヘディングで落としたボールを常陸が拾い、斜め四十五度の位置でフリーとなる。

ゴールマウスと常陸の間を遮《さえぎ》る者はない。

「突き刺せ！　常陸！」

ラストパスを送った伊織の檄《げき》を受けて、常陸がその右足を振り抜く。

渾身の力で蹴り込まれたシュートに敵GKは反応出来なかったが、ボールはニアポストを叩いてピッチ外へと逸れてしまった。

スタジアムに大きな悲鳴と歓声が上がる。

常陸はここまで公式戦でノーゴールが続いている。祈りを込めたシュートだったが、またしてもボールはゴールマウスから嫌われてしまった。

「何でだよ！　どうしていつも！」

地面に拳を突き立てて悔しがる常陸の背中を、伊織が強く叩いた。

「次に決めれば良い！　チャンスなんて幾らでもあるんだ！　守備に戻るぞ！」

ゲーム開始から既に六十分が経過している。

今のシーンは両チームすべてのチャンスを合わせても、間違いなく最大の絶好機だった。ゲームには流れというものがある。チャンスで決め切れないことで、相手に流れが渡ってしまう場合も少なくない。しかし、今回に限っては逆だった。

前半の一方的な展開が嘘のように、美波高校の前線は停滞していく。

県ナンバーワンFWの呼び声高い望月弓束《もちづきゆづか》でさえ、その持ち味を発揮出来ていない。彼は尻上がりに調子を上げてくるタイプだが、前線に人数を増やし過ぎたせいで渋滞が起こり、スペースで生きる彼の良さが消されてしまっているのだ。

「ファウルに気をつけろ！　ドリブルがあるのは、2番、3番、7番だけだ！　パスコースを分断しておけば、恐れるレベルじゃない！」

ファウルを犯さなければ、セットプレーのピンチも生まれない。手塚は挑発にも聞こえる指示をチームに送ったけれど、すぐに次の展開がやってくる。

自陣深くに引いていたＤＦ《ディフェンス》の四人が不意にラインを上げ、オフサイドを取ったのだ。

オフサイドが発生した場合、最終ラインがあった位置からゲームはリスタートされる。大抵、自陣の深い位置がリスタート地点になるため、ボールはＧＫ《ゴールキーパー》が蹴る場合が多い。ところが今回も葉月先輩がボールをセットする。『超長距離セットプレー』に繋げるためだった。

そして、再び、美波高校の動揺を誘う光景がフィールドに実現する。

伊織と鬼武先輩に加え、さらにもう一人、前線に歩き始めたプレイヤーがいたのだ。

フィールドの光景を目の当たりにし、手塚は頬を引きつらせてこちらに視線を向けてくる。

彼が驚くのも無理はない。ペナルティエリアに入った選手は四人。

伊織、常陸、リオに加えて、ＧＫの榊原楓《さかきばらかえで》までもが前線に上がっていた。

負けているゲームの最終盤、セットプレーで上背のあるＧＫが上がりを見せるのは珍しい話じゃない。カウンターやロングシュートで失点するリスクを負うことになるものの、自分たちがゴールを奪えない限り、どのみち敗戦の運命は変わらないからだ。

だが、ゲームはまだ十五分以上残っている上に、レッドスワンは負けているわけでもない。無失点で抑えてきた努力も、ここで失点してしまえば水泡《すいほう》に帰《き》す。奇策中の奇策と呼べる作戦だった。


ボールの前に位置しているのは、葉月先輩一人だけである。

超長距離のボールを蹴る場合、精度以前に届くか届かないかという問題が発生する。

インサイドキックに使用する太ももの内側の筋肉、内転筋《ないてんきん》のパワーに優れる葉月先輩にキッカーを任せ、圭士朗さんはカウンター対策の守備位置についていた。

ペナルティエリアでは楓の登場により、マークに再び混乱が生じている。

楓の身体能力の高さも、ＧＫにコンバートされるまでは前線の選手だったということも、敵は把握しているだろう。

「おいおい、笑わせるな！」

混乱する敵選手の中心で、楓は声を張り上げる。

「俺のマークが一人で足りるわけねえだろ！　もっと来い！　最低三人は必要だ！」

鬱陶しいくらいに大袈裟な男だったが、楓がマークの必要な選手であることに疑いはない。

「葉月先輩！　ここに落としてくれ！　一回チャンスがあれば十分だ！　一人残らず跳ね飛ばして、ぶち込んでやるぜ！」

「イエス！　楓！　イエス！　月夜《つきよ》に釜《かま》を抜いてくれ！」

「ノー！　リオ！　ノー！　勧学院《かんがくいん》で囀《さえず》るぜ！」

久しぶりに三馬鹿トリオの仲間が前線に現れ、無駄にテンションが上がっているのだろう。

ニュージーランド人が意味不明な奇声を上げ、楓も釣られて天に向かって吠えていた。

「……あの猿たちは、どうしてゴールを決める前からあんなに自信満々なんだろう」

呆れ顔で華代《かよ》が呟く。

「穂高《ほだか》！　何で前線に上がろうとしているの！　持ち場を離れたら、補習十時間だからね！」

騒ぎ立てる楓とリオを見て、いてもたってもいられなくなったのか、フィールドの奥から穂高がこっそり前線に上がろうとしていた。

「油断も隙《すき》もない」

「あいつらには緊張感ってものがないんですかね」

後半二十三分、スコアは未だ動いていない。

ギリギリの戦いが続いているものの、三馬鹿トリオには気負った様子がまったく見られなかった。気まぐれな楓とリオはいつものことだが、CBとしての公式戦も五試合目を迎え、ようやく穂高にも気持ちの余裕が生まれてきたのだろう。

ボールをセットした葉月先輩は、小指と人差し指を突き上げ、蹴る位置を仲間に伝える。

それから、長い助走と共に先輩は全力でロングボールを蹴り上げた。


ボールが高く放たれた瞬間、楓は自陣方向に向かって全速力で走り出していた。

マークについていた二人の選手が、そのまま楓についてペナルティエリアから引きずり出されていく。何もかもが意図通りの展開だった。

王者を打ち倒すための奇策とはいえ、負けているわけでもないのに、GKを前線に張り付かせておくはずがない。こちらのセットプレーを脅威と感じ、美波高校は全員が守備に戻るようになっている。楓の上がりは敵の陣形を崩すために放った攪乱《かくらん》の一手でしかない。

走り出した楓は、その俊足を生かして一目散に自陣へと舞い戻る。そして、一連の楓の動きが囮《おとり》だったのだと敵が気付いた時にはもう遅かった。

葉月先輩の上げたクロスは、見事な精度で楓が開《あ》けたスペースに落ちていき、伊織が誰よりも早く落下点に入る。楓の動きに攪乱されたせいで、マークがバラバラになっていた。

敵は肩に手をかけてジャンプを遮《さえぎ》ろうとしたが、伊織は並のパワーで止められる選手ではない。ファウル気味の妨害をものともせずに飛び上がり、ボールを斜め前に叩きつける。

角度のついたボールがペナルティエリアを横切り、そのボールに誰よりも早く反応したのは常陸だった。バウンドしたボールに対して身体を倒し、ハーフボレーの体勢に入る。

遅れて飛び込んだ敵のSBが、シュートコースを消すためにスライディングを試みる。

常陸のシュートが早いか、ブロックが早いか。コンマ数秒の世界で展開された攻防には、結果が提示されなかった。敵のスライディングを見た常陸が、シュートモーションを止め、バウンドしたボールを真横にトラップしたからだ。

常陸はスライディングを試みた敵を飛び越えると、大きくなってしまったトラップのせいで、二メートルほど離れたボールに突っ込んでいく。同時に敵のGKもボールに向かって走り出していた。

大きく軸足を踏み込んで常陸がシュートモーションに入り、その眼前にGKが飛び込む。

ボールに先に触ったのは常陸だった。

フルパワーで放たれたシュートがGKの腹を直撃する。

鈍い音を立ててボールが跳ね返り、誰よりも早い反応で伊織が足下に収めた。

身体を寄せたDFをシュートフェイントでかわし、伊織はボールを前方にトラップする。

ラインを割る直前、ゴールの真横でボールに追いつき、一度、顔を上げる。

ゴールまでの距離は、およそ五メートル。GKが飛び出しているため、伊織の前を妨げる選手はいなかったが、シュートを打つための角度も残っていなかった。

しかし、伊織は一瞬も迷わない。ラインの外に右足を踏み込むと、身体を大きく開き、左足のインサイドでしっかりと回転をかけたシュートを放つ。

伊織の身体にはCF《センターフォワード》としての遺伝子が刻まれている。今、フィールドに立っている二十二人の選手の中で、恐らく過去に誰よりもシュート練習をおこなってきたのが伊織だ。

様々なシチュエーションを想定して、あらゆる角度、あらゆる体勢から、飽きるほどにシュート練習を続けてきた。子どもの頃からずっと、ずっと、シュート練習を続けてきたのだ。

積み重ねた経験は嘘をつかない。角度のない位置から、左足のインサイドで放ったシュートは、その回転によってゴールマウスの左サイドネットに吸い込まれていく。


後半二十四分。

先制点はレッドスワンの5番、キャプテン桐原《きりはら》伊織《いおり》。

超長距離セットプレーの零れ球から、ついに赤羽高校がリードを奪ったのだ。

5

次々と駆け寄る仲間たちを振り払い、伊織《いおり》はレッドスワンのベンチに駆けて来る。

「見たか！　突き刺してやったぞ！」

ジャンプしながら拳を天に突き上げると、そのまま伊織は僕に抱きついてきた。

体格差のある伊織に抱きつかれ、尻もちをつくと、そのまま上から次々に飛び込んできた仲間たちに押し潰されていく。

「お前は何ていう決定力をしてやがるんだ！」

「伊織！　最高だ！」

仲間たちの手荒い祝福を受けながら、僕の上に覆いかぶさった伊織は両手を突き上げる。

「ちょっと皆！　優雅《ゆうが》を潰さないで！　怪我人なんだから！」

華代《かよ》の悲鳴が響きわたり、ようやく仲間たちから解放される。

「……悪い。大丈夫か？」

一瞬で喜びから覚《さ》めたのだろう。頬を引きつらせた伊織の胸に、拳を突き立てる。

「ナイスゴール！　あそこで伊織が巻いて打つとは思わなかったよ」

「セットプレー崩れのシュートは、あらゆるパターンを練習しまくったからな！」

「おい、伊織！　俺の貢献があったことも理解してるんだろうな！」

地面に座ったまま両の拳を握り締める伊織の背中を、楓《かえで》が軽く蹴る。

「分かってる。お前の走り出しも完璧だった。あの走りのお陰でスペースが出来たんだ」

「そういうことだ。俺が攻めに参加するまで無得点だったことを忘れるなよ！」

心配しなくても楓の働きを認めていない人間などいない。

世怜奈《せれな》先生はゴールが生まれた時、フィニッシャーよりも先に、お膳立《ぜんだ》てをした選手を褒《ほ》める。得点を決めた選手の働きは誰の目にも明らかだ。だからこそ、まずは後ろに回った人を評価する。

リオや楓が敵を引きつけたことも、天馬《てんま》や鬼武《おにたけ》先輩がワイドに走り、敵の守備陣形を横方向に広げたことも、すべてに意味があった。

世怜奈先生は試合後、ＶＴＲを見ながら、サポートの動きをした選手を必ず褒める。それがいかに効果的な動きだったのかを全員に説明して見せる。

監督がきちんと見てくれているからこそ、レッドスワンではチームのために走ることを嫌がる人間がいない。

「イエローカードをもらう前に、誰か葉月《はづき》を止めてね」

伊織のゴールが決まると同時に、葉月先輩はコーナーフラッグ付近のビデオカメラに走り寄り、一人で延々とゴールセレブレーションを披露していた。

カメラは伊織を追ったはずだし、テレビになんて一秒も映っていないかもしれないのに、いつまで続けるつもりなのだろう……。

「皆、ここからが勝負よ！」

フィールドに戻り始めた選手たちに、手を叩きながら世怜奈先生が檄《げき》を飛ばす。

「スロースターターな向こうのエースにも、ようやくエンジンがかかってきたみたいだしね」

望月弓束《もちづきゆづか》が真っ直ぐにレッドスワンのベンチを見据えていた。

ここまでの六十五分、弓束は不全感《ふぜんかん》のようなものを払拭《ふっしょく》出来ていない。

先制点が生まれた直後に、手塚《てづか》監督は弓束を呼び寄せ、何か指示を送っていた。追いつかなければならない展開になった以上、必ず何かしらの新たな手を打ってくるはずだ。


選手権予選は本大会と同じ八十分でおこなわれる。

アディショナルタイムを考えれば、まだ十五分以上の時間が残っているだろう。

ゲームが再開すると、世怜奈先生はすぐに天馬を下げてＣ Ｂ《センターバック》の森越《もりこし》先輩を投入する。一点を守る戦いに入るという明確な意志表示だった。

５バック《ファイブ》にしてゴール前を固めたレッドスワンに対し、美波高校も新たなる手を打ち出す。中央でプレーしていた弓束のポジションを、右サイドへと変えてきたのだ。

これまで弓束は抑え込まれ続けていたわけじゃない。その飄々としたプレーからは感情が読み取れないものの、惜しいシュートシーンには必ず絡んでいた。

手元の集計で美波高校のシュート数は、実に二十五本を超えている。それが成果に結びついていないのは、圭士朗《けいしろう》さんと伊織が二人で弓束をケアしているからだ。抜群の守備力を誇る二人に最大限の警戒を払われた状態では、さすがの望月弓束でも満足なプレーが出来ない。


美波高校のポジションチェンジは、すぐにその成果を発揮する。

サイドへと移動した弓束は、ワンタッチで前方にパスをトラップすると、一気に加速して、対峙していた葉月先輩をスピードでぶち抜く。鮮やかなプレーで身体を前に入れると、そのまま中央に精度の高いクロスを放り込んできた。

走り込んだ敵の前に強引に身体をねじ込み、紙一重のところで伊織が逆サイドへとクリアしたものの、状況が変わり始めたことを知らせるには、十分過ぎるプレーだった。

これまでに経験したすべての試合で、レッドスワンの両ＳＢ《サイドバック》は鉄壁の守備を誇っていた。葉月先輩がここまで完璧に裏を取られるシーンなど、練習試合でもほとんど記憶にない。

牙《きば》を剝《む》いたエースは、続け様に襲いかかる。

逆サイドからパスを受けた弓束は、フェイクで葉月先輩のバランスを崩すと、その股《また》の間にボールを通し、再び、恐るべき加速でその横を突破する。

先ほどのシーンを見て、警戒を強めていたのだろう。弓束のサイドに寄せていたボランチの狼《ろう》が強引なタックルを試みてふっ飛ばしたが、当然、それはファウルだった。狼にイエローカードが提示され、弓束は苦笑しながらその場に立ち上がる。

葉月先輩が二度も続けて完璧な突破を許すなど、にわかには信じられない光景だった。

芝《しば》を払うと、弓束は転がったボールを受け取るために、タッチラインへと歩み寄ってくる。

近付いてきた弓束にボールを投げると、僕を視界に捉え、彼の口の端が上がった。

「見覚えのある顔だ。確か代表で会ったよね。試合には出ないの？」

ボールを受け取った弓束は、呑気《のんき》なことを言いながら白い歯を見せる。

彼には緊張や恐怖という感覚がないのだろうか。残り時間は十分を切っている。同点に追いつけなければ王者の座から陥落するというのに、気負った様子はまったく見受けられない。

「このままレッドスワンは勝利する。僕の出番は来ないよ」

ボールを抱えて、弓束はフィールドを振り返る。

セットプレーに合わせるため、美波高校のCBが最前線に上がろうとしていた。

「こんなに足の速い選手が揃ったDF《ディフェンス》と戦うのは初めてだ。特に小さい8番のスピードには驚いたよ。これだけの選手を揃えられると、なかなか中央を崩すのも難しい。でもさ、エースっていうのはゲームの勝敗を決める人間のことで、俺はそのエースなんだよね」

弓束は直前に二回、一対一で勝利した葉月先輩を見据える。

「ねえ、サッカーで一番大切なことって何だと思う?」

「さあな。さっさとプレーを再開しなくて良いのか? そっちには時間がないぜ」

葉月先輩の言葉を意にも介さず、弓束は話を続ける。

「結局、スピードなんだよ。絶対的なスピードの前では、何もかもが意味をなさない。君に俺は止められないよ。俺は君たちの8番よりも、さらに速いからね」

弓束の宣言に対し、葉月先輩は不敵な笑みを浮かべて髪を掻《か》き上《あ》げた。何故、髪を掻き上げる必要があったのかは分からないが、とにかく、髪を掻き上げながら弓束を見据える。

「お礼にこっちも教えてやるよ。お前はもう二度と、俺という貴公子を抜くことは出来ない」

「やってみれば分かるさ。残りの時間で十分だ」

狼のファウルにより与えてしまったセットプレーで、ゲームは再開される。

弓束の右足から放たれたクロスは、確かな精度でペナルティエリアに届いたものの、高さで上回るレッドスワンの牙城は崩せない。守備に戻っていた常陸《ひたち》がクリアし、再び、ゴール前を固めるレッドスワンに対し、美波高校が攻撃を仕掛ける形に戻る。

直前に二度、サイドを制したエースを信じているのだろう。

美波高校の選手たちは迷うことなくパスを繋ぎ、即座に弓束へとボールを送る。

しかし、彼が見据えた先で、盤面は先ほどと異なる形を見せていた。

もう二度と俺を抜くことは出来ない。ポージングまで決めながら宣言した葉月先輩が逆サイドに消え、弓束の目の前にCBの桐原《きりはら》伊織《いおり》が構えていたのだ。

「彼がエースであることに疑いの余地はない。だから、こちらも最大の武器をぶつける」

目の前で展開される攻防を見つめながら、世怜奈先生が囁《ささや》く。

「今、新潟県でナンバーワンの選手は望月弓束かもしれない。でも、こっちには桐原伊織がいる。私は伊織が望月をも超える逸材だって信じている」


一瞬の間に、幾つのフェイントを入れたのだろう。

弓束は対峙する伊織をかわすため、ギアを全開にしてドリブルを開始する。

レッドスワンにもドリブルの得意な選手はいるが、その誰よりも迫力のある突進だった。スピードに加え、身体の切れを存分に生かして、鋭利な角度でタッチを刻み、対峙する選手のバランスを崩して突破する。彼のドリブルはそういう類《たぐい》のものだった。

ここまでのスピードを持つ選手を相手にした場合、一瞬の遅れが命取りになる。

ボールを小さく浮かせて伊織の脇をすり抜けると、彼はわずか一歩で身体を前に入れる。そのまま弾くように地面を蹴って、弓束は前傾姿勢で前方へ抜け出していた。

葉月先輩がなすすべなく突破されたように、伊織もあっさりとかわされてしまった。

……誰もがそう思った次の瞬間だった。

伊織は全身を倒しながら右足を伸ばし、弓束が前方でトラップしようとしたボールを、かかとでタッチラインの外に弾き飛ばす。

考えるより早く細胞《さいぼう》が反射した。そんな一瞬の攻防だった。

弓束にかわされた瞬間、伊織は即座にスライディングでボールを切りにいったのだ。


ボールを奪ったわけじゃない。タッチラインに逃れただけである。

すぐに美波高校はスローインをおこない、再び、弓束の足下にボールが収まる。

対峙するのはまたしても伊織である。葉月先輩は右SBのポジションに移動しており、今は鬼武先輩、穂高《ほだか》、森越先輩がCBを務めていた。

「美波高校に県ナンバーワンのFW《フォワード》がいる。そう知った時から、うちの監督はこうするつもりだった」

自分を見据える弓束に、伊織は告げる。

「お前が何処のポジションでプレーしようが、必ず俺をぶつける。俺に最後まで、お前を封じ込めさせる。監督は最初からそう決めていた」

「言うじゃないか。いつまでその顔が続くかな」

再びドリブルを開始した弓束は、伊織の眼前まで迫ると、接触寸前でボールを横に流す。

仲間のFWが中央から走り寄っており、パスを受けると、ワンツーでサイドのスペースへボールを戻す。

弓束は挑発で頭に血を上らせるタイプではない。サッカーが個人競技ではない以上、無理に一対一を仕掛ける必要もない。彼は味方との連携を使って伊織をかわしにかかったのだ。

新チームが立ち上がった当初、伊織には一歩目が遅いという弱点があった。しかし、一年以上に及ぶフィジカルトレーニングによって、既に弱点は克服されている。そして、伊織はこのワンツーを完璧に予測していた。

弓束に遅れることなく併走し、リーチを生かして一瞬早くボールを絡め取る。ボールをキープした伊織に、まともに衝突してしまい、今度は弓束がファウルを取られることになった。

完璧にかわしたと思った二度の攻撃を、どちらも仕留められたからだろう。

飄々とプレーを続けていた弓束の顔が歪む。

伊織と衝突した際に強打したのか、彼は太ももを摩《さす》りながらピッチに座り込んでいた。

一方、ファウルを受けた側の伊織は、衝撃などものともしない涼しい顔で立ち上がる。

「うちの8番よりも自分の方が速い。だから、お前らは俺を止められない。さっき、そう言ってたけどな。サッカーには不等式で決まるような優劣は存在しねえよ。そもそもうちの最速は穂高じゃない。代表候補なのに知らなかったのか?」

伊織は顎《あご》でベンチを指し示す。

「レッドスワンが擁《よう》する最速のスピードスターは高槻優雅《たかつきゆうが》だ」

僕の姿を視界に捉え、弓束は唇の端を嚙み締める。

レッドスワンの選手の中で一番足が速いのは穂高である。ただし、それはアシスタントコーチの僕を除くならばの話だ。

怪我をする前、入学時のタイム計測では、五十メートル走でも、百メートル走でも、僕は穂高より速い数値を記録している。

「お前がどれだけ速くても俺は驚かない。戸惑うこともない。お前よりスピードがある優雅と、子どもの頃から毎日対峙してきたからな」

僕はサッカーを始めた時から、ずっと伊織と同じチームでプレーしてきた。しかし、僕らが共にいることで付きまとう弊害《へいがい》もある。それは草サッカーやチーム内での練習試合をおこなう場合、僕と伊織が同じチームに入ってしまうと、大きくバランスが崩れてしまうことだった。自惚《うぬぼ》れた発言になるが、僕らは周囲の子どもたちより明らかに上手かった。だからこそ、チーム内の練習試合では、別々のチームに配属されることがほとんどだった。

「俺は天才との一対一を飽きるほどに経験している。お前が出場した映像を十試合以上見たが、一度だってお前が優雅より上とは思わなかった」

セットプレーに合わせるため、伊織は座り込んだままの弓束の横をすり抜けていく。

「俺ごときに勝てない選手が優雅より上だなんて、俺は絶対に認めない」

『エースというのはゲームの勝敗を決める人間だ』

そんな弓束の宣言は、皮肉な形で成就することになる。

絶対的エースが伊織に止められ、今度こそ、美波高校には打つ術がなくなっていた。

レッドスワンはタイムアップまで、自陣深くにブロックを形成するという戦術を守り続ける。

弓束はその後も何度か、伊織の守るサイドを攻め立てたが、最後まで決定的な働きを見せられず、苦し紛れのロングシュートを放つことしか出来なかった。


そして、アディショナルタイムの四分が経過する。

第九十四回全国高校サッカー選手権、新潟県大会。

赤羽高校対美波高校の決勝戦は、一対〇のスコアで赤羽高校の勝利に終わる。

それは、五年振りの王者の敗北。

二十二年振りに、県代表の座に古豪レッドスワンが返り咲いた瞬間だった。

6

疑いようもなく劇的な瞬間が訪れていた。

決勝点を叩き込んだ伊織《いおり》が、フィールドの中心で両の拳を天に突き上げる。

引き寄せられるように、近くにいた仲間たちが次々と伊織に駆け寄っていった。

『強いチームには、求心力のあるキャプテンが必要だ』

新チームが立ち上がった後、鬼武《おにたけ》先輩はそう言って、キャプテンマークを伊織に譲っている。

あの日の先輩の言葉は正しかったのだろう。

実力という意味でも、精神的な意味でも、伊織はこの一年間、チームを先頭に立って引っ張ってきた。歓喜の輪の中心で拳を突き上げる伊織は、疑いようもなく新生レッドスワンの真のリーダーだった。

最終ラインで守備を統率し、エースを仕留め、セットプレーでは敵に痛恨の一撃を放つ。大会を通じて獅子奮迅《ししふんじん》の活躍を見せた桐原伊織《きりはらいおり》の名は、一躍、県内に轟《とどろ》くことになるだろう。

「優雅《ゆうが》！　全国に行くぞ！」

仲間たちを引きつれて、堂々たる歩みで伊織はベンチに戻ってくる。

両手を上げた僕とハイタッチを交わすと、伊織は世怜奈《せれな》先生と華代《かよ》に向かい、力強く自らの心臓を二回、叩いて見せた。

誰よりも大きな伊織の背中に、CB《センターバック》のパートナーである小柄な穂高《ほだか》が飛び乗る。

「先生！　これで廃部の話も無しだよな！　続けて良いんだよな！」

「新しい決め台詞をテル・ミー！　ティーチ・ミー！　キス・ミー！」

「おい、優雅！　お前と同じ日本代表を止めたってことは、つまり、俺がお前を越えたってことだからな！　ざまあみろ！」

何をざまあみれば良いのか分からないが、三馬鹿トリオも勝利に興奮を隠せずにいた。

「皆！　時代を塗《ぬ》り替《か》えたんだから、胸を張って整列してきなさい！」

笑顔の監督に送り出され、最後の挨拶のためにイレブンがフィールドに戻って行く。

美波高校の関係者にとっては最悪の結末だろうが、この場に詰めかけた多くの人間にとって、挑戦者が王者を打ち倒した展開は爽快なものだったことだろう。

鳴りやまない歓声が、それを如実《にょじつ》に教えてくれる。受け止めきれない祝福の嵐に晒されながら、レッドスワンはついに全国大会への切符を手に入れたのだ。

土曜日であるにも関わらず、振替授業の名目で観戦を義務付けられたことに、サッカーに興味を持たない生徒たちからは不満の声が多く上がったと聞く。しかし、整列の後で挨拶に出向くと、赤羽高校の生徒たちから割れんばかりの拍手が送られてきた。

僕に対する黄色い歓声と共に、伊織の名を呼ぶ声も多く聞こえてくる。

ルールが分からないスポーツの観戦はつまらない。だが、サッカーは敵のゴールに多くのボールを蹴り込んだチームが勝つだけの、シンプルなスポーツだ。

レッドスワンが見せた強靭《きょうじん》な意志の強さが、確かに観客へと届いたのだろう。


試合終了後の監督インタビューは、案の定、荒れに荒れることとなった。

ドレッシングルームに戻ると、華代がタブレットにテレビ中継を映しており、再び、世怜奈先生と手塚《てづか》劉生《りゅうせい》の舌戦を目にすることになる。

『あなたは恥を知るべきだ！　高校生にあんな戦い方をさせて恥ずかしくないのか！』

一週間前のすまし顔が嘘のように、手塚は顔を真っ赤にしていた。

『サッカーはボールを繋いで、ゴールを目指す競技だ。セットプレーでしか攻めないなんて、競技に対する冒瀆《ぼうとく》だ。僕は認めない。レッドスワンは勝者に相応《ふさわ》しくない！』

インタビュアーからマイクを奪い取り、世怜奈先生を睨《ね》めつけて手塚はまくしたてる。

『あなたたちのようなチームが新潟の代表になることを、僕は心から恥ずかしく思う！』

『本当に強いチームが代表になった。ただ、それだけのことです』

手塚とは対照的に、世怜奈先生は穏やかな眼差しを浮かべていた。

『本当に強いチーム？　笑わせないでくれ。守備ではゴール前に引いて固まるだけ。攻撃ではセットプレー以外に手段を持たない。そんなチームの何処が強いんだ！』

『では、あなたは美波高校の方が強かったと言いたいのですか？』

『こちらの攻撃陣が作ったチャンスの数を集計してみると良い。守備陣だって流れの中から一度もチャンスを作らせなかった。勝利に相応しかったチームは一目瞭然《いちもくりようぜん》だ』

いつもの緊張感のない顔で、世怜奈先生は破顔《はがん》する。

『何がおかしい？』

『美波高校の方が勝者に相応しい。何故なら、攻撃的な選手も、守備的な選手も、美波高校の方が活躍していたからだ。あなたがそう思うのなら、そうなのでしょう。ただ、悲しいかな、それは一つの回答をこの場に提示しますね』

世怜奈先生は自らのこめかみの辺りを、トントンと人差し指で叩く。

『監督の知性の差です』

舞原世怜奈《まいばらせれな》は不遜な人間でも、傲慢《ごうまん》な人間でもない。自信家でもなければ、自惚《うぬぼ》れ屋でもない。自分自身に対する関心が希薄《きはく》で、自己顕示欲《じこけんじよく》などとは程遠い女性だ。しかし、目的のためには手段を選ばない人間でもある。

本日、僕らが取った戦い方は、サッカーという競技の本質から考えれば、褒められるやり方ではないだろう。ルールにのっとって戦った以上、恥じる必要はないが、スマートなやり方でなかったことは全員が自覚している。

だからこそ、世怜奈先生は注目を浴びる場で、挑発的な言葉を繰り返す。自分に注目を集め、非難や批判を一手に引き受け、選手に余計な負担がかからないようにしているのだ。

軽井沢合宿が終わった後で、世怜奈先生は部員を集めてこう言った。

「私たちはこの一年間、守備的なチームを作り上げてきた。その前提を踏まえて、もう一度、話をしたい。皆も理解したと思うけど、守るのは攻めるより簡単でしょ？　作り上げることよりも、崩す方がずっと容易い。戦術的なファウルを犯し、自陣に引いて相手の長所を壊してやれば良いだけだからね。逆に作り上げることは、つまり、攻めることはとても難しい。でも、教師として正直に伝えるなら、壊すより作り上げることの方が絶対に素敵な人生だと思う」

珍しく真剣な眼差しで、世怜奈先生は皆に想いを伝えていた。

「だけど、夢を見る前に現実を見なければならない。大舞台で戦う経験、窮地《きゅうち》を切り抜ける勇気、確固たる自信、ハートに蓄積しなきゃならない根幹が、今の私たちには足りていない。そして、それらは練習試合を幾ら積み重ねても手に入らないものなの。公式戦で勝利を続け、周囲から絶対的な評価を下されることで、ようやく手に入るものだから」

心臓の辺りに手を当てて、彼女は真摯な想いを吐き出す。

「だから私はこう思う。どんな手を使ってでも、今はひたすらに勝利だけを目指していく。勝ち続けることでしか手に入らない経験値を、このチームに蓄積していくために」

僕たちは皆、世怜奈先生の想いを知っている。

彼女がどういう想いで今の采配を振っているかを、誤解なく理解している。

舞原世怜奈は僕らの未来のために、矢面に立っているのだ。

決勝戦の後でおこなわれた監督インタビュー。

世怜奈先生の口から飛び出した挑発的な断言に、手塚は言葉を失っていた。

『インターハイ予選の後、私が口にした言葉を多くの見識者が大言壮語《たいげんそうご》と一蹴しました。しかし、私は結果で反論を示した。一週間前の記者会見で問われた質問にも回答しましょう』

頬を引きつらせる手塚から視線を外し、世怜奈先生はカメラを見据えた。

『レッドスワンは廃部にはなりません。私が監督を辞任することも、美波高校に赴任してコーチになることも有り得ない。何故なら現時点で証明されてしまったからです。新潟県の高校サッカー界に、私よりも有能な監督は存在しない』

舞原世怜奈は恐ろしく絵になる女性だ。普段はふわふわとした緊張感のない笑みを浮かべているくせに、一度スイッチが入ると、その高貴な容姿は何処までも鋭利な武器になる。

『手塚先生。あなた個人の告白にもお答えします』

焦燥《しょうそう》の眼差しを隠せない手塚劉生が、彼女の瞳で射貫かれる。

『あなたと交際することはありません。あなた程度の男では、私の恋人に相応しくない』

7

それは、僕が初めて目にする光景だった。

決勝戦を終えたサッカー部は、マイクロバスに乗って学校に戻った後で解散となる。

疲労しているのは試合に出場した選手だけじゃない。

極度の緊張状態から解放され、ようやく一息つけるようになったというのに、全部員がそのままグラウンドに飛び出していったのだ。

普段、三馬鹿トリオや葉月《はづき》先輩は自主練習をおこなわない。練習嫌いな彼らは、部活動が終了すると我先にと帰っていくのに、今日は四人も帰宅せずにグラウンドに出ていった。

勝ち得た成果が、手に入れた高校選手権出場のチケットが、心と肉体を奮い立たせているのだろう。

勝利することでしか見えない風景がある。自信を手に入れることでしか経験出来ない衝動がある。世怜奈先生が僕らに告げた言葉は真実だった。

サッカー部が再集合していると聞きつけ、部活のために学校へやって来た生徒のみならず、教師陣までもが練習を眺めにグラウンドを訪れる。

二十年という時を閲《けみ》して、レッドスワンは再び赤羽高校の誇りになろうとしていた。

晩秋の空が薄闇に染まった頃、華代《かよ》の発声により、ようやく自主練習が終わりを迎えた。

先週に続き、決戦翌日の日曜日を世怜奈先生は完全休養日とするつもりだったが、部員の強い要望により、明日も午前の練習がおこなわれることに決まる。

成し遂げた勝利が嬉しくて、高揚感《こうようかん》で満たされているからだろうか。

未だに心が浮《うわ》ついていた。未来に馳《は》せる想いが、胸の余白をめいっぱいに占めている。

帰宅するためのバスに乗り込み、

「華代からもらった手紙を読んだよ」

そんな風に伊織《いおり》に告げられるまで、僕は本日が、もう一つの重大な結論に逢着《ほうちゃく》する日だということを失念していた。

一週間前、偕成学園に勝利した後で、華代は伊織に告白の返事を手紙で渡している。決勝戦の結果で回答は変わらないからと、一足早く結論を託《たく》していたのだ。

「……全然気付かなかった。伊織、さっきまで皆とグラウンドにいたよね。いつの間に？」

「学校に戻るバスの中で読んだ。隣に座ってたのが圭士朗《けいしろう》さんだったからさ」

華代に対する想いを、伊織は僕や圭士朗さんに隠していない。

周囲の人間も、さすがにそろそろ勘付いても良さそうだと思うのだけれど……。

「振られたよ。そういう風には見れないって書かれてた」

嘆《なげ》くでも、自嘲《じちょう》するでもなく、伊織はそんな風に淡々と告げた。

「……そっか。ここ最近の二人を見ていたら、華代はOKするんだろうなって思ってた」

「俺も振られるとは思ってなかった。自惚《うぬぼ》れてたのかな」

伊織は車窓を流れる景色に目を向けた。

「『そういう風には見れない』って、どういう意味なんだろうな」

枯れ葉もまとわない路傍《ろぼう》の街路樹が、やけにもの寂しい。

「今まで何度か告白されてきたけど、いつも断ったらそれで終わりだって思ってた。告白への回答が出た時点で、自分にとっても、相手にとっても、それで終わりなんだと思ってたよ。でも、告白した側からしたら、そんな簡単にエンドマークをつけられる話じゃないよな」

痛々しい微笑を浮かべながら、伊織は僕を見つめる。

「何で振られたのかもよく分からないし、もう少しだけ頑張ってみようかなって思ってる。迷惑だって思われない程度に食い下がってみるさ」

「……伊織らしいな」

「そうか？」

「伊織、諦めるのって嫌いだろ？」

「そうかもな。ただ、世の中にはストーカーって言葉もあるだろ。節度ある範囲内で頑張ってみるさ。まだ、今は何をどう頑張れば良いのかも分かんねえけど」

恋愛というのは、なかなかに上手くいかないものらしい。

真扶由《まふゆ》さんに向けられた圭士朗さんのベクトルも、華代に向けられた伊織のベクトルも、僕は純粋な気持ちで応援していたのに、共に成就する未来を見届けることが出来なかった。

好きになった人に好きになってもらう。

たった、それだけのことが、どうしてこんなにも難しいんだろう。

8

美波高校を倒した日から、様々なものが変わっていったように思う。

県を制したことで、約束通り、サッカー部に下されていた死刑判決は覆《くつがえ》った。

全国中継を伴う高校選手権への出場は、これ以上ないほどに高校をアピールする宣伝材料となる。わずか一年前、理事会に煙《けむ》たがられ、廃部寸前まで追い込まれたサッカー部は、勝ち取った栄光により、存在意義を自らの力で示して見せた。

畢竟《ひっきょう》、大人の世界は結果がすべてということなのだろう。

選手権予選に敗退した時点で退職することになっていた世怜奈《せれな》先生だが、彼女に悪態をついていた教師たちも皆、それまでの暴言など何処吹く風で態度を変えてきたらしい。

世怜奈先生は他人の目を気にするタイプではないため、過去の発言を根に持つこともない。

寛容な彼女は、実に円滑《えんかつ》に学校側との関係を修復していった。


春から話題になり続けている舞原世怜奈《まいばらせれな》が、ついに全国の舞台に登場する。

レッドスワンを取り巻く喧噪《けんそう》は、いよいよ制御し切れないレベルの熱を帯び始めていた。

だが、どれだけ周囲のムードが加熱しても、世怜奈先生の指導にぶれが生じることはない。

彼女の目に油断の色が浮かぶ瞬間はなかった。

世怜奈先生の目標は、全国の舞台で誰にも否定しようのない結果を残し、監督としての能力を世間に認めさせることである。それを足がかりにしてプロクラブの世界へと飛び込んでいく。

彼女が思い描く未来はそういうものだ。高校選手権への出場などスタート地点に過ぎない。


新潟県大会は十一月十四日に終わったが、出場チーム、四十八校が出揃《でそろ》うのは一週間後の十一月二十一日である。

組み合わせ抽選会がおこなわれるのは、そのさらに二日後だ。

一年前、世怜奈先生が県の制覇を目標に掲げた際、部員たちの多くがそれを笑った。しかし、彼女の指導により、レッドスワンは生まれ変わっている。

高校選手権は夢の舞台だが、一回戦の勝利を目標としている者など、チームには既に一人もいない。誰もが優勝だけを目標に据えて、練習に打ち込んでいる。

どんな相手にも戦術次第で渡り合うことが出来る。サッカーはそういうスポーツだ。そういうスポーツであることを僕らは自ら証明して見せた。全国の舞台でも同じことが出来ないはずがない。

自分より強い者に立ち向かうことを楽しむ勇気。

『生還』を果たしたレッドスワンには、そういう美しいメンタリティが存在していた。

エピローグ

県大会を制し、二十二年振りとなる高校選手権への出場を僕らが決めた日の夜。

第九十四回高校サッカー選手権大会の『応援マネージャー』が発表になった。

例年、高校選手権に華《はな》を添えるため、大会毎《ごと》に現役高校生の女性芸能人から一人が選出され、テレビ中継や関連番組にイメージガールとして出演するのだ。今年度、応援マネージャーとして選ばれたのは、今やＣＭで見ない日はないとまで言われる若手女優、櫻沢七海《さくらざわななみ》だった。

僕らと同じ十七歳にして、ＣＭ出演本数が十を超えるという彼女は、映画やドラマ、モデル業で幅広く活躍している。テレビをあまり見ない僕ですら、名前と顔を認識している有名人だ。新潟市の出身であるらしく、部内にも彼女のファンは多い。

応援マネージャーは開会式にも参列する。トーナメントで勝ち上がれば、直接、会うことだって出来るかもしれない。就任が発表された翌日、日曜日の練習では、何人かの部員たちが憧れの女優に会える日を夢見て妄想を膨らませていた。

その日の練習後、監督とのミーティングで、僕は新たな指令を受けることになった。

「今日から高校選手権まで、ＧＫ《ゴールキーパー》の指導を優雅《ゆうが》に任せたいの。楓《かえで》と央二《おうじ》朗《ろう》に全国の舞台を想定したトレーニングを積ませて欲しい」

フィールドプレイヤーとGKでは、その練習法に大きな差異がある。

全国大会に向けてさらなる戦術をチームに浸透させるため、先生はフィールドプレイヤーの指導に集中したいらしかった。

「優雅は偕成《かいせい》戦のハーフタイムに、楓にはまだ足りない部分があるって指摘していたよね。楓はその素質を生かし切れていない。優雅もそう感じていたんでしょ？」

「それは、まあ、そうなんですけど。楓が僕の言うことを聞くとは……」

「むしろ優雅の言葉だから届くんじゃないかな。楓が認めている人間は一人だけだもの。私、あの子の才能を引き出せるのは優雅だけだと思う」

監督のサポートは望むところである。しかし、楓の妹、梓《あずさ》ちゃんに憧れられているせいで、僕らの関係性は最悪だ。梓ちゃんが次年度、赤羽《あかばね》高校に入学し、サッカー部のマネージャーを務めることになれば、楓の僕に対する怒りは、さらに助長《じょちょう》されることになるだろう。

「……挑戦はしてみますけど、手詰まりになった時には助けて下さいね」

「忘れたの？　偕成を倒したのは優雅だよ。一年前に言った通りになったじゃない。『君はいつか、きっと誰よりも偉大な指揮者《コンダクター》になる』。私、あの時の言葉を今でも信じてるの」

どうして、この人は大人なのに、こんなに純真な目で笑うんだろう。

「多分ね、世界中の誰よりも、私が優雅に期待しているよ」

2

「優雅《ゆうが》、暗い顔してるぜ。また先生に何か面倒なことを頼まれたのか？」

ミーティングを終え、部室に戻ると、もう伊織《いおり》しか残っていなかった。

「選手権までＧ Ｋ《ゴールキーパー》のトレーニングを任せられた。世怜奈《せれな》先生、フィールドプレイヤーの戦術練習に集中したいらしい」

「そりゃ、災難だな。楓《かえで》に言うことを聞かせるとか、考えただけで吐き気がするぜ」

伊織は気の毒そうに笑って見せた後で、励ますように僕の肩を叩いた。

「まあ、頑張れ。援護はしてやるよ。で、お前、行きたい場所があるって言ってたよな」

「うん。優勝の報告をしたい人がいるんだ」

「報告？　祖母《ばあ》ちゃんか？」

「まさか。芦沢《あしざわ》監督だよ。直接、選手権予選の結果を伝えたいなって思って」

予想外の返答だったのだろう。

伊織は訝《いぶか》しむように目を細める。

前監督の芦沢平蔵《あしざわへいぞう》は、三十二年という長期にわたってレッドスワンを指揮し、八十年代、九十年代の黄金期を作り上げた人物である。しかし、その後期の成績は散々なものだった。

高圧的な指導によって迫害され、部を去っていった者。非科学的なトレーニングを強要されたことで、身体を壊してしまった者。そんな生徒は多分、一握りではない。

僕もまた、誤謬《ごびゅう》を重ね続けた芦沢監督の指導下で、選手生命を絶たれるほどの大怪我とダメージを負ってしまった。

「それって、嫌味とか皮肉的な意味でか？」

伊織がそんな風に思うのも無理はないけれど……。

「違うよ。入学した時から世怜奈先生が監督だったなら、今も僕はフィールドに立てていたかもしれない。でもさ、たらればを言い出したら切りがない。それに、芦沢監督だって不幸だったんじゃないかなって、最近そう思ったんだ。美波《みなみ》高校が僕らに負けたのは、絶対的なエースがいたからだろ？　望月弓束《もちづきゆづか》がいなければ、多分、もっと柔軟な作戦が取れたはずだ。だけど圧倒的なエースがいたせいで、窮地に陥っても彼に頼る以外のカードを切れなかった」

「それが芦沢監督と何の関係があるんだ？」

「僕がいたせいで監督の最後の一年は上手くいかなかったんじゃないかなって思ったんだよ」

去年の四月、サッカー推薦を断り、一般入試で入学したのに、監督は迷うことなく一年生の僕にエースナンバーの10番を与え、最初の試合からトップ下で先発させた。

両者にとって不幸なことに、僕にはその過剰な期待に応えられるだけの才能があり、初戦でいきなり結果を出すと、わずか数日でスタメンの座を不動のものとする。

気分屋の芦沢監督は恫喝《どうかつ》にも似た暴言を発することが多々あり、試合でミスをした選手に、非常識な距離の罰走を命じるような人だった。しかし、寵愛《ちょうあい》を受けている選手たちは、そういった扱いの対象になることもない。僕は一度として監督からの叱責《しっせき》を受けたことがなかった。

それでも、いつか身体は悲鳴をあげる。

芦沢監督は異常なまでに走力を信じていた。走れるチームが強い。敵より走れば負けることはない。科学的な考察を放棄したトレーニングがメニュー表に並び、僕らは入学直後から三年生と同じ過負荷《かふか》のトレーニングをおこなっていた。世怜奈先生が弾劾《だんがい》したように、それらは身体もろくに出来ていない十五歳がこなせるメニューではなかった。

全試合に先発するようになった僕は、試合の度に誰よりも激しく削られたが、どんな手傷を負わされても交代させられなかった。勝利のために、監督は僕を外せなくなっていたのだ。

蓄積したダメージは確実に肉体を蝕《むしば》んでいく。

そして、酷使《こくし》され続けた身体は、わずか数ヵ月で壊れてしまった。高槻優雅《たかつきゆうが》を中心に作り変えられたチームまでをも道連れにして……。

「僕がいなければ、チームがあんな風に崩壊することもなかった。きっと、長潟《ながた》工業に惨敗して監督が倒れることも……」

「お前のせいじゃねえだろ。敗北したのは単純にチームが弱かったからだ」

「うん。別に責任を感じているわけじゃないよ。僕にはどうしようもなかったことだ。ただ、不幸だったのは監督も同じかもしれないって、そういうことだよ。だからさ、せめて報告くらいはしたいんだ。監督の愛したレッドスワンが蘇《よみがえ》ったことを伝えたい」

午後三時、伊織と共に訪れた芦沢監督の自宅は、純和風の日本家屋だった。

久しぶりに会う監督は、顎髭《あごひげ》を蓄え、予想に反して血色の良い顔をしていた。リハビリが順調に進んだのだろうか。和服に身を包み、悠々自適《ゆうゆうじてき》な生活を送っているようにさえ見える。

畳の大広間に案内され、監督の対面に座ると、奥さんがお茶を運んできてくれた。

「高校選手権に出場出来ることになりました。今日はその報告で来ました」

「テレビで観たよ。鬼武《おにたけ》も昨日、報告に来てくれたしな」

そうではないかと思っていたけれど、やはり昨日の内に鬼武先輩が訪れていたらしい。先輩は芦沢監督の熱心な信奉者《しんぽうしゃ》だった。案の定、今も交流が続いていたのだ。

「よくやってくれたな。今の美波を倒せるとは思わなかった。誇りに思う。桐原《きりはら》の決勝ゴールは本当に見事だった。思わずテレビの前で叫んでしまってな。愚妻《ぐさい》にたしなめられたよ」

監督の顔には含みのない笑みが浮かんでいた。

「俺、成長出来ましたかね？」

「ああ。桐原があんなに良い選手だったとは知らなかった。まさかＣＢ《センターバック》にコンバートするとはな。見事な守備だった。準決勝も、決勝も、お前は鉄壁だった。全国でも期待してる」

「ありがとうございます。コンバートは世怜奈先生に勧められたんです。俺の能力を一番生かせる場所はCBだって言われて」

「そうらしいな。まったく、とんだ食わせ者だ。副顧問の時から、妙に目敏《めざと》い子だとは思っていたが、まさかあんな指導力を隠し持っていたとは。若いくせに精神的なタフさも持っている。守備偏重《へんちょう》な点は気になるが、良い監督であることは間違いない」

「そう思いますか?」

「当たり前だ。選手権出場だぞ。勝負の世界は結果がすべて。レッドスワンがどうなるか心配だったが、立派過ぎる後継者が継いでくれたお陰で、安心して隠居《いんきょ》生活が送れる」

世怜奈先生が目指したチームは、芦沢監督が目標としていたチームとは正反対である。しかし、どうやら芦沢監督も先生のことを認めているらしい。

「そう言えば、世怜奈先生ってどういう経緯で赤羽高校に赴任してきたんですか?」

伊織の質問を受け、監督は両腕を組んで過去を思い出すように宙を見据える。

「……確か最初は去年の二月だ。新年度からサッカー部の顧問を増やせないか、理事会に聞かれてな。舞原《まいばら》家の娘がサッカー部の指導経験を積みたがっているって話だった。だが、当時は人数も足りていたし、面倒なことになりそうだったから断った。ところが、六月に副顧問が倒れただろ。それで、もう一度、連絡を取ってもらったってわけだな」

世怜奈先生は大卒四年目の二十六歳である。今の話から計算するなら、二年間、他校で講師経験を積んだ後、僕らが入学を決めた頃合いに、赤羽高校への赴任を考え始めたということになる。

舞原一族の影響力を考えれば、私立高校への赴任など新卒一年目から叶いそうなものだ。他校で講師をしていたことには何か理由があったのだろうか。彼女はお喋りな人だけれど肝心なことは黙《もく》す。なかなかその本心は摑めない。

せっかくの機会だ。ほかにも気になっていたことを聞いてしまおう。

「監督は選手権に六回出場していますよね。何かアドバイスを頂けませんか？　正直、まだ想像もつかないんです」

「今更、老兵《ろうへい》に語るべき言葉もないが……。そうだな、もしも一つ伝えるなら、PK戦の準備を怠《おこた》らないことだ。選手権では決勝以外に延長戦がない。何処かで引き分けに終わる可能性が高い。優勝を目指せるのは、PK戦でも勝てるチームだ」

「PK戦か……。優雅、今日、世怜奈先生にGKのトレーニングを任されたんだよな？」

「今のGKは榊原《さかきばら》だったな。県予選を見る限り、一流と言って良いだろう。身体能力にも疑いはない。だが、PK戦は別種目だ。徹底的に準備をしておけ。プロのレベルまでいけば運勝負かもしれんが、高校生のレベルでは違う。出来ることは山ほどあるぞ」

レッドスワンが目指しているのは頂点、優勝のみだ。

世怜奈先生に託された新たなる指令の重さに、僕はようやく気付き始めていた。

「そうだ。鬼武に聞いたぞ。準決勝は高槻が指揮したらしいな」

玄関でスニーカーの靴紐《くつひも》を結んでいたら、背中から声をかけられた。

「生徒に指揮権を委《ゆだ》ねるとは、まったくもって頭のおかしな話だが……」

靴を履いて振り返ると、腕組みをした芦沢監督がにやりと笑っていた。

「決勝よりも準決勝の方が見事だった。高槻、お前には監督としての才能があるのかもしれないな。自信を持って全国でも暴れて来い」

3

選手権予選優勝から四日が経った十一月十八日、水曜日。

部活動終了後に部室へ戻ると、先に引き上げていた華代《かよ》が待っていた。

選手権への出場権を獲得して以来、三馬鹿トリオや葉月《はづき》先輩も居残り練習を続けている。本日もまだ誰も帰る気配を見せていない。普段の華代は大抵、グラウンドで居残り練習をサポートしているのだけれど、今日は何か別の仕事があったのだろうか。

「お疲れ様。華代が皆より先に戻るなんて珍しいね」

「……たまにはね」

「唇、青いよ。体調でも崩した？」

華代は色白だし、そもそも血色の良い女子ではない。それでも、いつも以上に唇が生気《せいき》を失っているように見えた。

「これ、あげるよ。身体を温めた方が良い」

部室棟の玄関口に備え付けられた自販機で買ったココアを華代に差し出す。

「……良いの？　優雅《ゆうが》だって冷えているでしょ」

華代が座っていたベンチの向かいに腰を下ろす。

「身体を動かしていなくてもさ。夢中になっていると寒さを忘れるみたい」

「それ、男子っぽいね」

指先がかじかんでいるからだろう。プルタブを上手く開けられずに、華代は顔をしかめる。

蓋《ふた》を開けてから渡せば良かっただろうか。華代の手から缶を取ろうとすると、指先が触れる前に彼女が腕を引っ込めた。

「……優雅ってさ。そういうこと、彼女じゃない相手にもするんだね」

睨《にら》むような眼差しが突き刺さり、思い出す。こんなことは先週にもあった。真扶由《まふゆ》さんにココアをプレゼントしたことを、彼女が華代に話していたのだろう。

「彼女だとか、彼女じゃないとか、そんなこと関係ないだろ」

「関係あるよ。恋人以外の女子には、必要以上に優しくして欲しくないって思うもの」

「……それ、主語がないけど、真扶由さんが何か言ってたわけ？」

「別に、そういうことは何も聞いてない」

表情に乏《とぼ》しいせいで、華代の感情は推し量りにくい。

一体、彼女は今、どんな感情で僕と向き合っているんだろう。

居残りの個人練習は、まだ始まったばかりである。昨日、一昨日の様子を見ている限り、当分、誰も部室には帰って来ない。僕にはこの数日間、ずっと聞いてみたいことがあった。

「……伊織《いおり》のこと、恋人としては考えられなかったの？」

枕詞《まくらことば》もなしに核心を問うと、華代は怪訝《けげん》そうにこちらを見つめてきた。

「合宿の頃からかな。随分と打ち解けていただろ。部活中に二人で喋っている姿も見ていたし、華代もある程度は、伊織のことを認めていたのかなって思ってた」

「……認めてないわけじゃないよ。伊織のことはきちんと評価している」

「そっか。じゃあ、これから先、もしかしたら答えが変わる日もくるのかな」

問うでも確認するでもなく呟いた僕の言葉に、彼女は反応しなかった。

ココアを飲み干した後で。

「私も優雅に聞きたいことがある」

「聞きたいこと？」

小さく頷いた華代の横顔に、迷いみたいな何かが張り付いていた。

「真扶由と別れたって聞いた。付き合う前の関係、ただのクラスメイトに戻ったって」

藤咲《ふじさき》真扶由《まふゆ》は華代の唯一と言って良い同性の友達である。二人の仲の良さを思えば、その辺りの事情を聞いていても何ら不思議ではない。

「そうだね。真扶由さんが華代に話したことなら、多分、すべてその通りだと思うよ」

華代の表情が曇り、明確な非難の視線が突き刺さった。

「……優雅はそれで良いの？」

「どういう意味？」

「一度は真扶由と付き合うって決めたわけでしょ？　付き合いたいって思ったわけでしょ？それなのに、こんな風に関係を解消して後悔はないの？」

宙を見つめながら考えてみる。ありのままの感情を探った時に出てくる答えは……。

「心に小さな穴が開いたような気がしたよ。あの時、確かにそんな気がした」

「それって後悔とは違うの？」

「色んな言葉を当てはめて考えてみたけど、どれもしっくりこなかったかな。自分のことなのに、どうしてこんなに訳が分からないんだろう。……ああ、でも、分かっていないのは自分のことだけじゃないのか。真扶由さんが説明してくれた別れの理由も釈然《しゃくぜん》としなかったし」

「不思議だなって思った？」

「そんな言葉が適切なのかもね。女の子は不思議なことを言うんだなって思ったよ」

飲み干したココアの缶を見つめながら、華代は黙り込んでしまう。

そんな風にして、どれくらいの沈黙が僕らの間に横たわっただろう。

やがて、疲れたような口調で、再び華代が口を開く。

「真扶由が優雅に別れたいって言った本当の理由、教えてあげようか？」

「知ってるの？」

友人の華代には、何らかの秘密めいた想いを告げたということなのだろうか。

「……先に謝っておく。ごめんね」

告げられた言葉に、何一つ思い当たる節がないまま、僕は華代の回答を耳にする。

「真扶由が別れることを決めたのは、私が優雅を好きになってしまったからだよ」


僕はその時、一体、どんな顔をしていたんだろう。

華代が冗談を言うような人間じゃないことは分かっている。しかし、それがありのままの真実なのだとしても、理解に達するには何かが足りなかった。それが言葉なのか、行動なのかも分からないまま、ただ、困惑の渦中にいた。

「きっと、優雅はそういう顔をするだろうなって思ってた」

華代はその場に立ち上がり、僕から視線を剥《は》がす。

「私が優雅を好きになったたって知って、真扶由は悩んだんだと思う。公正な人間だから、優雅に想われているわけじゃないのに、自分だけが恋人としての立場でいるなんて出来ないって、多分、そう考えたんだと思う」

僕には理解し得なかった真扶由さんの心を、華代が紐解《ひもと》いていく。

「ずっと、私は自分の中にある優雅への感情が、よく分からなかった。出会ったばかりの頃は嫌いだったたって言ったよね。あれは本当の話だし、こんなことになるなんて夢にも思っていなかった。でも、優雅は優しい人だから。優しいくせに寂しい人だから」

痛みを噛み殺すような、そんな顔で華代は続ける。

「私が気持ちを自覚した時には、もう、優雅は真扶由と付き合っていた。私は真扶由が好きだから、それで良いと思ったし、邪魔をするつもりなんてなかった。だけど、気付かれてしまった。私たちは友達だから。初めて出来た親友だったから」

僕は何を想いながら彼女の話を聞けば良いのだろう。

「真扶由に言われたの。優雅が今、何よりも大切にしているのはレッドスワンだって。そのレッドスワンは誰が欠けてもレッドスワンじゃなくなるんだって。……そして、もしも感情を噛み殺して私が壊れてしまったら、レッドスワンも壊れてしまうんだって」

華代は自嘲気味に微笑んで見せる。

「そんなことにはならないって反論したんだけどね。真扶由は認めてくれなかった。私と一緒にチームが壊れてしまうことばかり心配していた。全国の強豪と戦おうって時に、こんなことになっちゃってごめんね。告白しておいてこんなことを言うのも馬鹿みたいだけど、私のことは本当に気にしなくて良いから」

「……さすがにそれは無理かな」

相手が華代でなければともかく、チームメイトの懸想《けそう》を思考の外に置くなんて、そんな器用な真似、僕には到底出来ない。

「じゃあ、悪いけど覚えていて。私はそれだけで十分だから」


「……恋って何なんだろうな」

思わず本音が唇から零れ落ちる。真扶由さんに告白されたあの日から、毎晩のように考えていたけれど、未だに僕にはよく分からない。問うような眼差しを送ると……。

「そんな顔で見られても説明出来ないよ。私だって人を好きになったのは初めてだもの」

「そうなの?」

「うん。でも、一つだけ教えてあげる」

華代は遠慮がちに微笑んでから……。

「そんなに悪い気分でもなかったよ。人を好きになるって」

4

藤咲真扶由《ふじさきまふゆ》に恋人関係の解消を打診され、華代《かよ》が伊織《いおり》を振ったと思ったら、まさかの告白を自分が受けてしまった。一連の出来事は一週間足らずの間に起きている。

頭の中にコンピューターで言うところのメモリのような物があるとしたら、完全に飽和状態を迎えていたわけだが、襲いかかる怒濤《どとう》の日々は、まだ終わっていなかった。


十一月二十一日、高校選手権に出場する四十八の代表校が出揃う。

前年度王者でありインターハイ準優勝校、鹿児島青陽《かごしませいよう》。

三年連続でベスト4以上の成績を残し、ついにインターハイで頂点に立った加賀翔督《かがしょうとく》。

名立たる名門が順当に出場を決める一方、十五年以上連続で選手権に出場していた青森の高校が地方予選で敗れるという波乱も起きていた。青森にはスーパーシードという特別枠があったはずだ。圧倒的な強豪校でも負けることがある。やはりサッカーには絶対などないのだ。

その日の夜、二日後の組み合わせ抽選会を見据え、特番が放送されることになっていた。

近年、高校サッカーはクラブユースの勢いに押され、斜陽《しゃよう》の雰囲気を帯びている。しかし、本年度の選手権大会は、過去十年で最高レベルの注目を浴びていた。

古豪を指揮する舞原世怜奈《まいばらせれな》の存在により、普段以上の注目が集まっている。しかも、今が旬の女優、櫻沢七海《さくらざわななみ》が応援マネージャーに就任したのだ。離れ始めた世間の関心を呼び戻すために、こんなにも好材料が揃う年はないだろう。

話題性抜群の赤羽高校には、週中に取材のテレビクルーが訪れていた。

世怜奈先生のみならず、年代別日本代表経験者ということで僕にもカメラが向けられ……。

「チームとしては優勝を、個人としては得点王を狙っていきます」

選手権のフィールドに僕が立つことはない。しかし、対戦校に警戒心を抱かせるため、世怜奈先生が用意した抱負を、カメラに向かって棒読みで語らされることになった。

SNSで始まった『ガラスのファンタジスタ』祭りは、未だ収束していない。収録されたのは詐欺《さぎ》みたいなインタビューだが、特番の目的が世間の関心を引くことである以上、容赦なく流されてしまうだろう。

インタビューを受けたのは僕だけではない。部員は皆、本日の放送を楽しみにしていた。

全国放送でチームが紹介される特別な機会である。二十三時からの放送を一緒に見ようという話になり、二年生の男子部員は、練習後、僕の家に集まることになった。三馬鹿トリオも普通にやって来ている。

認知症の祖母が施設に入って以来、僕は市営住宅に一人で暮らしている。仲間たちが入るスペースは十分にあるものの、さすがにリビングは狭くなっていた。

特別番組の冒頭は、今年の応援マネージャー、櫻沢七海の紹介から始まった。

「やっぱ抜群に可愛いよな」

「こんな子、本当に新潟にいたのかよ。同級生だろ？　何処の小学校だったんだろうな」

応援マネージャーの紹介にここまで時間を割くのは、バレーボールの大会で男性アイドルがフィーチャーされるのと同様、視聴者のニーズを鑑《かんが》みてのことなのだろうか。彼女はバラエティ番組に出ないらしく、こういった生放送に出演するのも異例であるという。櫻沢七海が台本以外の台詞を喋る貴重な機会ということで、特番はネットニュースでも取り上げられていた。

「楓《かえで》！　穂高《ほだか》！　リオ！　番組、始まったぞ！　見ないのか？」

三馬鹿トリオはうちに入るなり、楓が持ってきたサッカー雑誌を広げ、奥の部屋で騒ぎ始めていた。番組を見ないなら何しに来たんだろう……。

紹介ＶＴＲの中では女優らしい笑顔を振りまいていたものの、スタジオの櫻沢七海は番組開始から強張《こわば》った眼差ししか浮かべていない。生放送に緊張しているのだろうか。

やがて明後日の組み合わせ抽選会を踏まえた、注目校の紹介が始まった。

高校選手権では前年度の成績がベスト4だった都道府県にシード枠が与えられる。出場校が異なっていてもシード権は引き継がれるため、鹿児島、東京A、長崎、石川の代表校は、抽選前からトーナメントにおける番号が決まっている。分かりやすい優勝候補の一角と言えるだろう。

前年度王者を筆頭に、注目チームの紹介VTRが流されていった。

そして、ついに赤羽高校の名前が全国放送で読み上げられる。そのまま短いVTRが始まるかと思ったのだが、映像がスタジオに切り替わり、MCたちが世怜奈先生の話を始める。

インターネットで一目惚れをした。インタビューを見て以来、すっかりファンになってしまった。MCの雑感がひとしきり続いた後で、番組はCMに突入する。どうやら美人監督が率いるレッドスワンには、既にCMをまたげるだけの力があるらしい。

「おい、三馬鹿！　もうすぐ、うちの紹介が流れるぞ！」

伊織に促され、ようやく楓、穂高、リオがリビングへとやって来る。

「どうせ先生と優雅《ゆうが》の紹介だろ。興味ねえよ」

悪態をつきながらも楓はテレビの前に腰を下ろす。

「うちは久しぶりの出場なんだ。注目が集まるだけで凄いことさ。良きにせよ、悪《あ》しきにせよ、モチベーションにも繋がるしな」

赤羽高校の紹介VTRは、およそ予想通りのものだった。

かつて選手権を沸かせた名将にバトンを託された二十六歳、大会最年少監督、舞原世怜奈。年代別日本代表の経歴を持つ、ガラスのファンタジスタ、高槻優雅《たかつきゆうが》。

案の定、僕ら二人を中心としたVTR構成だったが、キャプテンの伊織、楓、リオ、常陸《ひたち》の長身四人にもスポットライトが当たっていた。全チームを見回しても、これほど背の高い選手をレギュラーに揃える高校は存在しない。セットプレーの強さなど、きちんとサッカー的な部分にも焦点を当てた、予想以上にまともな紹介だった。

しかし、事件はVTRが終わった後で起きる。

いや、これは生放送の特番である。事件と言うより、事故と言った方が正確だろうか。

『ガラスのファンタジスタ、高槻優雅君には全国大会でも沢山のファンが生まれそうですね。櫻沢ちゃんは、どう？　確か事務所は恋愛禁止という話だけど、彼のような選手は……』

冗談めかしながら話題を振ったMCが異変に気付く。

『……あれ、櫻沢ちゃん？』

番組が始まって以降、強張った表情で口をつぐんだままだった櫻沢七海が、大粒の涙を流している。止め処《とど》なく溢れる涙を拭いもせずに、真っ直ぐ前を見据えていた。

既に何本もの映画に出演している女優である。涙を流すくらい朝飯前だろう。

これは何かの演出なのだろうか。そんなことを思ったのだが、真実は大きく異なっていた。

『……楓君』

テレビから聞こえてきた言葉に、一瞬、耳を疑ったのは僕だけではないだろう。

櫻沢七海はその場に立ち上がり、画面に向かって請《こ》うように叫ぶ。

『楓君！　ねえ、見てるんでしょ！　私だよ！　七海だよ！』

生放送の特番とはいえ、突如、泣きながら語り始めた女優を止められる者はいなかった。

『会いたかった！　私は楓君にずっと会いたかった！　君のことを忘れた日なんて一日だってなかった。覚えてる？　私たち結婚しようって約束したよね？』

「……おい。何だ、これ」

口を半開きにしたまま伊織が呟き、楓は青白い顔でその頬を引きつらせていた。

『こんなところで再会出来るなんて思わなかった。楓君、私に会うために全国大会に出場してくれたんでしょ？　分かってる。ちゃんと七海には伝わったよ！』

これは女優の演技なのだろうか。それとも、この明らかに痛い感じが本性なのだろうか。

「……悪夢だ。七海に見つかっちまうなんて、もう終わりだ」

「どういうことだよ。お前ら知り合いなのか？」

「畜生《ちくしょう》。まさか大会前から特番に出て来るなんて……。見つからないと思ったのに……」

伊織に問い詰められ、楓は真っ青な顔で頭を抱える。

『……あの、櫻沢ちゃん。楓君というのは赤羽高校のＧＫ《ゴールキーパー》だよね？　彼は知り合いなの？』

『幼い頃に引き離された運命の人です。最初で最後の私の王子様』

迷う素振りもなく櫻沢七海は断言する。

『君の事務所は恋愛禁止だったよね？　台本にはないけど、映画の宣伝か何かのドッキリ？』

動転気味のＭＣから投げかけられた疑念に対し、彼女は首を横に振る。

『恋愛禁止なんて私には関係ない。だって子どもの頃からずっと一緒だったんです』

「……お前が倉庫や大型犬の檻《おり》に俺を閉じ込めたからな」

恍惚《こうこつ》とした表情で語る櫻沢七海は画面の向こう側である。

こんな場所で発した怨嗟《えんさ》の声など届くはずもない。

『二人で色んなところへ冒険に行きました。あの頃、すべてが私たちの秘密基地だった。海でも、山でも、私たちはいつも二人で一つだった』

「……突き落とされた記憶と、おきざりにされた記憶しかないけどな」

『楓君さえいれば私は無敵だったんです。それなのに、小学二年生の時に、父の転勤で新潟を離れることになってしまって……。でも、私は一日だって忘れたことなんてなかった。女優として今日まで頑張ってきたのは、私の姿を楓君に見せたかったからなんです』

自らの胸に両手を当て、目を閉じると、想いを反芻《はんすう》でもするように彼女は頷く。

『私には楓君の気持ちが分かります。彼はきっと高校選手権で優勝して、私を芸能界からさらうつもりなんだ。きっと、そうに違いない』


「……おい。櫻沢七海ってのは、こんなに危ない奴だったのか？」

「演技以外でテレビ出演しないとは思ってたけど……」

生放送の特番はめちゃくちゃなことになっていた。

これ以上、好き勝手に喋らせるわけにはいかないと判断したのだろう。マネージャーらしき人物が無理やり彼女を画面の外へと引きずっていく。

だが、今更、取り繕《とつくろ》っても遅い。人気絶頂、スキャンダルとは無縁だったティーンエイジャーの女優が、生放送で愛を告白したのだ。この先に待ち受ける混乱は想像もつかない。

世怜奈先生が世間に認知された時も、それはそれで物凄い瞬間風速を計測したのだろうけれど、彼女はあくまでも素人だ。国民的女優とは、そもそもの知名度が違い過ぎる。

今年の高校選手権が一体どんな大会になるのか。最早、その断片さえ想像出来なかった。

「お前！　七海ちゃんと知り合いだって何で隠してたんだよ！」

「ギルティ！　ギルティ！　ギルティ！」

穂高とリオに摑みかかられた楓は、放心状態で抵抗も出来ずに床に転がる。

誰にでも出自があり、すべての因果には理由がある。

どうやら榊原楓《さかきばらかえで》と櫻沢七海は幼馴染のようだし、楓が現在のように捩《ね》じ曲《ま》がった性格になってしまった背景には、彼女の存在があるようだ。

この世界は驚きで満ちている。

世怜奈先生や僕に興味を抱いていなかった人間でも、この騒動により、レッドスワンを嫌でも注視するようになるだろう。いや、話はそんな小さな世界では完結しない。高校サッカーに微塵の興味も抱いていなかった人間ですら、僕らのチームに注目するに違いない。

櫻沢七海が王子と断言し、求愛した榊原楓は、古豪レッドスワンの正GKだ。

彼が国民的女優の相手として相応しい選手なのか、世間は無責任に評価を下そうと見つめるはずだ。わずか一日で、楓はあらゆる選手の中で最も有名人となってしまった。


そして、二日後。

最後のサプライズがレッドスワンを襲う。

第九十四回、高校サッカー選手権大会。

抽選の結果、レッドスワンの初戦の相手は、前年度王者、鹿児島青陽《かごしませいよう》に決まる。

青陽にはあの有名な親子鷹《おやこだか》、鈴羅木達弘《すずらぎたつひろ》と鈴羅木槍平《すずらぎそうへい》がいる。J2のクラブに内定が決まっている高校ナンバーワンGKと、楓はいきなり初戦で対決することになったのだ。

こんな人生を、一体、誰が想像し得ただろうか。

舞原世怜奈に率いられて以降、信じられないような出来事が降りかかってばかりだった。

しかし、誰一人として目の前の戦いに怯《ひる》んでいる者はいない。

この胸には、かき消せない勇気が燃えている。


いつだって未来は白紙だ。

僕たちはそんな未来に、余白いっぱいまで希望を描くのだ。

The REDSWAN Saga Episode.3『レッドスワンの奏鳴』に続く

【サッカーコート見取図】

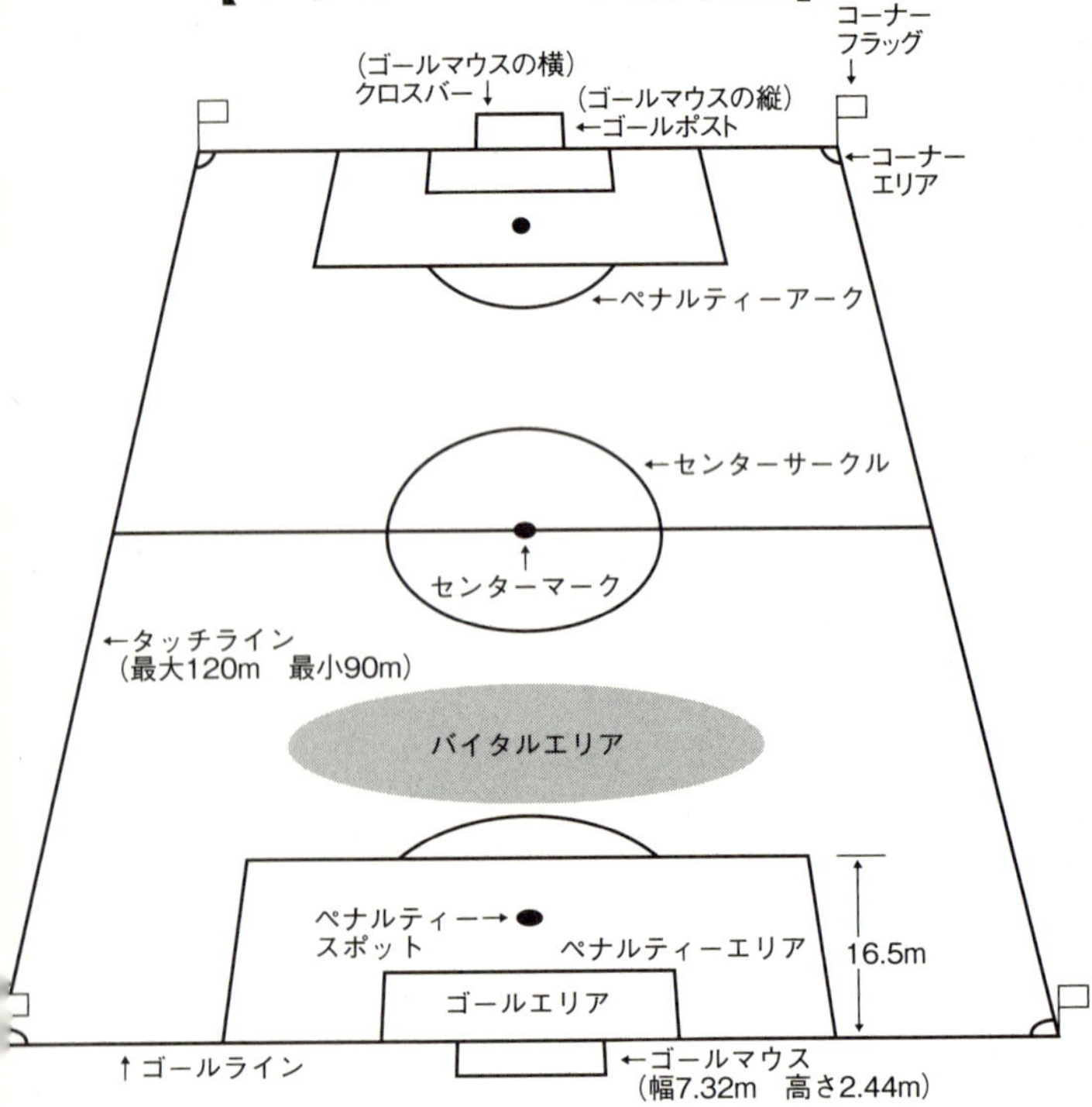

ペナルティーエリア：GKが手でボールを扱える。このエリアで反則を犯すとPKとなる。
ゴールエリア：ゴールキックの際にボールを置くエリア。
センターサークル：キックオフ時に相手選手が入れないエリア。
ペナルティーアーク：PKの際、キッカー以外が入れないエリア。
ペナルティースポット：PKの際、ボールをセットする場所。
バイタルエリア：実際の表示は存在しない概念上のエリア。

interlude　たった一人のための物語

The REDSWAN Saga

1

十一月二十四日、火曜日。

高校選手権、組み合わせ抽選会の翌日。

「優雅《ゆうが》君、今、時間ある？」

お昼休み、楠井華代《くすいかよ》のタブレットで、同じブロックに入った代表校たちを調べていたら、意外な顔に話しかけられた。

声をかけてきたのは井原典子《いはらのりこ》。半年前にクラスメイトになった同級生だが、今日までほとんど喋った記憶はない。彼女の隣に立つ、髪の長い女の子の方は見覚えすらなかった。他クラスの友人だろうか。

隣に座っていた華代にタブレットを返し、向き直る。

「大丈夫だよ。何？」

彼女は教室を見回してから、廊下を指差す。

「人がいないところで話したいんだけど」

「……ああ。うん。分かった」

その時、思ったのは、また告白でもされるのかなということだった。

僕の容姿は、女子の目に無駄に麗しく映るらしい。喋ったこともない女子や、名前すら知らない他クラスの生徒から交際を申し込まれるということが、高校生になってからも何度かあった。教室では喋りにくい話題なんて、そう幾つも思いつかない。多分、これから始まるのは、そういう類の話なんだろう。咄嗟《とっさ》にそう考えたのだけれど……。

「楠井さんも一緒に来てくれる？」

「私も？」

意外そうな声で華代が問い返した。

「出来たら二人に聞いて欲しい話だから」

何だろう。まったく想像がつかない。

華代も一緒ということは、用件は色恋沙汰ではないということだろうか。

自惚れに端を発する自意識過剰な推測が恥ずかしかった。

十一月も後半になれば、新潟市では雪が降ってもおかしくない。

冬の廊下は冷える。教室を出ると華代が身体を震わせた。

「一緒にいることが多いけど、楠井さんって優雅君と付き合ってるの？」

井原さんに尋ねられた華代は、小首を傾げて見つめてきた。

「私たちって付き合ってるの？」

「何で僕に聞くんだよ」

「どうなのかなって思って」

「付き合ってないだろ」

「そうだよね。そうだと思った」

本当、どういうつもりで喋っているんだろう。

女子の気持ちというのは、いつだってよく分からない。

華代から予期せぬ告白を受けたのは、つい一週間ほど前のことだ。告白以降、華代の態度が変わったということはないし、こちらも今まで通り接するようにしているが、互いの間に微妙な空気感が広がる瞬間というのも確かにある。

「そっか。付き合ってないのか。優雅君ってさ、もてるのに恋愛に興味なさそうだもんね」

少し前まで、僕はここにはいないクラスメイトの藤咲《ふじざき》真扶由《まふゆ》と付き合っていた。

とはいえ、それは非常に淡泊な交際だった。付き合っていたと言って良いのかさえ分からない交際だったと記憶している。井原さんはクラスメイトだが、一時期、僕と真扶由さんが付き合っていたことに気付いていなかったのだろう。

「優雅ってそもそもサッカー以外に好きなことあるの？」

華代に問われる。

「映画を観ることかな」

「それ、伊織《いおり》の影響でしょ。優雅自身の趣味じゃないじゃん」

「僕だって映画は好きだよ」

「じゃあ、一人で映画館に行ったことはある？」

「ないけど」

「自分の意志で映画を借りたことは？　ストリーミングサービスに加入してる？」

「どちらも、ないかな」

「ほら。もうちょっと青少年らしく生きなよ。一応、人間なんだから」

「何だよ一応って。立派に人間だよ」

　僕らの下らないやり取りを聞いていた二人が笑う。

「サッカー部って仲良いよね。優雅君って教室でも喋っている姿をあまり見ないから、何だか新鮮。私、優雅君を見ているとさ、時々、綺麗な彫刻が教室に置いてあるのかと思うことがあるよ」

　反応に困る言葉だった。

「高校生になってから、サッカー部の印象って変わったんだよね。昔は軽薄なイメージがあったんだけどな。意外と真面目な人が多いんだなって分かった。文系も理系も成績上位を独占しているしさ。文武両道って感じ？」

「全員が真面目なわけじゃないよ。問題児も沢山いる」

「あ、知ってる。テレビで見たよ。スポーツ推薦の楓《かえで》君だったっけ。櫻沢七海《さくらざわななみ》に告白されていたよね。超面白かった」

「いや、笑い事じゃないんだけどね」

あの事件のせいで、楓はこれから、サッカーに関心のない人々にまで注目されていくことになるだろう。マスメディアに対して、楓が真摯な態度を見せるなんてことは絶対に有り得ない。今後の奇行を思うだけで憂鬱だった。


「それで私たちに何の用？　廊下まで出て来て雑談したかったわけじゃないでしょ」

ようやく話が本題に戻る。

「うん。実は二人に頼みたいことがあったの」

「頼みたいこと？」

華代と一緒に呼び出すくらいだから、サッカー部に関係することだろうか。

井原さんに肘でつつかれ、黙って僕らのやり取りを見ていた少女が口を開く。

「初めまして。私、三組の野村真奈美《のむらまなみ》です」

「あ、初めまして。高槻優雅《たかつきゆうが》です」

「知ってます。優雅君は有名人だから。ガラスのファンタジスタ」

その呼び方、校内にまで浸透しているのか。本当に迷惑な話だった。

「二人に聞きたいことがあって、典子に呼び出してもらったの。単刀直入に聞くけど、サッカー部の城咲葉月《しろさきはづき》先輩って彼女いるのかな？」

野村さんの問いを聞き、華代の顔が漫画みたいに引きつった。

恥ずかしそうに、いかにも勇気を奮いましたみたいな口調で、彼女は尋ねてきたが、正直、対応に困る質問である。

「どうして固まっているの？　やっぱり、彼女さん、いるよね？」

「いや……いないんじゃないかな」

「本当に？」

食い気味に尋ねられた。

「だって葉月先輩でしょ。なあ、華代」

隣に目をやると、引きつった顔のまま華代が頷く。

「絶対いないと思う」

「そっか。良かったぁ！」

「真奈美、やったね！　一歩前進じゃん！」

二人の女子が盛り上がる様を、物凄く嫌そうな顔で華代が見つめている。気持ちは分からなくもないが、感情が表に出過ぎだと思った。

城咲葉月は不動の左サイドバックにして、セットプレーのキッカーでもある。

身長百七十六センチの先輩は、レッドスワンの中でこそ小柄に映るが、姿勢が良いため、実際に会えば、スタイルの良さも一目瞭然である。優男風の外見であり、攻守にわたって目立つ選手だから、女子の注目を浴びるのも理解出来ないわけではないが……。

野村さんに真剣な顔で見つめられる。

「優雅君、葉月先輩に告白したいんだけど、呼び出してもらうことって出来る？」

「えーと……」

本音を言えば、やめた方が良いと思う。

葉月先輩に告白するなんて、正気の沙汰ではない。ただ……。

「止める権利は誰にもないので、どうしてもと言うなら」

「お願いします。これ以上、先輩が有名人になる前に告白したくて」

人間の好みは人それぞれだ。とやかく言う資格は誰にもない。

「まあ、好きにしたら良いと思うけど、どうして葉月先輩なの？」

「え、だって格好良くない？　私、ビッグスワンで決勝戦を見ていて夢中になっちゃった」

「葉月先輩のプレーに注目したっていうのは、正直、見る目があるなと思うけど」

「そっか！　そうだよね！」

「ガラスのファンタジスタのお墨付きって凄いね！」

「ごめん。その呼び方はやめてもらって良いかな」

「優雅君って日本代表なんでしょ？　その優雅君が認めるんだもん。やっぱり、凄い先輩なんだよ！　真奈美、見る目があるってさ！」

いや、どうだろう。プレイヤーとしての葉月先輩は間違いなく一流だが、問題はすべてを台無しにしてしまう、その人格である。しかし、これだけ盛り上がっている女の子に、詳細を説明出来るはずもなく……。

考えたこともなかったけれど、葉月先輩って女子にもてるんだろうか。

あの性格で恋人がいるとは思えない。普段、世怜奈《せれな》先生や華代以外の異性と喋っている姿も見たことがない。

四六時中、格好付けているのは、女子にもてたいからなんだろうか。

後輩に告白されたら、先輩はどんな反応をするんだろう。


善は急げ。

お昼休みに早速、告白したいと言われ、三年生の教室がある西棟へ向かうことになった。

「ねえ、本当に紹介するの？」

後ろをついてくる二人に聞こえない程度の小声で、華代に問われた。

「そりゃ、まあ、頼まれたわけだから」

「世の中には、幇助罪《ほうじょ》っていう罪もあるんだからね」

「どういう意味だよ」

「葉月先輩だよ？　あんな変態に女の子を紹介するなんて、人間として恥ずかしくないの？」

凄まじい言われようだった。

「野村さんの方が好きって言ってるんだから仕方ないだろ」

「絶対、幻想だよ。それか目の病気。重症」

「お前さ、もうちょっと言葉を選べよ」

「選べないわよ。自分たちのせいで誰かが不幸になったら寝覚めが悪いじゃない」

華代の葉月先輩に対する評価が低いことは知っていたが、まさかここまでとは思わなかった。

日頃のおこないというのは、それだけ重要なのだろう。

2

華代《かよ》は仲を取り持つことに反対のようだが、ここまで来たら引き下がれない。

葉月《はづき》先輩の教室に辿り着き、扉の近くにいた男子に呼び出してもらった。

「優雅《ゆうが》じゃないか。珍しいな」

意味もなく髪を掻き上げながら、葉月先輩が現れる。

「突然、呼び出してすみません」

「華代も一緒か。どうした？　昼間から俺に会いたくなったのか？」

「そういう気持ちになったことは一秒もないです」

即答した華代の目が笑っていなかった。

「先輩と話がしたいっていう女の子がいて、それで連れて来たんです」

「俺に話？」

そこで葉月先輩は、僕らの後ろにいた二人の女子に気付く。

「じゃあ、僕と華代は帰りますので、あとは三人で……」

その場を立ち去ろうとしたその時、

「あの、先輩！」

胸の辺りで両手を組んだ野村《のむら》さんが、葉月先輩の前に小走りで進み出た。

その頬が一瞬で朱に染まり、

「私、先輩のことが好きです！　もしも彼女がいなければ、付き合って下さい！」

冷えた廊下に、シンプルな告白の言葉がこだました。

予期せぬ急展開に、踏み出した足が止まる。

隣の華代も引きつった顔で固まっていた。

展開が早過ぎないか……？

野村さんは自己紹介すらしていない。

出会った直後に告白されたんじゃ、さすがの葉月先輩も……。

「なるほど、そういうことか」

予想に反し、葉月先輩は平生の眼差しのままだった。余裕すら感じる微笑を浮かべている。

まさか告白され慣れているタイプなのか？

世の中には、人を見る目がない女子がそんなに多いのか？

「ありがとう。君の気持ちはよく分かるよ」

「本当ですか？」

「ああ。俺を好きになる気持ち、痛いくらいによく分かる」

良い感じの声色で、このアホは何を言っているんだろう。

「突然、告白されたら先輩だって困ってしまいますよね。でも、サッカー部はこれから全国大会に出るじゃないですか。そしたら、先輩を好きだって女子が、もっと沢山現れると思って。だから一日も早く告白しなきゃって」

「聡明な決断だと言わざるを得ない」

「分かってくれますか？　良かった！　あの、私、こう見えて一途《いちず》ですし、尽くすタイプです。先輩は私のことなんて顔も知らなかったと思いますけど、これから好きになってもらえるよう一生懸命に頑張るので、彼女にしてもらえませんか？　私を先輩の恋人に……！」

井原《いはら》さんはともかく、ほぼ他人である僕や華代までいるのに、どうしてここまで、このシチュエーションに入り込めるのだろう。文字通り『恋は盲目』なんだろうか。

葉月先輩は穏やかな眼差しで野村さんを見つめ、

「気持ちは嬉しいよ。ただ、申し訳ないが、応えることは出来ない」

優しい声で、はっきりとそう告げた。

みるみるうちに野村さんの目尻に涙が溜まっていく。

「……どうしてですか？　今、恋人いないんですよね？」

「今って言うか、生まれてこの方いないでしょ」

呆れたような口調で華代が呟いたが、葉月先輩には聞こえなかったようだ。

「付き合えない理由は簡単さ。君よりも好きな人がいるからだ」

葉月先輩の口から零れ落ちたのは、あまりにも意外な言葉だった。

「好きな人……ですか？　それはクラスの人？」

葉月先輩が首を横に振る。

「じゃあ、サッカー部のマネージャー？」

葉月先輩は華代に目を移すと、次の瞬間、鼻で笑った。

「ちょっと！　今のどういう反応ですか！　失礼じゃないですか！」

「有り得ない」

華代をもう一度見つめてから、

「有り得ないよ。華代は物理的に有り得ない」

「どういう意味ですか！　こっちだって絶対にないですからね！」

切れる華代を抑え込む。

僕らは部外者だ。ここに華代が絡むと無駄に話がややこしくなる。

「それじゃあ、先輩の好きな人って誰なんですか？」

憂いを帯びた眼差しで、葉月先輩は意味深に髪を掻き上げる。それから、

「俺だよ」

葉月先輩はそう告げた。

多分、その時、言葉の意味を正確に理解出来ていたのは、僕と華代だけだろう。

「どういう意味ですか？」

「人にはそれぞれに幸せを感じる瞬間がある。そして、俺にとって至福の瞬間は、鏡を見ている時間なんだ。俺は世界中の誰よりも、俺のことが好きなのさ」

思わず溜息が出てしまう。

真剣な顔で、このアホは何を喋っているんだろう。

「もしかして私のことを馬鹿にしていますか？」

引きつった顔で野村さんが問《と》い質《ただ》したが、

「馬鹿になんてしていない。俺はいつでも本気だ」

葉月先輩はポケットから手鏡を取り出すと、良い感じの角度をつけながら覗き込み、乱れた髪を直し始めた。

髪型が気になるなら、わざわざ掻き上げなきゃ良いのに……。

「気持ちに応えられず申し訳ないが、誰にも俺と俺の邂逅《かいこう》を邪魔することは出来ない」

この人、この状況で、何で手鏡に向かってウインクしているんだろう。

本当に消滅してしまえば良いのに。

「意味が分からないです。真奈美《まなみ》と付き合いたくないなら、そう言えば良いじゃないですか！何ですか俺と俺の邂逅って、からかうのもいい加減にして下さい！」

井原さんが怒りたくなる気持ちも分かるが、彼女は完全に誤解している。

性質が悪いことに、葉月先輩は嘘なんて言っていないのだ。彼女たちをからかっているわけでもない。先輩はすべてを本気で言っている。

「真奈美、もう行こう。やめた方が良いよ。こんな不誠実な人」

自分の変態性を包み隠さずに話しているわけだから、ある意味、誠実なんじゃないかという気もしないでもないが、彼女が先輩を諦めるというなら、それが一番平和だと思う。

「会いに来てくれて、ありがとう！」

小走りで去って行く二人の背中に、葉月先輩の言葉が届く。

野村さんと井原さんが振り返ったが、葉月先輩は彼女たちにではなく、手鏡に向かって話し続けていた。

「高校選手権、必ずゴールを決めるから見ていてくれよな！」

「……怖い。何なのあの人」

「行こう。相手にしない方が良い」

走り去る二人になんて見向きもせずに、葉月先輩は満足そうな顔で手鏡を見つめていた。

本当にどの面下げて生きているんだろう。


二人の姿が見えなくなると、額に手を当てて華代が大きく溜息をついた。

「葉月先輩ってサッカーは上手いけど、人間としては屑《くず》ですよね」

オブラートに包む気ゼロの感想を華代が告げる。

「スターダストってことか。罪な男だ」

「いや、勝手に『星』を付け足さないで下さい。ただのダストです。燃えないゴミです」

「ハートはいつでも燃えているけどな」

駄目だ。会話にならない。

多分、これがヘディング脳って奴なのだろう。長期にわたってヘディングを繰り返したことで、脳が損傷しているのだ。そう思うしかない。むしろ、そう思いたい。

「華代。僕らも行こう」

「そうね。私も限界」

変態というのは他人の生気を吸い取る能力でも持っているんだろうか。

上級生の教室を案内しただけなのに、心も体も疲れ果てていた。


「優雅！」

どんなアホでも先輩は先輩である。呼ばれたら立ち止まらないわけにはいかない。

嫌々振り向くと、葉月先輩が右手の甲を見せながら、親指と人差し指と小指を立てていた。

良い感じの笑みを浮かべているが、何のポーズだろう……。

「全国大会、楽しみだな。選手権では俺とユニットを組もう！」

……また、おかしなことを言い始めた。

意味が分からない。本当に訳が分からない。

視界から消えて欲しい。

城咲葉月《しろさきはづき》はレッドスワンで一番メンタルの強い選手だ。

ハートの強さだけならプロの一流アスリートと比べたって遜色ないだろう。試合にプレッシャーを感じている姿なんて、大袈裟ではなく一度も見たことがない。どんなに大切な試合でも、ミス一つせずに淡々と全力を披露するし、相手がどれだけ格上でも雰囲気に飲まれることなく実力を発揮してみせる。

仮に十一人全員が葉月先輩の強靭《きょうじん》なメンタルを持てたとしたら、どんなに強力なチームに仕上がるだろう。そんなことを考えたこともあったが、それは、きっと叶わぬ夢だ。

天は二物を与えず。

城咲葉月は超一流のメンタルと引き換えに、品性を失った男なのだ。

「ユニット名、考えておいてくれよな！」

「優雅、目を合わせちゃ駄目。うつるから」


十日前、選手権予選の決勝で、葉月先輩は自分が得点したわけでもないのに、テレビカメラに向かって延々と一人でゴールセレブレーションを披露していた。

これから僕らが挑むのは、全国放送もある高校サッカー界、最高の舞台である。

「葉月先輩、選手権では大人しくしてくれるかな」

「無理に決まってるでしょ」

「やっぱり、そう思う？」

「三馬鹿のことも優雅がどうにかしてよね。コーチなんだから」

「どうにかって言われても、どうにもならないだろ」

振り返ると、葉月先輩は別のポーズを作りながら僕たちを見つめていた。

「放課後、また俺に会えるぜ！」

ホッチキスであの口を閉じてやりたい。

冬の高校選手権が開幕するまで、あと一ヵ月とちょっと。

試合中は誰よりもクレバーで頼りになるのに……。

全国の舞台で先輩が披露するだろう奇行を想像しただけで、今から頭が痛かった。

interlude　Fin

文庫版あとがき

本作『レッドスワンの星冠《せいかん》』は、『レッドスワンの絶命《ぜつめい》』の続刊となります。

ぜひとも『絶命』から、レッドスワンの世界に入って頂けますと幸いです。


傷の多い生涯を送ってきました。

子どもの頃から身体を動かすことが好きで、無鉄砲さ故の生傷が絶えず、行きつけの店は整形外科という少年時代でした。

「また、お前か」と、お医者様に苦言を呈《てい》されたことも、一度や二度ではありません。

本作『レッドスワンの星冠』はサッカーを題材にした小説です。しかし、学生時代、私が夢中になっていたスポーツは、サッカーではありません。ティーンエイジャーの頃、心を最も強く捉えていたスポーツはバスケットボールでした。

そんな私がサッカーに関心を持ち始めたきっかけは、十七歳のとある出来事だったように思います。その年の六月、受験生だったにも関わらず、友人が突然、二週間近くも学校を休みました。ようやく登校してきた彼に欠席の理由を尋ねたところ、

「毎日、ワールドカップを観ていた」

という回答が返ってきました。時差のあるフランスで開催されていたワールドカップを見る

ために、彼は学校を休んでいたのです。何て愚かな奴なんだろう。反射的にそう思ったわけですが、同時に、一抹《いちまつ》の不安もよぎりました。

冷静に考えてみれば、彼の行動は実にロックです。それがロックである以上、本当に愚かなのは彼ではなく私の方なのかもしれません。

大学生になり、私はようやくサッカーの本質的な魅力に気付き始めます。

折しも、故郷ではアルビレックス新潟がＪ１昇格を目指して戦っている真っ最中であり、日本国内は初めてのワールドカップ開催に向けて、盛り上がりを見せている時期でした。

日韓ワールドカップが始まった頃、私は教育実習生として母校の教壇に立つため、帰郷することになりました。そして、実習の歓迎会のために出向いた新潟駅で、忘れられない光景を目にします。

なんとイングランド代表のサポーターが、小さな軽自動車に、ぎゅうぎゅう詰めになって六人も乗っていたのです。体格の良いイギリス人が軽自動車に六人も乗れるはずがありません。普通に窓からはみ出していました。そもそも道路交通法違反です。

遠く、フットボールの母国からやって来た彼らは、サッカー後進国で生まれ育った私たちに、真の情熱というものを見せようとしてくれていたのでしょう。満面の笑みで手を振ってくる姿に、不思議と胸が熱くなったことを覚えています。

前方には警察がいましたが、きっと、捕まっても彼らの笑顔は曇らなかったはずです。何故なら、かつて二週間近くも無断欠席を続けた友人のように、彼らのハートにはサッカーへの愛が燦然《さんぜん》と燃えているからです。……多分。


大学卒業後、私は自分でも本格的にサッカーを始めるようになりました。

それから、早いもので既に十年以上の歳月が流れています。

サッカーやフットサルだけでも四度の骨折（肋骨《ろっこつ》、手首、肋骨、足の指）に見舞われましたが、未だ情熱の火は衰《おとろ》えていません。

傷の多い生涯を送ってきました。

それでも、涙の数だけ強くなれると信じ、私はこの素敵なスポーツに汗を流しています。


右記は単行本（二〇一五年七月発行）に収録されていた、あとがきを手直ししたものです。

……というところまで書いてから、既に一ヵ月が経ちました。

少し前に別の本で言及したのですが、私にとって、あとがきとはエッセイを書く場です。しかし、本作は【サッカー小説、五ヵ月連続刊行】企画の第三弾であり、毎日、自宅で小説を書いている人間の日常に、そうそう面白い出来事など起こるはずもなく、率直に言って、本当に書くことがありません。

　三年前は毎年のように骨折していたので、まだ話題がありましたが、なんだかんだで大人になり、情熱にセーブをかけられるようになったからか、最近はめっきり怪我も減ってしまいました。もう二年以上、整形外科にも行っていません。こんなことは初めてです。

　あまりにも書くことがないので、今回はこの三年に発売された『レッドスワンサーガ』以外の小説を紹介することにします。

『風歌封想』（メディアワークス文庫）
『命の後で咲いた花』完全版（メディアワークス文庫）
『青の誓約　市条高校サッカー部』（KADOKAWA・単行本）
『君を描けば嘘になる』（角川書店・単行本）
『君と時計と嘘の塔　第一幕』（講談社タイガ）
『君と時計と塔の雨　第二幕』（講談社タイガ）
『君と時計と雨の雛《ひな》　第三幕』（講談社タイガ）
『君と時計と雛の嘘　第四幕』（講談社タイガ）
『時の館のエトワール』
（講談社タイガ『謎の館へようこそ　黒　新本格30周年記念アンソロジー』収録）

文庫化やアンソロジーもありますが、羅列してみると思ったよりも発売されていました。ちゃんと仕事をしている感じがします。

　では、突然ですが、ここで問題です。

【ＫＡＤＯＫＡＷＡ】と【角川書店】は何が違うのでしょうか？


　……出題しておいてなんですが、実は私もよく分かっていません。

　現在は【ＫＡＤＯＫＡＷＡ】という会社の中に、【角川書店】というレーベルがあるという理解であっているんでしょうか？　【アスキー・メディアワークス】という会社が【メディアワークス文庫】というレーベルを持っていた、みたいな。吸収合併で消滅してしまいましたが、三年前に発売された単行本では、背表紙下部の表記が【アスキー・メディアワークス】となっていました。光陰矢の如《ごと》し。諸行無常を感じます。

　編集部のある会社が合併したり、部署がくっついたり、解体したり、ＢＣ《ブランドカンパニー》だとか局だとか、ここ数年はよく分からない状態が続いています。

　ただ、最終的には人と人との仕事ですし、自分は幸運にも素晴らしい編集者にばかり巡り会えるタイプだったので、取引先の名前が変わっても、楽しくお仕事が出来ています。これからもそうだと良いなと思っています。

文庫化にあたり、今回も短編を書き下ろしました。

本作に収録された城咲葉月《しろさきはづき》の物語は、三冊の中で、最も加筆したかったエピソードかもしれません。実は本編を書いていた時点で持っていたアイデアだったんですが、当時は挿入出来る場所が見つからず、お蔵入りにしていたエピソードでした。

こうして発表する機会を頂けて本当に嬉しいです。

『interlude　たった一人のための物語』

真摯な気持ちで書きました。

あとがきから読まれた方には、ぜひ正座しながら読んで欲しいです。

レッドスワンのファーストシーズンは、次巻で完結となります。

最後の一試合まで、見守って頂けたら幸いです。

それでは、第三幕『レッドスワンの奏鳴《そうめい》』でも、あなたと会えるよう祈りながら。

綾崎《あやさき》　隼《しゅん》

綾崎　隼

著作リスト

蒼空時雨（メディアワークス文庫）
初恋彗星（同）
永遠虹路（同）
吐息雪色（同）
陽炎太陽（同）
風歌封想（同）
ノーブルチルドレンの残酷（同）
ノーブルチルドレンの告別（同）
ノーブルチルドレンの断罪（同）
ノーブルチルドレンの愛情（同）
ノーブルチルドレンの追想（同）

「19―ナインティーン―」（同）
INNOCENT DESPERADO（同）
赤と灰色のサクリファイス（同）
青と無色のサクリファイス（同）
未来線上のアリア（同）
命の後で咲いた花（同）
レッドスワンの絶命　赤羽高校サッカー部（同）
レッドスワンの星冠　赤羽高校サッカー部（同）
命の後で咲いた花（単行本）
レッドスワンの絶命（同）
レッドスワンの星冠（同）
レッドスワンの奏鳴（同）
青の誓約　市条高校サッカー部（同）
君を描けば嘘になる（同）
君と時計と嘘の塔（講談社タイガ）
君と時計と塔の雨（同）
君と時計と雨の雛（同）
君と時計と雛の嘘（同）

〈初出〉
「レッドスワンの星冠」／単行本（２０１５年７月）
「interlude　たった一人のための物語」／書き下ろし
文庫収録にあたり、加筆・訂正しています。

メディアワークス文庫

レッドスワンの星冠《せいかん》

赤羽高校《あかばねこうこう》サッカー部《ぶ》

綾崎《あやさき》 隼《しゅん》

2018年7月25日　初版発行

発行者　郡司 聡
発行　株式会社KADOKAWA
〒102 - 8177　東京都千代田区富士見2 - 13 - 3
0570-06-4008（ナビダイヤル）
装丁者　渡辺宏一（有限会社ニイナナニイゴオ）
印刷　株式会社暁印刷
製本　株式会社ビルディング・ブックセンター

ISBN978-4-04-893928-7 C0193

メディアワークス文庫　http://mwbunko.com/

本書に対するご意見、ご感想をお寄せください。

あて先
〒102-8584　東京都千代田区富士見1-8-19
メディアワークス文庫編集部
「綾崎 隼先生」係

「青の誓約　市条高校サッカー部」

高槻優雅　桐原伊織

高槻優雅　舞原陽凪乃　桐原伊織

「レッドスワンサーガ」

舞原陽凪乃　嵩本琉生　響野一颯　嵩本和奏

「陽炎太陽」

「初恋彗星」

舞原七虹

嵩本琉生　舞原星乃叶　逢坂柚希　美蔵紗雪

舞原七虹　舞原雪蛍　舞原葵依　舞原星乃叶　結城佳帆　結城真奈

「吐息雪色」

「ノーブルチルドレンシリーズ」

舞原七虹　舞原雪蛍　舞原葵依　舞原琴寧　伊東和也　倉牧莉瑚　舞原夕莉

舞原七虹　楡野佳乃　楡野世露　舞原琴寧　伊東和也　倉牧莉瑚

「永遠虹路」

関根美嘉　瀧本灯子　南条遙都　舞原夕莉

「君を描けば嘘になる」

綿貫真樹那　高槻涼雅　篠宮貴希

舞原世怜奈　高槻涼雅　舞原吐季

「風歌封想」

舞原零央　舞原和颯　舞原世怜奈　藍沢瀬奈

「蒼空時雨」

譲原紗矢　舞原零央　紀橋朱利　朽月夏音　楠木風夏　舞原吐季

楠木風夏　舞原吐季

「INNOCENT DESPERADO」

高見澤凛乃　千桜爽馬　紀橋朱利　朽月夏音　有栖川華憐

坂都乃亜　高見澤凛乃　千桜爽馬　椎名真翔　備前織姫

「赤と灰色のサクリファイス」
「青と無色のサクリファイス」

千桜緑葉　琴弾麗羅　桜塚歩夢　有栖川華憐　舞原吐季

坂都乃亜　榛名なずな　千桜緑葉　琴弾麗羅　羽宮透弥　舞原吐季

「命の後で咲いた花」

綾崎隼の世界
The world of SYUN AYASAKI

舞原一族、本家の構成

現頭首　**舞原啓爾**《けいじ》（妻は麻友貴《まゆき》）　啓爾は七人兄弟姉妹の長子

　　長男　**吐季**《とき》（使用人、金雀枝聖羅《えにしだせいら》の子）……『ノーブルチルドレン』

　　長女　**雪蛍**《ゆきほ》（正妻、麻友貴の子）……『吐息雪色』

　　次男　**夕莉**《ゆうり》（正妻、麻友貴の子）……『ノーブルチルドレン』

長女　**？**

　　長女　**沙月**《さつき》

　　次女　**？**

　　三女　**？**

次男　**零爾**《れいじ》

　　長女　**紅乃香**《このか》

　　長男　**零央**《れお》……『蒼空時雨』

次女　**？**

　　長女　**世怜奈**《せれな》……『レッドスワン』

　　長男　**和颯**《かずさ》……『風歌封想』

三男　湊斗《みなと》
長女　七虹《なな》（養子）……『永遠虹路』
次女　琴寧《ことね》……『永遠虹路』
四男　慧斗《けいと》（後妻、美津子《みつこ》）
長女　星乃叶《ほのか》……『初恋彗星』
三女　陽葵《ひまり》
長女　陽凪乃《ひなの》……『陽炎太陽』
次女　陽愛《はるあ》……『レッドスワン』
庶子　詩季《しき》（小説家）……『吐息雪色』
☆本家以外の親族
舞原葵依《あおい》……『吐息雪色』
和沙《かずさ》……『19』

10
最高の舞台で、忘れられない闘いを。日本で一番熱い冬が、今、始まる――!
高校サッカー界、最大の祭典。
冬の全国高校サッカー選手権への出場を
22年振りに決めた赤羽高等学校サッカー部『レッドスワン』。
その初戦の相手は、二年連続で選手権を制覇している
最強校・鹿児島青陽だった。
選手層でも、経験値でも、下馬評でも、青陽はレッドスワンを圧倒している。
しかし、絶対王者を前にしても、チームの覚悟と決意は微塵もぶれなかった。
誰が敵であっても〈知性〉を武器に打ち倒す。
レッドスワンはどんなチームよりも頭を使って、優勝だけを目指すのだ。
それは、誰にも忘れられない冬になる。
レッドスワンサーガ、死闘と飛翔の最終幕!
単行本
『レッドスワンの奏鳴』
著/綾崎 隼
イラスト/ワカマツカオリ
好評発売中!

綾崎　隼がおくる「ノーブルチルドレン」シリーズ
ポップなミステリーで彩られた、
現代のロミオと
ジュリエットに舞い降りる、
美しくも儚き愛の物語。

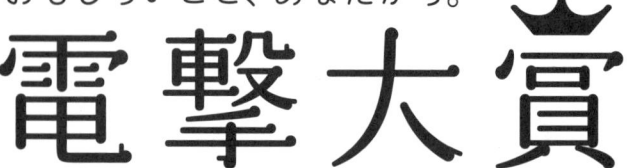